작가 소개

김유라

소설가, 웹툰 스토리 작가, 시나리오 작가.
제3회 황금드래곤 문학상 중편 부문 수상으로 창작의 세계에 뛰어들었다. 판타지 소설 『자하드』를 5권으로 완결했고, 『한국공포문학단편선』 시리즈에 「배심원」, 「구토」 등의 작품들을 수록했다. 영화 〈기생령〉의 단독 각본을 맡았으며, 네이버 시리즈에서 웹툰 〈구미호의 간에는 특별한 것이 있다〉의 스토리 작가를 맡아 74화로 완결했다.
채팅 소설 플랫폼 버블탭 오리지널 공모전에 도전, 〈페이스클럽〉으로 우수상을 수상하여 최근 65화로 연재를 마쳤다.
"원래는 만화가가 꿈이었어요. 그러다 대학을 문예창작과로 진학하게 되면서, 글의 매력을 알게 되었습니다. 쓰다 보니 즐거웠고, 매번 작품을 완성할 때마다 아, 다음엔 더 괜찮은 글을 쓰고 싶다는 욕심이 생겨 계속 도전하고 있습니다."

엄정진

환상 소설, 과학 소설 작가. 웹진 거울, 웹진 크로스로드, 밀리의 서재 등에 단편을 발표했다. 웹진 거울에는 소설뿐만 아니라 장르 소설 리뷰도 비정기적으로 게재하고 있다.
단편집 『고치 짓는 여인』, 장편 소설 『레일월드』, 앤솔러지 『U, ROBOT』, 『인공지능 크릭스-66』, 『아직은 끝이 아니야』, 『그리고 문어가 나타났다』 등을 출간했다. 웹소설 〈소녀 탐정은 울지 않아!〉, 〈사람이야 귀신이야?〉를 연재했다.
2011년 전자책 출판사 페가나를 설립하여 로드 던세이니 『엘프랜드의 공주』, H.G. 웰스 『달의 첫 방문자』, 로버트 E. 하워드 '야만인 코난' 시리즈, 클라크 애슈턴 스미스 『조티크』 등을 번역·출간했다.
호러 장르는 활자 매체가 이미지, 영상, 게임을 이길 수 없다고 오랫동안 생각해 왔다. 자극적이고 말초적인 공포라는 점에 있어서는 여전히 그렇다. 그럼에도 지금까지 접한 많은 소설을 통해 활자만이 줄 수 있는 공포와 그 너머의 위안이 있다는 믿음을 갖고 있다. 이런 생각이 매드앤미러 기획에 참여하는 동기가 되었다.

매드앤미러 04

없던 문

MAD AND MIRROR

없던 문

김유라×엄정진

TXTY

우리 집에 못 보던 문이 생겼다.

INVITATION

목차

하루에 오백, 계약하시겠습니까
김유라

—딸랑.

영훈이 편의점 문을 열고 들어가자, 계산대를 지키던 알바생이 눈인사를 했다.

일주일에 세 번, 늘 새벽 시간에만 들르는 데다 요일은 항상 월, 수, 금. 사는 것도 똑같다. 네 캔에 만 이천 원인 수입 맥주와 과자 한 개. 그러니 봉지가 필요하냐는 물음에 아니요, 라고 답할 때만 입을 여는 과묵한 손님임에도 얼굴이 눈에 익을 수밖에 없는 모양이다.

영훈은 가장 좋아하는 맥주를 두 종류 교차해서 산다. 원래는 만 천 원이었는데 얼마 전부터 천 원이 올라서 이제는 만 이천 원을 내야 한다. 안주는 언제나 새우깡, 자갈치나 양파링을 고를 때도 있지만 이 세 가지를 벗어난 적은 없다. 물론 진짜 먹고 싶은 건, 맥반석 건조 오징어와 짭조름한 맛이 나는 프렌치 프라이드 아몬드다. 하지만 영훈이 그것을 집어 들고 문밖까지 나온 적은 한 번도 없다.

영훈이 좋아하던 모 만화에선 이런 타협이 최악이라며 탓했다. 스트레스를 풀 때 제대로 풀지 않으면 마음의 독으로 남아 두고두고 괴롭다고, 욕망을 해방시킬 땐 확실히 해 줘야만 다음의 절제에 도움이 되는 법이라고.

정말 그런가? 그래서 매번 술을 사러 갈 때마다 못 먹은 오징어가 어른거려서 자기도 모르게 집어 드는 걸까? 결국엔 도로 내려놓을 게 뻔한데도. 아마도 이 욕망은 오징어가 영훈의 식도를 타고 위장에 들어가기 전까진 해소되지 않을 것이다. 빚을 갚기 전까진 벌어도 벌어도 허전함을 채울 수 없는 현실처럼.

영훈은 낮에는 직장에 다니고 퇴근 후에는 배달 앱을 켜고 음식 배달을 한다. 그렇게 새벽 2시까지 일하다가 집에 오면 기절하듯 쓰러져 잠을 잔 뒤, 다음 날이면 다시 직장에 나가고 배달을 하는 삶이 끝도 없이 이어진다. 이렇게 소처럼 일하는데도 오징어와 아몬드를 마음 편히 살 수 없는 현실에 영훈은 공원 벤치에 앉아 맥주를 마시며, 어쩌다 이것이 사치가 될 만큼 인생이 꼬여 버린 건지를 생각했다.

고등학교 때까지만 해도 그의 인생은 평탄했던 것 같다. 풍족하지는 않지만 부족하지도 않은, 적당히 필요한 것들을 누리고 적당히 부족함도 느끼며 살았던 하루하루. 그때 그의 꿈은 수시로 바뀌었다. 어떤 날은 웹소설 작가가 되어야지 했다가 어떤 날은 가수가 되고, 어떤 날은 여행 유튜버가 되어 해외로 배낭여행 떠나는 걸 상상하기도 했다.

그러다 아버지가 뺑소니차에 치였다.

택시 운전을 하는 아버지는 택시를 회사 차고지에 넣고 집으로 오던 길에 신호를 지키지 않은 차에 치여 병원으로 실려 갔다. 범인은 끝내 잡히지 않았고, 아버지는 막대한 병원비만 남긴 채 세상을 뜨고 말았다.

낡았지만 가족들의 안식처가 돼 주던 방 세 칸짜리 주택은 처분되어 병원비로 사라졌고, 엄마는 과수원을 하는 시골 이모 집에 몸을 의탁할 겸 일하러 내려갔고, 동생은 공장 기숙사로, 영훈은 반지하 원룸을 얻어 생활 중이다.

―치익.

새로운 맥주 캔을 딴 영훈이 한 모금 들이켜곤 새우깡을 씹었다. 네 캔을 샀지만 오늘 다 마시진 않는다. 하루에 두 캔씩이고 나머지는 냉장고에 넣어 놨다가 내일 저녁에 마실 것이다. 그렇기에 두 번째 맥주는 좀 더 천천히 맛을 음미하며 마신다.

드문드문 지나던 사람들이 벤치에서 홀로 술을 마시는 영훈을 힐끗대곤 잰걸음으로 지나쳤다. 그럴 때마다 영훈은 저 사람은 어떤 부모를 만났는지, 부모가 빚은 물려주지 않았는지, 물려주었다면 얼마나 되는지, 사귀는 사람은 있는지, 만약 있다면 사랑하지만 결혼할 형편이 안 되어 언젠가 맞닥뜨릴 이별을 두려워하고 있지는 않은지 궁금했다.

그렇게 생각이 꼬리에 꼬리를 물고 이어지다 보면, 자신이 할 수 있는 모든 노력을 쏟아부어도 바뀌지 않는 현실을 원망하다가, 이 무거운 짐을 계속해서 끌고 가야만 하는지, 이제라도 가족으로부터 도망쳐야 하는지를, 그러면 행복해질 수 있는지를 진지하게 따져 보고는 했다.

'차라리 죽을까?'

날마다 반복되는 이 생활은 확실히 그를 좀먹고 있었다. 이것이 최선임은 안다. 이것 외에 탈출구가 없다는 것도. 하지만 아무리 희생해도 드라마틱한 보상 따위는 없다는 걸 인지할 때면, 목구멍에 닭 뼈가 걸린 것처럼 갑갑해지곤 했다.

가능만 하다면 가족을 버리고 싶었다. 그들로부터 자유로워지고 싶었다. 하지만 영훈은 알고 있다. 자신이 그럴 인간은 못 된다는 걸. 그러니 남은 건 자신을 버리는 것이다.

다행히 그는 죽음이 두려웠던 적은 한 번도 없었다. 종교에서는 사후 세계라든가 죽고 난 뒤에 이어질 무엇에 대해 떠들곤 했지만, 그런 게 있을 리 없다고 생각했다. 죽음은 그냥 끝 아닌가? 사고를 하는 뇌의 기능이 완전히 정지해 버리는. 건강 검진을 할 때 수면 마취를 한 적이 있는데 그것과 똑같다고 말이다.

'자, 환자분, 숨 크게 쉬세요. 하나, 둘, 셋!'

간호사의 목소리를 따라 의식이 멀어지다가 퓨즈가 꺼지듯 암흑이 덮쳐 온다. 그리고 눈을 떴을 땐, 다시 현실이 이어진다. 죽음은 그 이어짐이 끊긴 상태다. 더 이상 앞으로 가지 않고 정지해 버린, '나'라는 존재를 자각할 수 없는 상태.

그렇기에 영훈은 죽는 것이 무섭지 않았다. 그보다는 오히려 도중에 실패해서 장애만 입고 살아남는 게 더 무서웠다. 용기 내어 자살까지 시도했는데 하반신 마비가 온다든가, 내가 누구인지를 인지하지 못하고 그저 숨 쉬는 화초로 전락해 버린다면 그거야말로 끔찍하지 않은가. 만약 장애를 입지 않고 완벽하게 자살에 성공한다는 보장만 있다면 진작 시도했을지 모른다.

'그래, 그런 방법만 있다면.'

그런 생각을 하며 영훈이 다 마신 맥주 캔을 내려놓는데 그만 손에서 캔이 미끄러졌다.

"어…… 어."

바닥에 떨어진 캔은 경사진 아스팔트를 굴러가다가 어느 남자의 구둣발을 맞히고서야 멈췄다. 영훈은 갑자기 등장한 남자를 멍하니 바라보았다.

키가 크고 마른 40대의…… 아니, 20대인가?

그 남자의 외모는 마치 각도에 따라 다르게 보이는 양

면적인 물체 같았다. 어느 순간에는 중년의 얼굴이 보였고, 다른 순간에는 청년의 얼굴이 떠올랐다. 마치 시간이 그의 얼굴을 휘감고 있는 듯 남자의 얼굴은 빛과 그림자 속에서 계속해서 모습을 바꾸며, 도무지 나이를 짐작할 수 없게 만들었다.

밝은 가로등이 벤치 주위를 비추고 있었는데도 이상하게 그의 눈가는 유독 그늘이 져서 잘 보이지 않았다. 그런데도 영훈은 그가 자신을 매우 뚫어져라 보고 있다는 것만은 느낄 수 있었다. 그때 남자가 허리를 굽혔고 그제야 영훈은 정신이 번쩍 들어 허둥댔다.

"아, 아니, 안 그러셔도…… 제가 하면……. 감사합니다."

"혹시 말입니다."

주운 캔을 건네며 남자가 말을 건넸다.

"방을 임대해 주실 수 있나요?"

뭐라고?

영훈은 자신이 무슨 말을 들은 건가 되짚어 보았다.

임대라면 문자 그대로의 임대? 처음 본 남자가 왜? 그것도 나에게? 앞뒤 다 잘라먹고 불쑥 저런 질문을? 이런 의문들에 필사적으로 머리를 굴렸지만, 당연히 아무 대답도 떠올릴 수 없었다.

그보다 이 남자는 대체 어디서 나타난 걸까. 분명 주변엔 아무도 없지 않았나? 공원 입구에서 영훈이 앉아 있는 벤치까지는 일자로 뚫려 있는 외길이라서 누군가 다가왔다면 멀리서부터 모습이 보였어야 했다. 더구나 그는 구두를 신고 있다. 발소리가 전혀 들리지 않았다는 점에서 영훈은 오싹한 기분이 들었다. 문자 그대로 땅에서 솟아난 게 아닌가 하는 으스스한 상상이 들어서다.

"임대해 주신다면 하루에 오백씩 드리겠습니다."

"혹시 유튜버세요?"

간신히 합리적인 결론을 도출한 영훈이 주변을 둘러보았다.

"이거 몰카죠? 사람들 반응 보는 뭐 그런 거."

시선이 닿는 어떤 곳에도 카메라를 든 사람은 없었다. 사실 영훈도 속으로는 그가 그런 것과 관련이 있을 거라고 생각하지 않았다. 남자에게서 풍기는 분위기나 그가 던진 말이 그런 현실적인 것들과는 동떨어져 있었기 때문이다.

이 사람이 유튜버일 리 없어. 이것도 몰카가 아닐 거야. 그럼 이건 무슨 경우인데? 공원에서 혼자 술 마시는 사람에게 접근해서 이런 말을 할 까닭이 뭐냐고.

"오백이면 적지는 않다고 생각합니다."

남자가 집중하라는 투로 영훈에게 액수를 상기시켰다.

"오백만 원이라고요?"

"네."

"아니, 무슨 월세를 그렇게……."

"한 달이 아닙니다. 하루에 오백입니다."

그가 반복해서 언급한 액수가 필름 인화지처럼 뇌리에 새겨졌다. 하루에 오백만 원이라니! 그 돈이면 영훈이 한 달 내내 직장을 다니고 배달 일까지 병행해도 벌 수 없는 돈이었다.

"와아, 엄청난 조건이네요. 그런 거면 당연히 해야죠."

남자의 말을 곧이곧대로 믿는 것은 아니지만 그의 기세에 압도되어 영훈은 자신도 모르게 맞장구를 쳤다.

"근데 제가 임대할 방이 없어서⋯⋯."

원룸이라고 말하는 게 영훈은 무척이나 창피했다. 자신 같은 처지의 사람들은 무수히 많다고, 고시원에서 생활하는 사람도 있으니 자기 나이에 이런 건 보편적이며 전혀 부끄러운 게 아니라고 생각해 왔음에도 어쩐지 그 사실을 말하는 게 힘들었다.

"지금 살고 있는 곳이 방이 하나뿐이라⋯⋯. 뭐, 저를 건물주로 봐 주신 건 감사하네요. 아무도 그렇게 안 보는데⋯⋯. 하하."

영훈은 궁색하게 말하며 아직 따지 않은 맥주 캔을 더듬었다. 내일 저녁에 먹어야 할 맥주인 건 알지만 지금의 어색함을 견디기 어려워서였다. 달리 할 게 없었고 이렇게 하는 사이 그가 다른 곳으로 사라지길 바랐지만 그는 계속해서 자리를 지켰다.

"상관없습니다."

"예?"

"제가 원하는 건 임대해 준다는 말, 그 자체니까요."

"그러니까…… 방을 원하는데 방이 없어도 된다는, 뭐 그런 거예요?"

"그렇습니다."

"아니, 말장난도 아니고 그러면 계약 자체가 성립이 안 되는데……."

"임대……."

남자가 말을 잘랐다.

"……해 주시겠습니까?"

이 사람은 정신에 문제가 있는 사람이 아닐까.

영훈은 좀 전까진 가벼운 해프닝 정도로만 받아들였다. 살짝 술기운도 돌았고 살다 보면 별일이 다 일어나니까. 조금 이상하고 말이 안 되긴 해도 어찌 됐건 매일매일 빚을 갚는 현실보다는 심각하지 않을 테니까.

그런데 이쯤 되니 영훈은 무서워졌다. 테러가 자행되는 세상이다. 기분이 나쁘다는 이유로 지나가는 사람을 차로 들이받고, 염산을 얼굴에 뿌리고 도망치기도 한다. 임대해 주지 않는다고 하면 숨겨 둔 칼을 꺼내서 찌를지도 모른다. 아까는 자살도 생각했지만 이런 개죽음은 아니었다.

"제가 좀 바빠서…… 이, 이만 가 봐야 할 것 같은데."

"임대해 주시겠습니까?"

남자는 앵무새처럼 그 말만 반복했다.

각도 때문인지 아까는 보이지 않던 그의 눈이 영훈의 눈에 들어왔다. 검은 물감에 검은 페인트를 쏟으면 이렇게 될까? 마치 한없이 빨려 들어갈 것 같은 깊은 늪 같은 눈이었다. 자신을 내려다보는 그 눈동자에 호기심과 불온함 사이를 오가는 어떤 미지의 감정이 느껴져 영훈은 오싹 소름이 돋았다.

"임대해 주시겠습니까?"

영훈은 가까스로 고개를 끄덕였다.

"네, 뭐……. 그, 그럴게요. 이…… 임대한다고요. 이제 됐죠?"

다행히 남자는 그 말을 듣고는 더는 치근대지 않았다. 땅에 뿌리라도 내린 것처럼 그대로 서서는 꼼짝 않고 있을 뿐이었다.

도망치듯 집으로 온 영훈은 그 와중에도 따지 않은 맥주를 챙겨 온 자신이 대견스러웠다. 놓고 왔다면 아까워 죽었을 것이다. 그리고 앞으로는 새벽에 혼자 공원에서 술을 마시지 말아야겠다고 다짐했다.

영훈에게 그곳은 누구에게도 방해받지 않고 휴식을 취할 수 있는 장소였으며, 그 휴식은 끝이 없는 노동을 견디는 하루의 유일한 낙이었다. 그런 곳을 이상한 남자 때문에 갈 수 없게 되었다고 생각하니 화가 치솟았다.

아침에 영훈은 늦잠을 잤다. 평소처럼 알람을 15분 간격으로 세 단계에 걸쳐 울리게 해 놨고, 언제나 두 번째 알람에선 정신을 차리곤 했는데, 오늘은 마지막 알람이 끝나고도 깨어나지 못하다가 결국 30분을 더 자고서야 일어났다.

그 바람에 지각하게 된 영훈은 허둥대며 화장실로 들어갔다. 머리를 감을 시간이 없어 세면대에서 머리를 적셔서 적당히 손으로 빗어 넘겼다. 옷을 입으려고 행거를 뒤적이는데 벽의 그것이 눈에 들어왔다.

그것, 정확하게는 문이.

어제만 해도 아무것도 없던 벽에 문이 생겨 있었다. 가정집에서 흔히 볼 수 있는 문고리가 달린 문으로 이 집의 구조를 모르는 이가 봤다면, 원래부터 있었나 보다 하고 지나쳤을 자연스러운 문.

영훈은 지금 상황을 이해해 보고자 필사적으로 머릴 굴렸다.

잠이 덜 깬 건가? 아직 꿈을 꾸는 건가? 아까 알람이 세 번이나 울렸지만 사실은 하나도 안 울린 게 아닐까? 지금은 한밤중이고 자신은 계속 수면 중이며 이건 괴상한 가위눌림일지 모른다. 귀신이나 공포스러운 상황이 나오지 않는 가수면 상태 말이다.

볼을 꼬집자 생생한 아픔이 전해져 왔고, 영훈은 그 아픔과 동시에 엄습하는 현실에 놀라 벌러덩 뒤로 자빠졌다. 심장이 세차게 방망이질 쳤다. 누군가 목울대를 강제로 건드린 것처럼 억, 하는 소리가 절로 새어 나왔다. 곧바로 어제 만났던 남자가 떠올랐고 그가 운운한 임대란 말이 생각났다.

"당치도 않아."

당치도 않다. 그런 말도 안 되는 일이 일어날 리 없지 않은가.

하지만 몇 번이나 눈을 깜박여 봐도 문은 사라지지 않았고, 오히려 시간이 지날수록 점점 더 존재감을 내뿜었다.

"그래도 이건……."

영훈은 '있을 수 없어'라며 억지로 부정하는 말을 하려다 포기했다.

아무리 봐도 현실이다. 이것이 꿈일 리가 없다. 기괴하고 황당하기 짝이 없는 일이지만 이해할 수 없는 채로 놔두는 것보단 나았고, 그래서 영훈은 재빨리 이런 사태가 일어난 원인을 정리했다.

남자가 임대를 원해서 허락했다. 그러자 그가 방을 만들었다. 자신이 묵을 방을.

'그럼 그는 저 안에 있는 건가?'

키가 크고 마른 정체불명의 남자가 문 너머에 우뚝 서 있는 상상을 하자 다시금 뱃속이 좁아들었다. 그때 핸드폰 진동음이 울렸다.

×× 은행 **입금**
5,000,000원

오백만 원이다. 영훈은 뒤에 붙어 있는 수많은 0에 몇 번이나 일, 십, 백, 천, 만, 십만, 백만을 되뇌었고 그 액수에 놀라고 두근대다가 한 가지 정보를 떠올리곤 흠칫거렸다. 자신은 남자에게 계좌를 알려 준 사실이 없다.

저 남자는 대체 뭐 하는 사람이지? 대뜸 방을 빌려 달란 말을 하고 없는 방을 만들고 오백이란 액수를 계좌도 안 알려 줬는데 입금하는 이자의 정체는…….

갑자기 영훈은 문 너머에 있을지도 모를 남자가 너무 무서워서 도망치듯 회사로 내뺐다.

◇◇◇◇◇

출근은 했지만 영훈은 업무가 손에 잡히지 않았다. 시선을 모니터에 둔 채로 영훈의 머릿속이 남자의 정체를 추측하느라 빙글빙글 돌아갔다.

그가 인간이 아닌 건 알겠다. 그럼 어느 쪽일까? 천사? 악마?

우스웠다. 사후 세계를 믿지 않는다고 하고서 어째서 이럴 땐 당연하게 종교적인 관념을 떠올리는 걸까.

왜 내게 제안을 한 거지?

그러니까 지구의 인구가 80억쯤 되고 대한민국에도 5000만의 후보가 있는데 하필 자신을 고른 이유가 무엇일까?

그런 남자면 개인의 직업이나 재정 상태도 훤히 알 것이고, 정말 건물주를 찾아가 말을 거는 건 일도 아니었을 거다. 그럼 그는 자신 같은 가난뱅이를 골라야만 하는 나름의 이유가 있었다는 건데……. 왜? 무엇을 원하기에?

이런 질문들이 영훈을 괴롭히는 그때 징, 하고 문자가 왔다. 모르는 번호였지만 보자마자 누가 보낸 것인지 알 수 있었다.

> 방 안으로 절대 들어가지 마시오.
> 이를 어길 시 계약이 파기되며
> 좋지 않은 페널티가 있음.

페널티…….

평소 아무런 의미를 두지 않았던 그 단어가 소름 끼치게 다가왔다.

비로소 영훈은 자신이 빼도 박도 못 할 짓에 발을 들였음을 깨달았다. 이젠 미룰 수도 없고 되돌릴 수도 없다. 이것은 생생한 현실이며 현재 진행형이다.

"뭘 그렇게 봐?"

들려온 목소리에 영훈이 고개를 들자 입사 동기인 아영

이 서 있었다. 여자치고는 큰 키에 서구적인 이목구비, 몸
에 꼭 맞는 바지 정장이 그녀의 날씬함을 돋보이게 했다.

아직도 영훈은 아영이 여자 친구라는 사실이 믿기지
않을 때가 많았다. 이렇게 예쁜 여자가 어째서 자신같이
별 볼 일 없는 남자와 사귀는 걸까. 조금 사귀고 난 후엔
실망해서 좀 더 레벨이 맞는 짝을 찾아 떠날 것이라 생각
했다. 하지만 아영은 벌써 3년째 영훈의 여자 친구 자리
를 지키고 있었다. 심지어 그의 인생이 나락으로 떨어졌
을 때도.

"아아, 스팸. 자꾸 인터넷 바꾸라고 귀찮게 하네."

영훈은 대충 둘러대며 자연스럽게 핸드폰 화면을 껐다.

"잠 못 잤어? 피곤해 보인다."

안색이 어떨지 상상이 안 갔다. 공포에 질려 뭉크의 절
규 같은 몰골을 하고 있을 줄 알았는데, 피곤해 보인다니
차라리 다행이라고 여겨졌다. 아영은 영훈에 대한 모든
걸 알고 싶어 했고 영훈도 그녀가 묻는 것에 숨긴 적이 없
었다. 꼬치꼬치 캐묻는다면 전부 털어놔야 할지 몰랐다.

"배달 때문에 그래. 어젠 3시 넘어서 잤거든."

"무리하지 말라고 했잖아. 젊다고 안심하는데 그러다
혹 간다니까?"

아영은 불만스러운 얼굴로 입술을 비쭉 내밀었다. 늘
같은 잔소리를 하지만 영훈은 들은 적이 없고 들을 수 있
는 현실도 아니란 걸 알기에 갑갑했다. 아영의 당부에 영

훈은 입으로는 조심하겠다고 하고서 또 반복한다. 그걸 알면서도 아영은 잔소리를 멈출 수 없다. 그런 의무적인 티키타카는 빚을 갚아야만 끝날 것이고, 그것이 언제가 될지 몰라 속이 타는 아영이지만, 티는 내지 않았다. 무엇보다 영훈 본인이 가장 힘든 걸 알기 때문이다.

"아침에 홍삼은 마셨어?"

영훈은 냉장고에 있는 홍삼 병을 떠올렸다. 몇 달 전 인터넷 핫딜로 홍삼 달이는 기계를 산 아영은 틈틈이 홍삼을 내려 영훈에게 선물했다. 일어나자마자 공복에 마시는 게 습관이 됐는데 오늘은 이상한 방 때문에 깜박했다.

"아, 미안."

"거봐, 어쩐지 피부가 푸석푸석하더라니."

홍삼 한 번 안 마셨다고 피부가 푸석할 리 없잖아. 하지만 그 천진함에 웃음이 나왔다. 아영은 이런 여자였다. 볕이 안 드는 영훈의 인생에 작게 내리쬐는 햇살 같은 여자.

"오늘 끝나고 데이트할까?"

둘의 데이트는 분위기 좋은 와인 바에 앉아서 예쁘게 플레이팅된 치즈 안주를 두고 와인 잔을 기울이는 것 같은 게 아니었다. 허름한 순대국밥집에서 뜨거운 김이 나는 국밥에 소주 한 잔을 곁들이며 이런저런 이야기를 하는 것, 하루 동안 무슨 일이 있었고 어떤 것이 힘들었는지를 토로하며 감정을 교류하고 해소하는, 정말 보잘것없는 데이트였다. 그럼에도 영훈은 아영과 함께하면 언제나 최고로 행복했다.

'그래, 다 이겨 낼 수 있어!'

나에겐 아영이가 있잖아. 우린 사랑하고 있고 그 사랑은 굳건해. 열심히 살고 있으니 곧 빚도 다 갚을 수 있을 거야. 그러면 결혼도 할 거고 남들처럼 평범하게 살 수 있겠지.

아영의 얼굴을 마주한 채로 소주잔을 입에 털어 넣을 때마다, 영훈은 근거 없는 희망에 불타곤 했다.

영훈은 오늘은 배달 아르바이트를 하지 않았다. 아영과 데이트를 하면서 평소 한 병만 먹는 소주를 충동적으로 세 병까지 마셔서이기도 했지만, 집에서 기다리고 있을지 모를 세입자의 상태를 확인해 봐야 한다는 생각이 들었기 때문이다.

문을 열고 들어가자 불 꺼진 주방 겸 거실이 영훈을 반겼다. 기분 탓인가? 남자가 있는 방이 어둠 속에서 그를 집어삼키려고 기다리는 것 같았다.

기괴한 생명체처럼 웅크리고 있는 벽, 문으로 위장한 입, 제 발로 괴물의 아가리로 들어가고 있다고 생각하자 오싹했다. 하지만 불을 켬과 동시에 익숙한 실내 전경이 들어오면서 그런 기분은 순식간에 날아갔다.

자신이 회사에 간 동안 이 집에선 무슨 일이 일어났을까? 남자가 문을 열고 나왔을까?

상상을 해 본다. 방문을 열고 나온 남자가 거실을 잠시 거닐다가 냉장고를 열어 본다. 그러다 영훈이 오기 전에 다시 방으로 들어간다.

영훈은 궁금했다. 남자의 방은 어떤 내부를 갖추고 있을까? 설마 달랑 문 하나만을 만들어 두진 않았을 테니 필시 안에는 어떤 공간이 펼쳐져 있을 것이다. 모르긴 해도 꽤나 창의적이지 않을까? 인간이 아닌 존재가 연출한 그 공간이 어떤 모습을 하고 있을지 궁금해서 미칠 것 같았다. 가까이 다가온 영훈은 문에 귀를 대 보았다.

"……."

아무 소리도 들리지 않는다.

'살짝만 열어 볼까?'

아니, 안 된다. 좋지 않은 페널티라도 받으면 큰일이다. 그러나 뇌를 마비시키고 있던 술기운이 만용을 부렸다.

솔직히 방 안으로 들어가지 말라고만 했지, 문을 열지 말라고는 안 했잖아? 설사 문제가 생겨도 말을 애매하게 한 그 남자 탓이다. 그리고 난 이 집을 계약하고 살고 있는 입장이니 이 정도 권리는 있는 거 아니야?

몇 번이나 문고리에 손을 대었다 떼었다 하던 영훈은 결국 문을 열었다.

안에는 메마른 시멘트 풍경 외엔 아무것도 없었다. 마감이 안 된 거칠거칠한 콘크리트 바닥과 벽, 건조하고 차가운 천장. 마치 새로 무언가가 들어서기 전, 싹 밀고서 준비하는 것처럼 텅 비어 있을 뿐이었다.

놀라운 건 확연히 느껴지는 공간감이다. 자신의 원룸보다도 훨씬 더 큰 넓이와 높이에 압도된 영훈이 입을 벌린 채로 눈을 끔벅였다. 원래 이 벽 뒤로는 대문과 이어지는 마당밖에 없었기에 이 정도 규모의 공간이 있다는 건 말이 안 되었다.

그리고 기척이…….

아무것도 없는 공간 안에서 공기가 흔들렸다. 여기저기에 뭔가가 있는 듯한, 마치 열린 문 너머의 동태를 살피는 듯한 기묘한 기척들이 주변을 둥둥 떠다녔다.

'말도 안 돼.'

착각이라고 생각했지만 찐득찐득한 느낌은 사라지지 않았고, 영훈은 그것으로부터 벗어나고자 문을 닫았다.

"후아……."

자신도 모르게 긴장하고 있던 모양이다. 영훈은 폐 밑바닥에 고여 있던 공기를 단숨에 내뱉자마자 머릿속으로 뜬금없이 살인에 대한 이야기가 떠올랐다.

인간이 같은 인간을 죽인다는 건 결코 쉬운 일이 아니다. 그렇기 때문에 많은 범죄자가 첫 범행 전에 어마어마한 갈등을 겪는다고 한다. 체포에 대한 공포와 세상에서 가장 강한 금기를 깨는 것에 대한 본능적인 거부감으로 섣불리 실행하지 못하다가, 결국 그걸 뛰어넘었을 때 초월적인 존재가 된 듯한 강렬한 쾌감을 느낀다고 말이다.

영훈은 자신이 방금 거의 그것에 준하는 경험을 했다고 생각했다. 안에 뭐가 기다리고 있을지도 모르는데 겁도 없이 문을 열다니. 모험을 한 건 순전히 술에 취한 탓으로 평소처럼 멀쩡한 상태였다면 소심한 그의 성격상절대로 열어 보지 못했을 것이다.

그래서일까. 마치 자신의 레벨이 한 단계 올라간 듯한 뿌듯함에 오한과 비슷한 떨림이 등줄기를 타고 내려왔다. 콩닥콩닥 심장 고동이 빨라지고, 온몸에 아드레날린이 퍼져 나갔다.

그러다 정말 한순간에 불씨가 꺼지듯 그런 감정들이 훅, 하고 사라졌다. 께름칙한 사실이 이성을 되찾게 해 준 것이다.

'대체 뭐지, 저 방은?'

도저히 말이 안 된다. 순리, 현실, 이성, 상식, 그 모든걸 거스르는 일이 벌어진 것이다.

그렇다면 남자의 정체는 뭘까? 신? 이라고 하려다가영훈은 곧바로 부정했다. 신이 이런 짓을 할 리 없잖아. 그러자 자연스레 떠오르는 대상에 영훈은 흠칫거렸다.

'악마……'

목적이 뭔지는 모르지만 결코 선한 의도는 아닐 것이다. 막말로 영훈의 처지가 딱한 걸 알고서 불우 이웃 돕듯제안한 건 아닐 테니까. 오히려 돈이 절실한 이를 골라야만 했던 이유가 있었다고 보는 게 타당하다.

터무니없는 일에 발을 들였다는 후회가 밀려들었다. 솔직히 억울하기도 했는데, 자신이 그때 임대해 준다는 소릴 한 건, 그저 상황을 모면하기 위해 한 말일 뿐 진심이 아니었다. 이런 해괴한 일이 벌어질 줄 알았다면 결코 허락하지 않았을 거다.

어쩌지……. 지금이라도 계약을 파기하는 게 좋지 않을까? 왠지 이대로 두면 돌이킬 수 없는 강을 건너고 말 듯한 느낌이 든다. 수습할 기회가 있을 때 발을 빼야 한다. 그게 옳다. 더 심각해지기 전에.

근데 계약 파기를 어떻게 하지? 일단 남자를 만나야 하는데 수시로 문을 열어 그의 부재를 확인해야 하나? 아니면 그가 문자를 보냈던 번호로 전화를 걸어 볼까?

아니, 전부 부질없다. 애초에 구두 계약도 계약은 계약이니까. 이제 와서 없던 일로 하자고 하면 무슨 보복을 해올지 모른다. 현실에서도 그렇지 않은가. 계약을 하고서 취소하면 계약금만 날린다거나 하는 식으로 손해가 따르는데, 아무런 피해 없이 깔끔하게 끝날 리가 없다.

그렇게 고민에 고민을 거듭하는 사이 어쩐지 영훈의 눈꺼풀이 무거워졌다. 점점 더 눈이 감겨 온다.

◇◇◇◇◇

"어……?"

언제 잠이 들었지?

시끄러운 알람 소리에 눈을 뜬 영훈이 손을 뻗어 간신히 핸드폰의 알람을 껐다. 그는 옷도 갈아입지 않은 채로 거실에 널브러져 있었고 머리 위로는 햇살이 들어오고 있었다.

술을 너무 마셔서일까? 머리는 딱딱한 흉기에 얻어맞은 것 같고 불쾌한 꿈이라도 꾼 것처럼 온몸이 땀으로 흥건했다.

샤워를 하고 나온 영훈은 자연스레 방문으로 눈이 갔다.

남자는 저 안에 있을까? 내가 잠든 동안 문을 열고 밖으로 나왔을까? 잠든 나를 내려다보고 이 집의 곳곳을 돌아다녔을까?

영훈은 발소리를 죽여 문으로 다가갔지만 차마 문고리를 돌리진 못했다. 술의 지배가 사라진 지금, 맨정신으로 맞닥뜨리게 될 광경이 무서웠다.

그때 핸드폰이 울렸다.

메시지 미리 보기 창에 입금 내역이 떠올랐다. 오백만 원이다. 한 치의 오차도 없는.

역시 단순히 열어 본 것만으로는 계약 파기가 안 되는 모양이다. 돈을 보자 영훈은 이 상황이 터무니없이 비현실적이면서 동시에 놀랍도록 현실적으로 다가왔다.

돈.

돈.

뭐든 할 수 있는 돈.

하루 오백만 원이니 내일도 다음 날도 계속 오백만 원이 들어올 것이다. 한 달이면 일억 오천만 원이다. 꿈같은 액수.

이 돈이면 아영이와 헤어지지 않고 결혼도 할 수 있다. 그가 바라 왔던 것들, 하고 싶고 되고 싶었던 것들, 아버지 사고만 아니었다면 응당 누렸어야 할 것들을 이제 비로소 누릴 수 있는 것이다.

그래, 남자의 정체가 악마면 어떠랴, 절박할 때 도움을 요청하는 대상이 꼭 신이어야 하는 법은 없지 않은가. 신에게 구하는 건 정상이고 악마에게 구하는 건 비정상인가. 어느 쪽이건 원하는 걸 들어준다면 그게 곧 신 아닌가?

내가 어려울 때 신은 없었다. 그러니 기꺼이 악마와 손잡을 수 있다.

영훈은 마른침을 삼키며 마음속으로 차갑게 되뇌었다.

◇◇◇◇◇

그날, 퇴근한 영훈은 집에 가는 길에 편의점에 들렀다. 계좌에 있는 돈이 정말 써지는지 확인하고 싶었고, 소박하게나마 자신에게 온 행운을 자축하고 싶었다.

아영과 근사한 곳엘 갈까도 했지만 그러면 돈이 어디서 났냐며 수상히 여길 것이다. 카드 할부로 샀다고 선물을 내밀어도, 아영의 성격이라면 당장에 환불하고 오라고 할 확률이 컸다. 속이는 건 싫지만 당분간은 참아야 한다.

늘 오던 새벽 시간이 아닌, 이른 저녁에 온 영훈을 보고 아르바이트생이 웬일인가 하는 눈으로 바라보았다. 영훈은 항상 사던 수입 맥주에 안주로 맥반석 오징어와 아몬드를 집었다. 내친김에 냉장고를 열고 평소에는 유리문 너머로 지나치기만 했던 하겐다즈 아이스크림도 종류별로 골랐다.

  또 뭐가 있지? 영훈은 조금이라도 먹고 싶은 것과 내일 아침에 일어나면 먹을 것까지 닥치는 대로 집어선 계산대에 올려놓았다.

  "무슨 일 있으세요?"

  "네?"

  "아니, 좀 달라 보이셔서……. 뭐 좋은 일 있으신가 봐요?"

  쓸데없는 말을 하네. 왜 관심을 갖지?

  우리나라는 이게 문제다. 타인에 대한 과도한 오지랖. 애초에 이런 걸 왜 물어보는 걸까. 친구도 아니고 안다고 할 수도 없는 사이인데.

  나는 네가 아니고 너는 내가 아니잖아?

  서로 그렇게 각자의 영역에서, 당신은 직원 나는 손님으로.

  선 넘는 일 없이, 간섭하는 일 없이 그렇게.

  이게 무리한 요구야?

  이게 대단히 무리한 요구냐고?

영훈은 문득 너무 예민하게 받아들이는 자신에게 놀랐다. 직원으로서 으레 할 수 있는 말인데 왜 이렇게까지 언짢은 걸까.

영훈은 미소로 대충 답을 대신하고 나왔다.

그래. 좋은 일이 있는 게 맞지.

이제 자신은 회사 끝나고 음식 배달을 안 해도 되고, 맥주 안주도 꼭 과자 세 종류에서 고르지 않아도 되고, 맥주 역시 하루에 두 캔만 먹고 나머지를 남겨 두지 않아도 된다. 마트에서 행사하는 고기 세일권을 획득하기 위해 30분이 넘도록 줄을 서지 않아도 되고, 먹고 싶었던 라면 대신 가격이 가장 싼 라면 묶음을 억지로 사지 않아도 된다.

◇◇◇◇◇

집에 온 영훈은 구석에 있는 소형 냉장고를 연 뒤, 냉동실에 아이스크림을 쑤셔 넣었다. 사 온 맥주도 하나만 남겨 놓고 전부 넣은 뒤 맥주 캔의 뚜껑을 땄다. 엷은 갈색의 액체를 입안에 쏟아붓자 따끔한 탄산의 자극이 식도를 타고 내려갔다.

방을 열어도 계약 위반은 되지 않는다.

새삼 상기하자 조금은 숨통이 트인달까. 기분이 편해졌다. 적어도 저 안을 수시로 확인해 볼 수는 있는 것이다. 물론 남자와 마주친다면 민망한 상황이 펼쳐지겠지만 어쩐지 그럴 일은 벌어지지 않을 것 같았다. 남자는 임대를 해 놓고 통 들어오지 않는 것 같았고, 저 이상한 방은 오롯이 영훈의 차지였다.

묘하게도 어릴 적 새 장난감을 선물 받았을 때 같은 설렘이 들었다. 자칫 고장 나기라도 할까 봐 세심하게 만지고 살피다가 손이 닿는 안전한 선반 위에 올려 두었다 꺼내길 반복하는.

맥주를 홀짝이며 계속 문을 힐끔대던 영훈은 결심한 듯 다가가 문고리를 돌렸다.

—끼이익.

방은 그대로였다. 시멘트로 이루어진 살풍경한 공간이 텅 비어 있는 괴물의 위장처럼 그를 맞이했다.

'에이, 똑같잖아?'

실망하며 문을 닫으려던 영훈의 눈에 또 하나의 문이 보였다. 지금 영훈이 서 있는 방향에서 정확히 일직선으로 뻗은 곳에 똑같이 생긴 문이 하나 더 생겨 있었다. 마치 쌍둥이처럼 마주 보고 있는 구조였다.

왜 문을 또 하나 만든 거지? 이쪽 문을 이용하기 싫어서? 진짜 드나드는 건 이쪽 문이 아닌 저쪽 문인가? 영훈과 공간을 공유할 필요 없이 반대쪽 문을 통해서만 들어왔다 나갔다 할 셈인가? 왜? 사생활 침해라? 창피해서? 악마가 그런 걸 신경 쓰다니 말도 안 돼, 라고 뇌까리다 영훈은 이내 이게 다 무슨 소용인가 싶었다. 말 그대로 남자는 악마다. 악마의 성격 분석을 해 봤자 무슨 의미가 있을까.

영훈은 다시 문에 집중했다. 이 공간부터가 있을 수 없는 공간이었고, 그렇기에 저 문 너머에는 뭐가 있을지 호기심이 스멀스멀 피어났다.

지옥? 다른 차원? 시간의 틈새? 사후 세계? 무엇이 됐건 감히 자신의 상식으로는 가늠할 수 없는 게 분명했다.

문득 멋대로 한쪽 발이 방 안으로 향하고 있음을 깨달은 영훈은 황급히 뒤로 물러섰다. 하마터면 들어갈 뻔했다.

계약을 망칠 뻔했어. 페널티. 좋지 않은 페널티.

영훈은 자신에게 경각심을 일깨우며 잠을 청했다.

◇◇◇◇

그날, 영훈은 꿈을 꾸었다.

캄캄한 암흑이었다. 조금 전까지 몸을 눕히고 있던 부드러운 이부자리의 감촉은 사라지고, 황량하고 서늘한 감각만이 피부를 건드렸다. 아무런 소리도, 빛도 없는 고요한 어둠.

어둠에 눈이 익숙해지자 그의 시야로 문이 들어왔다.

아아, 그렇구나. 이곳은 남자의 방 안이구나.

어렴풋이 현실이 아니라는 자각을 하고 있어서일까? 들어왔으니 무서운 일을 당할 거라는 걱정은 들지 않았다. 오히려 지금을 기회 삼아 방에 대한 실마리를 얻을지 모른다는 기대감이 일었다.

물론 이 안에서 펼쳐지는 광경은 영훈의 무의식이 만든 상상에 가까울 것이다. 무엇을 보건 진실과는 괴리가 있겠지. 그럼에도 불구하고 그 무언가를 꼭 확인하고픈 의욕에 영훈은 서둘러 맞은편에 있는 문을 열었다.

하지만 밖에서 기다리고 있는 건 또 다른 문이었다. 다시 문을 열자 똑같은 문이 나왔고, 그는 계속해서 열고 들어가고, 열고 들어가는 걸 반복했다. 그렇게 끝도 없이 이어진 문을 열다 보니 어느새 마지막 문이 나왔다.

그것에 마지막이라는 표식은 없었다. 앞선 문들과 똑같이 생겼지만, 왠지 영훈은 마지막에 도달했다는 걸 직감했다. 갑자기 심장이 빠르게 뛰어왔다.

이제 끝인가? 드디어 굉장한 것을 보여 줄 셈인가?

그런 기대와 불안이 뒤섞인 채로 문고리에 손을 댔다.

문이 열리는 순간, 발밑에는 아무것도 없었다. 더 이상의 공간도 실체도 없는 영역이었다. 디딜 곳을 잃은 그의 몸이 자유 낙하하듯 떨어졌다. 무한한 어둠 속에서 그는 그저 끝도 없는 추락을 이어 나갈 뿐이었다.

◇◇◇◇◇

매일 수익이 생겨났지만 영훈은 회사도 배달 일도 그만두지 않았다.

아침에 눈을 뜨면 씻고 회사로 출근한다. 퇴근 후에는 녹초가 될 때까지 배달을 하고 곧바로 잠이 든다. 굳이 이

패턴을 계속 유지하는 이유는, 문 너머에 있는 또 다른 문을 열고 싶다는 충동을 억누르기 어려워서였다.

영훈은 설마 꿈속에서처럼 계속 무한한 문으로 이어질 거라고 생각하진 않았다. 문을 열면 그 안에는 분명 즉각적이고 시각적인 결과물이 있을 것이고, 그게 뭔지 두 눈으로 확인하고 싶어 참을 수가 없었을 뿐이다.

방 안으로 들어가면 끝장이라고, 위험하다고 상기했지만 욕망은 사그라지지 않았고 그것이 너무 강해서 스스로가 무서울 지경이었다. 그래서 영훈은 일부러 예전보다 더 일찍 출근하고, 퇴근 후엔 더 늦게까지 밖에서 머무르다 돌아가곤 했다.

이를 악물고 버텨서일까? 덕분에 방에 대한 유혹도 잦아들고 돈도 제법 쌓여 빚도 어느 정도 갚게 되었다.

그래, 힘내자. 이대로만 가면 그렇게 원하던 삶도 얻을 수 있을 거야.

그러던 어느 날, 영훈은 신축 아파트 단지로 배달을 가게 됐다.

지은 지 얼마 되지 않은 듯 외관이 깨끗하고 부지가 대학 캠퍼스처럼 넓었다. 아파트 공용 현관을 통과한 영훈은 서둘러 엘리베이터로 향했다. 습관적으로 버튼을 누르는 순간 문 앞에 붙어 있는 A4 용지가 눈에 들어왔다.

승강기 교체 공사 중

엘리베이터 성능 향상을 위해 교체 공사를 진행 중입니다.

빠른 시일 내에 보다 나은 품질과 서비스로 찾아뵙겠습니다.

영훈은 고객에게 전화를 걸었다. 몇 번의 신호가 가고 신경질적인 음색의 여자가 전화를 받았다.

"뭐예요?"

"아, 배달 기사인데요. 엘리베이터가 고장이 나 있어서요."

"그런데요?"

"네? 저…… 20층이라 다 올라가기는 좀 힘들어서……."

"어쩌라고요? 지금 저보고 내려와서 받아 가라는 거예요?"

"괜찮으시면 중간까지만 내려와 주실 수 있나요? 계단에서 건네 드리고……."

"아, 씨, 뭐라는 거야, 짜증 나게! 아저씨, 배달이면 배달답게 해야죠! 배달 기사가 하는 일이 배달 아니에요? 고객이 음식을 먹을 수 있게 배달해 주는 게 아저씨 일 아니냐고요!"

여자는 말할 틈을 주지 않고 일방적으로 퍼부어댔다.

"엘베 고장 난 건 아저씨 사정이지 고객인 제 사정이 아니잖아요? 아저씨 사정을 왜 저한테 징징대냐고요!"

"그게 아니라……."

"됐고요, 무조건 갖고 올라와요! 아니면 가게에 클레임 걸 테니까!"

영훈은 할 수 없이 20층까지 올라갔다. 마음 같아선 배달 거부를 하고 싶지만, 평소 잘해 주던 치킨 집 사장이기에 괜히 악성 리뷰라도 달려서 피해를 받게 하기는 싫었다.

치솟는 울분을 꾹꾹 삼키며 빙글빙글 이어지는 계단을 운동화 발로 꾹꾹 찍어 눌렀다. 15층쯤에 이르자 다리가 후들거리고 머리까지 빙빙 돌았다.

이러다 계단 아래로 굴러떨어지는 게 아닐까? 그렇게 되면 책임은 누가 지는 걸까. 무리하게 20층까지 오라고 한 여자? 미련하게 20층까지 올라간 나?

이런 것도 산재 처리를 해 줄지 궁금했다. 자기 과실이 아닌 게 인정되어야 하는데 어떻게 증명하지? 고객의 말 같잖은 요구를 거절하지 못한 건 나고 결국 내 다리가 실수를 해서 다친 거니까…… 새삼 플랫폼 노동자의 처우가 너무 열악하다는 생각을 하며 겨우 여자의 집에 도착했다.

─딩동.

초인종을 누르자 마치 앞에서 기다리고 있기라도 한 것처럼 현관문이 벌컥 열렸다.

등장한 여자는 40대쯤 돼 보이는 비쩍 마른 여자였다. 윤기를 잃어버린 얼굴빛은 칙칙했고 오이가 연상되는 얼굴에는 광대뼈가 툭, 튀어나와 있었다.

이 상황이 몹시도 불쾌하다는 듯이 여자는 온몸으로 적의를 뿜어댔다. 굳게 낀 팔짱도 안경 너머로 쏘아보고 있는 작은 눈도, 현관 쪽으로 내밀고 있는 한쪽 발도 모든 게 영훈을 향한 무언의 시위 같아 마음이 불편해졌다.

뭐가 저렇게 불만인 걸까? 20층까지 쉬지 않고 올라온 것은 나인데.

"이제 오면 어떡해요?"

"죄송합니다."

조금만 주의를 놓아 버리면 멋대로 폭발해 버릴 의식 상태를 간신히 유지하며, 영훈은 애써 밝은 목소리를 만들어 냈다.

"여기, 맛있게 드세요!"

치킨 봉지를 건네주고 돌아섰다. 한시라도 빨리 이 지긋지긋한 곳에서 뜨고 싶었다. 18층에 도달했을 때, 슬리퍼를 끌며 계단을 뛰어 내려오는 소리가 들렸다.

"아저씨, 이거 식었잖아!"

씩씩거리며 영훈에게 다가간 여자가 치킨 봉지를 그의 가슴에 던지듯이 찔러 넣었다. 투명한 비닐 안에 상자를 뜯고 나온 치킨 다리며 몸통이 엉망으로 뒤엉켜 있었다.

"지금 이딴 걸 먹으라고 준 거예요! 내가 호구로 보이냐고!"

"네?"

"환불할 거니까 도로 가져가요! 재수가 없으려니, 원."

말을 마친 여자가 황급히 계단을 뛰어 올라갔다. 영훈은 너무 어이가 없어서 붙잡을 생각도 못 하고 멍하니 그 모습만 바라보았다. 그 와중에도 두세 칸씩 계단을 밟는 여자의 모습이 인상적이었다.

참 기운도 좋다, 저럴 거면 내려와 줘도 됐잖아.

◇◇◇◇◇

영훈은 냉장고에서 맥주를 꺼내 와 거실 바닥에 앉았다. 그 이상한 여자 때문에 기분이 잡쳐서 배달 콜도 더 받지 않고 돌아왔다. 맥주 한 캔을 입안에 전부 들이부었는데도 끓어오른 화가 식지 않았다.

'내가 뭘 잘못했지?'

여자는 주문 요청 사항에 엘리베이터가 고장 났다는 사실을 알리지 않았다. 엘리베이터가 고장 난 걸 알았다면 배달을 하러 가지 않았을 거다. 콜을 받은 건 엘리베이터가 정상적으로 작동된다고 생각해서고, 알고 나서는 나름대로 타협점을 찾으려 한 건데 그마저도 무시당했다.

그래, 좋다. 20층까지 가 줄 수 있어. 근데 식었다고 도로 가져가라는 건 무슨 경우인데? 20층을 걸어서 올라오라고 요청한 순간에 이미 식는 것도 감안한 거 아니었어? 내가 무슨 슈퍼맨도 아니고 걸어가는 데 걸리는 시간은 계산 안 한 거냐고? 손님이면 다야? 사람을 있는 대로 똥

개 훈련 시켜 놓고 나 몰라라 돌아서면 끝이냐고!

너무 화가 나서 영훈은 손발이 다 부들부들 떨렸다.

왜 바보같이 듣고만 있었을까, 왜 한마디도 받아치지 못했을까.

간신히 불길을 억눌러 끄면 그 사이를 비집고 작은 불씨가 튀어 올라 활활 타오르는 기분이었다. 억울하고 짜증이 나서 도무지 평정심을 찾기 어려웠다.

씨발, 뭐 저런 게 다 있지? 엘리베이터가 고장 난 것도 미리 알고 있던 거 아냐?

안내문엔 언제부터 언제까지 운영하지 않겠다고 날짜가 적혀 있었다. 물론 여자가 집 안에만 틀어박혀서 밖에는 전혀 나오지 않는 히키코모리 생활을 하고 있어서 몰랐을 수도 있지만, 설사 그렇다 해도 경비실에서 한두 번은 방송을 했을 것이다. 한 달간이나 승강기 작업을 하면서 달랑 A4 용지로만 고지하고 끝내진 않을 테니까.

그래. 알고도 시킨 거다. 그래 놓고도 뻔뻔하게 환불까지 받아 간 여자는 가게에 별점 테러는 물론이고, 배달 기사가 불친절한 데다 자기를 위협했다는 허위 글까지 작성했다.

사장은 사연을 전해 듣곤 미안하다며 본인이 대신 사과했다. 사장이 사과할 게 아닌데.

죽여 버리고 싶다. 다시 찾아가서 치킨을 얼굴에 던져 버리고 싶다. 아니, 바닥에 패대기치고 올라타서 목구멍에 치킨 다리를 쑤셔 넣고 싶다. 양손으로 목울대를 눌러서 사람을 깔보던 그 눈알이 툭 불거져 나오며 괴로워서 꽥꽥대는 신음을 듣고 싶었다.

43

"……!"

순간 뭔가가 영훈을 막았다. 이유를 알 수 없는 저항감에 그는 상상을 멈췄다.

'뭐지?'

평소에는 하지 않던 폭력적인 생각들로 머릿속이 가득 차 있다는 사실이 믿어지지 않았다.

나는 왜 이렇게까지 분노하고 있는 거지? 어째서 잘 알지도 못하는 여자에게 이 정도로 노골적인 악의를 발산하는 거야?

마음이 술렁거리며 불안하게 흔들렸다. 이런 감정을 느끼는 자신이 낯설고 무서웠다. 한편으론 상상을 이어가고 싶다는 충동도 일었다. 그렇게 마구 휘저어지는 상태에 몸을 맡기고 있는데 문안에서 이상한 소리가 들렸다.

뭔가가 부딪히고 충돌하는 둔탁한 마찰음. 뭐지? 항상 문안이 조용했던 터라 이상했다. 그러고 보니 요사이 통 들여다보지 않았다. 혹시 무언가 변화라도 생긴 걸까?

자리에서 일어선 영훈이 문을 열었다.

펼쳐진 광경은 놀라웠다. 아무것도 없던 텅 빈 공간은 사라지고, 드넓은 벌판에서 수많은 인간이 서로 뒤엉켜 싸우고 있었다. 단순하게 치고받는 수준이 아니다. 서로를 찢고 부수며 그야말로 무참히 학살하고 있었다.

어떤 인간은 칼로 얼굴이 베여 피를 뿜어내고 있었고, 어떤 인간은 계란 껍데기처럼 등이 바스러졌다. 머리의 반이 날아간 시체도 보였다. 담을 곳을 잃고 쏟아져 나온 창자들이 바닥 이곳저곳을 뒹굴었다.

그 옆으로 양팔이 잘린 채 필사적으로 기어가는 이가 보였다. 그러나 그것도 잠시, 그의 척추를 향해 커다란 도끼가 내리꽂혔다. 그 즉시 그의 몸이 두 조각으로 나뉘었고, 도끼를 내리친 이는 이를 밟고 앞으로 나아갔다. 온갖 신체 조각들이 뒤섞여 성난 발길에 짓이겨지는 이곳의 모습은 마치 지옥도와 같았다.

영훈의 이성은 눈앞의 광경이 있을 수 없는 일이라고 말했지만, 그의 몸은 이것이 현실임을 알고 있었다. 전신이 공포로 빳빳해졌고 눈은 얼어붙어 깜빡거리지도 않았다.

그러다 영훈은 문득 눈앞의 존재들이 인간이 아님을 깨달았다. 언뜻 보면 인간과 유사했지만, 그들의 눈은 곤충을 연상시키는 벌집 모양으로, 무수한 작은 구멍들이 모여 이루어져 있었다. 그 구멍들에선 시간차를 두고 기이한 광채가 뿜어져 나왔는데 마치 죽일 대상을 감지하는 센서 등 역할을 하는 것 같았다.

입이라고 추정되는 기관도 독특했다. 솔직히 입이라고 하기에는 비정상적으로 작아서 마치 벽에 그려진 틈새처럼 보였다. 그 작은 입으로도 무언가를 씹어 먹을 수 있다는 사실이 오싹하게 느껴졌다.

어욱, 우우욱……. 쿠에엑, 쿠후후훅…….

코를 마비시킬 정도의 진한 피 냄새 속에서 놈들이 내지르는 기괴한 소리가 영훈의 귀를 때렸다.

하수도에 피를 대량으로 쏟아 버리는 듯한 불쾌한 소리. 이루 말할 수 없이 끔찍하지만 이들이 인간이 아니라는 사실을 알고 나니 묘하게 안도감이 들었다. 그리고 안도는 이내 흥분으로 발전했다. 눈앞에서 벌어지는 참사에 도덕이나 죄책감 같은 게 끼어들 필요가 없어서였다.

좀 전까진 동족이 살해되는 충격으로 얼얼했던 뇌가 이젠 자기와 상관없는 타 종족의 싸움을 구경하는 방관 상태로 흥분했다. 아주 생생하고 역동적인 영화를 극장에서 보고 있는 느낌이라고 해야 하나.

영훈은 더 가까이 보고자 고개를 한껏 앞으로 뺐다. 살육의 현장이 내지르는 소리가 영화관의 서라운드 음향처럼 생생하게 그의 귀를 때렸다. 피와 내장이 흩뿌려지고, 살과 뼈가 부서지는 광경 역시 묘한 해방감을 불러일으켰다.

이상했다. 평소엔 길가에 죽어 있는 동물만 봐도 보는 게 괴로워 멀찍이 떨어져서 걷곤 했는데 지금은 아무런 거리낌이 없었다.

쿠어훅…… 쿠훅……. 우우…….

육감적인 쾌락이라도 느끼는지, 놈들은 전투 중에도

도륙된 사체 위를 쉴 새 없이 타고 올랐다. 입으로는 침을 질질 흘리며 흥분과 분노가 뒤섞인 표정을 지으며 사지를 흐느적댔다.

마침내 그들 가운데 하나가 영훈을 발견했다. 마치 불꽃놀이에 팔려 하늘만 보다가 뒤늦게 현실을 자각한 것처럼. 아주 잠깐 이상하다는 표정을 짓던 놈이 어떠한 준비 과정도 없이 곧바로 달려들었다. 발로 땅을 강하게 박차며 돌진하는 모습은 먹잇감을 사냥하는 맹수와 같았다.

영훈은 뒤로 피하려 했지만 그 존재가 팔을 휘두른 게 더 빨랐다. 베인다! 그렇게 생각하자마자 칼을 쥐고 있던 녀석의 팔이 허공에서 싹둑 잘려 나갔다. 놈은 제 발치에 떨어진 팔을 이해할 수 없는지 고갤 갸웃대다가, 영훈이 사태의 원흉인 양 몸을 날렸다.

영훈의 눈앞으로 피가 튀어 오르고 살점이 흩날렸다. 마치 보이지 않는 칼날에 썰린 것처럼, 영훈에게 돌진한 녀석의 몸이 산산이 분해되어 후드득 떨어졌다.

그렇구나. 이 방과 문 사이에 경계가 있는 모양이다. 두 세계는 철저하게 분리되어 있어 침입을 허락하지 않았다. 물론 조금 전 얼굴을 들이밀었을 때 무사한 걸 보면 그 규칙은 문안의 존재들에게만 작용하는 모양이었다. 계약자인 영훈을 위한 안전장치일까?

"하하……. 하하하!"

영훈은 웃음이 터졌다. 놈들을 상대로 자신의 위치가

절대적으로 유리하다는 걸 깨닫고 나자 몹시도 기꺼웠다. 한마디로 저들은 영훈의 세계로는 결코 넘어올 수 없다.

영훈은 한데 엉켜 싸우고 있던 놈들을 향해 손짓했다. 소리를 치고 양팔을 마구 휘둘러 그것들의 주의를 빼앗았다.

"야! 이리 와, 이쪽으로 와 보라고. 여기야, 여기!"

놈들이 영훈의 존재를 눈치채기 시작했다.

눈동자의 깜박임이 멈추는가 싶더니 그에게 시선이 고정되었다. 다섯, 여섯, 일곱. 더 많이…… 동시다발적으로 뛰어오른 놈들이 각자 쥐고 있던 무기를 휘둘렀다.

예리하게 번뜩이는 날붙이들이 다양한 각도를 그렸지만 그 어느 것도 영훈의 몸에 닿지 못했다. 앞서 녀석이 그랬던 것처럼 차례차례 썰리고 잘려 나갈 뿐이었다.

정육점의 다짐육처럼 곱게 해체된 놈들의 고기가 발치에 탑을 쌓았다. 뜨듯한 피는 작은 연못이 되었다가 다시 여러 갈래로 흘러갔다. 피와 살점의 향연 속에서, 놈들이 내지르는 비명이 아주 감미로운 노랫소리처럼 들려왔다.

기분이 좋다. 왜 이렇게 좋은 거지? 여자에게 받았던 더러운 기분은 사라진 지 오래였다. 온몸에 활력이 돌면서 뭐든 할 수 있을 거란 고양감이 고취됐다. 아, 이게 쾌감이라는 건가? 아드레날린이 샘솟는 그런 상황인가? 영훈은 기분이 좋고 또 좋아서 계속해서 놈들을 유인했다.

아까만 해도 을의 입장에서 무기력하게 폭언을 듣고

당하기만 해야 했다가 순식간에 위치가 바뀌어서인지도 모른다. 그 여자에게 받은 스트레스와 풀 길 없는 분노가, 자신의 주도로 썰리고 죽어 가는 놈들을 보고 있자니 대번에 해소되는 기분이었다.

얼마나 시간이 지났을까. 이제 놈들은 거의 다 죽고 없었다. 살아 있는 몇몇은 간신히 숨만 붙어 있을 뿐 살아 있다고 볼 수 없는 몰골이었다. 그놈들은 영훈이 아무리 손짓해도 다가오지 않았다. 다가오지 못하는 상태라는 게 맞을 것이다. 다리가 없어지고 허리가 반으로 동강이 난 놈들이 예의 구역질 나는 소리를 뱉으며 죽어 가고 있었다.

문득 영훈은 정신이 번쩍 들었다.

'내가 지금 뭘 하는 거지?'

자신이 이끌어 낸 거대한 살육의 현장을 보자 조금 전까지 그를 채우던 흥분과 고취는 사라지고 어두운 죄책감이 내려앉았다. 아무리 인간이 아니라고 해도 살아 있는 생명체다.

영훈은 어릴 적 실수로 고양이를 죽인 적이 있었다. 갈색과 검은 털이 섞인 새끼 고양이였는데 어미를 잃었는지 마당에서 울고 있었다. 한눈에 봐도 약해 보이는 게 가망이 없다고 판단한 어미가 일부러 버리고 간 것인지도 몰랐다.

그때만 해도 길고양이란 말 대신 도둑고양이라 불리던

시절이었다. 방에서 키우는 건 물론이고 동물병원에 데려가는 것조차 상상하지 못했기에 영훈은 일단 새끼 고양이의 주린 배라도 채워 주려고 했다.

급식으로 나온 우유를 뜯어 새끼 고양이에게 먹였는데, 새끼 고양이는 다음 날 설사를 하고 죽어 있었다. 새끼 고양이에게 우유가 치명적이라는 것을 그때는 몰랐다. 초식 동물인 소의 젖은 육식 동물인 고양이에게 맞지 않기 때문이다.

온몸이 토사물로 범벅이 되어 눈도 감지 못하고 죽은 녀석을 보자, 영훈은 말할 수 없는 슬픔이 차올랐다. 아무런 저항 없이 품에 안기던 작은 몸의 온기가 떠올랐다. 인간을 경계하는 고양이가 살려 달라고…… 구해 달라며 다가온 건데……. 자신의 무지로 죽이고 말았다.

그 기억은 어른이 돼서도 두고두고 영훈을 괴롭혔고, 다른 이야기를 하며 웃고 있다가도 뜬금없이 떠올라 영훈을 괴롭게 만들었다. 한데 지금 그와 같은 죄책감이 피어오르는 것이다.

생명의 기운이 꺼져 가는 놈들의 눈빛을 정면으로 마주한 영훈은 도망치듯 문을 닫았다.

자리에 누운 그는 둥글게 몸을 말곤 이불을 머리까지 뒤집어썼다. 그러곤 새벽이 지나는 내내 몸을 떨었다.

◇◇◇◇◇

그날 영훈은 회사를 하루 쉬었다. 아침이 되도록 잠을 이루지 못하다가 동이 터 올 무렵 겨우 잠이 들었는데, 일어나 보니 회사에 갈 컨디션이 아니었다. 몸살이라도 난 것처럼 식은땀이 흐르고 으슬으슬 한기가 돌았다.

"괜찮아? 약은 먹었어?"

전화기 속 아영의 목소리에 걱정이 가득 묻어 있었다.

"이따 죽 사 가지고 들를까?"

"아냐, 괜찮아. 죽 이미 배달시켜 먹었어."

아영은 그러면 과일이라도 사서 오겠다고 했지만 영훈은 거듭 말렸다. 그녀가 오는 건 언제나 즐거운 일이지만 지금은 아니었다. 아니, 앞으로도 그녀가 오는 일은 절대적으로 없어야 했다. 저 이상한 방을 발견한다면 걷잡을 수 없는 사태가 벌어질 테니까.

그러자 몸이 아파 지끈거리는 와중에도 씁쓸함이 밀려왔다. 휴일에 아영이와 이 집에 누워 함께 잠을 자고 요리를 해 먹고 시답잖은 연애 프로를 보며 깔깔대던 행복은 더는 없는 건가.

통화를 끝낸 영훈이 문을 바라보았다. 도저히 열기는 싫었지만 왠지 확인해 봐야 할 것 같았다.

안은 텅 비어 있었다. 어제 있었던 일이 환상이나 착각이었던 것처럼 핏자국 하나 없는 깨끗한 벌판만이 있을 뿐이었다.

꿈이었나?

정말 꿈이었다고……?

당연히 꿈이었을 리가 없다. 그것은 실제로 일어난 일이며 그가 개입한 일이다. 그의 의지가 충실하게 반영된 대량 학살. 그래도 안이 깨끗하니 조금은 기분이 나아졌고, 그래서 영훈은 어제는 놓쳤던 풍광으로 시선을 돌렸다.

이곳은 뭘까?

하늘은 지구에서 본 적 없는 이질적인 색채로 물들어 있었다. 공기는 묵직하고 차가웠으며, 숨을 들이쉴 때마다 이상한 금속 냄새가 났다. 마치 녹슨 쇳조각이 코와 목구멍을 긁고 지나가는 느낌이랄까.

확실히 지구는 아니야. 어디 외계 행성 같은 건가?

멀리 보이는 산맥은 칼날처럼 날카롭게 솟아 있었고, 그 주위에는 번개 같은 게 번뜩거렸다.

절대 이곳으론 가까이 오지 말라는 경고를 하는 것 같기도 했고, 다른 한편으로는 미지의 호기심을 채우라고 유혹하는 것 같았다.

방 안으로 절대 들어가지 마시오.

이를 어길 시 계약이 파기되며 좋지 않은 페널티가 있음.

계약 조건을 상기한 영훈은 조용히 문을 닫았다.

영훈은 다시 현실에 충실하기로 했다. 지금 상황에선 돈을 모으는 것만이 최우선이란 판단이 들었다. 언제가 될지는 모르지만 원하는 만큼의 액수가 채워지면 아영과 새로운 보금자리를 꾸밀 것이다. 이 집은 비워 둔 채로 두고서 간간이 들르면 되겠지. 어차피 그가 거주하지 않아도 일세는 꼬박꼬박 들어올 테니까.

그렇게 다시 회사를 나가고 배달을 하는 삶이 이어졌다. 그러는 동안 영훈을 괴롭히던 죄책감도 옅어졌다. 역시 인간은 적응의 동물인지 아니면 망각의 동물인지 자신이 했던 잔인한 짓이 까마득히 먼 예전의 일처럼 느껴졌고, 영훈은 다시 평온을 되찾았다.

'앞자리가 또 바뀌었어.'

은행 앱에 접속한 영훈의 입가가 실룩실룩 움직였다. 매번 느끼지만 도무지 현실감이 없는 금액이다. 이 정도면 평범한 직장인 연봉의 몇 배인 거지? 자신이 한 거라곤 시간이 흐르기를 기다린 것뿐이다. 지금까지 흐른 시간이 한 번 더 흐르고 나면 통장의 액수는 더 엄청나질 테지.

'부족해.'

그런데도 영훈은 초조함을 느꼈다. 확실히 말도 안 되게 큰돈이지만, 인생을 역전시킬 만한 돈은 아니었다. 물론 이러한 생각이 욕심이라는 건 알고 있다. 적당한 선에서 결혼식을 준비하고 적당하게 살 수 있는 신혼집을 마련하고 적당한 생활비로 애를 낳고 생활하는…… 그런 삶은 손에 쥘 수 있을 만큼 가까이 다가왔다. 그러나 영훈은 더는 적당히 살고 싶지 않았다.

아영의 추억에 두고두고 회자될 만한 호화로운 결혼식을 올리고, 누구나 부러워할 만한 고급 주택에서 살고, 자식이 원하는 건 뭐든 다 해 주고 시골에 있는 엄마도 모시고 와서 풍족함을 누리게 하고 싶다. 죽은 아버지를 대신해 형으로서 동생의 자립도 돕고 싶었다. 그 모든 것들을 이루기 위해선 돈이 필요했고 이 돈은 턱없이 부족했다.

"후……."

한숨을 내쉰 영훈이 핸드폰에서 시선을 떼곤 주위를 둘러보았다. 직원들이 지치고 우울한 얼굴로 업무에 임하고 있었다. 모니터에 얼굴을 가까이 댄 그들의 모습이 꼭 먹이통에 고개를 박고 있는 새처럼 보였다.

아침에 눈뜨기 싫어도 어쩔 수 없이 일어나야 하고, 만원 전철이나 버스에 몸을 욱여넣은 채 사람들의 체취와 터치에 시달리며 인내해야만 하는 출퇴근 시간. 그러고도 얼마 안 되는 모이를 주워 먹고자 하루 종일 저 상태를 유지해야 한다.

저 중에서 지금 하고 있는 일이 진심으로 즐거워서 선택한 직원이 몇이나 있을까? 대다수는 그저 이 일을 할 수 있고, 이 일 정도면 버틸 만하다고 여기기에 골랐을 것이다.

내가 그랬던 것처럼.

하지만 이젠 아니다. 그래, 내 처지는 180도 바뀌었다.

더 이상 돈을 벌기 위해 억지로 출근하지 않아도 된다. 지금이라도 원하기만 한다면 당장 회사를 그만둘 수도 있다. 생존을 위해 무조건적으로 해야만 했던 노동이 취미 수준으로 전락했다는 것. 더 이상 대하기 껄끄러운 동료와 억지로 얼굴을 맞대거나, 마음에도 없는 소리로 비위를 맞출 필요도 없다는 것. 원한다면 지금 당장이라도 자리를 박차고 나갈 수 있다는 것은 영훈에게 말할 수 없는 희열을 선사했다.

다시금 비집고 올라오는 웃음에 영훈이 주변을 신경 쓰며 슬쩍 입꼬리를 내렸다.

◇◇◇◇◇

그날, 영훈이 문을 열자 달라진 풍경이 그를 맞이했다. 아주 화려한 옷을 걸친 거인이 산더미같이 쌓인 시체 더미 위에 앉아 있었다.

영훈은 거인이 어릴 적 읽은 책에서 나온 유령을 닮았다고 생각했다. '크리스마스 캐럴'이라는 제목의, 주인공을 찾아온 두 번째 유령 말이다.

거인은 질이 좋아 보이는 부드러운 녹색 가운을 걸쳤

고 머리엔 사람의 손가락을 이어 붙인 듯한 관을 썼다. 한
껏 벌리고 앉은 거인의 다리 사이로 속살이 적나라하게
보였다. 영훈이 즉각적으로 와닿는 시각적 테러에 선선
한 충격을 받은 사이, 거인이 시체 하나를 쑥 건져 올렸
다. 아무것도 걸친 게 없는 30대 남자였다.

거꾸로 들어 올려진 시체는 축 늘어져 있었다. 인간과
유사한 무언가가 아니었다. 명백히 인간이었다. 거인은
시체의 목에서 금으로 된 목걸이를 우악스럽게 벗겨 내
더니 뒤에 있는 통으로 던졌다. 포물선을 그리며 날아간
목걸이가 이미 통에 쌓여 있는 귀금속들과 부딪혀 쨍그
랑, 소리를 냈다.

거인이 힘을 주자 시체가 반으로 찢겨 나가며 내장이
밑으로 쏟아졌다. 먹기 좋게 다듬듯 거인이 살점을 밀었
고 점점 밀려 나가는 살점 사이로 척추가 생선 뼈처럼 반
짝이며 드러났다. 뼈를 손잡이인 양 잡은 거인이 우적우
적 씹기 시작했다. 맛있는 꼬치구이라도 되는 것처럼. 살
점을 잡고는 거침없이 뜯고 삼켰다.

"우우웩……."

영훈은 저도 모르게 허릴 숙이고 욕지기를 했다. 바닥
에 고인 갈색 토사물 속에 야식으로 먹었던 치킨 덩어리
가 듬성듬성 보였다. 그것에 자극이라도 받은 양 위장이
한 번 더 뒤틀렸다.

배를 부여잡은 영훈은 무너지듯 무릎을 꿇으며 계속

게워 냈다. 문득 이상한 느낌에 고갤 들자 거인이 이쪽으로 걸어오고 있었다. 당황해서 일어서려고 손으로 바닥을 짚는 순간 토사물에 미끄러지면서 얼얼한 통증이 뺨을 강타했다. 소화액으로 범벅된 토사물이 코로 들어오면서 목이 찢어질 것처럼 기침이 나왔다.

잡히면 죽을 거야!

거인에게 붙들려 들어 올려지는 상상을 하자 영훈은 머리카락이 쭈뼛 섰다. 그러다 문득 거인이 이곳을 통과하지 못한다는 데 생각이 미쳤다.

그래, 난 안전하다. 이 문이 경계가 되어 줄 것이다.

"어디 와 봐!"

올 테면 오라지, 매운맛을 보여 줄 테니까. 감히 나를 위협해? 겁을 줘? 웃기지 마! 너야말로 썰어 주마!

며칠간 잠잠해 있던 살의가 다시 꿈틀댔다. 이 거인은 악이다. 사람을 먹는 식인 괴물이다. 패물까지 훔치니 강도나 다름없다. 네놈이 응당 받아야 할 처벌을 받게 해 주겠어! 그렇게 생각하며 영훈은 고개를 빳빳이 쳐들었다.

거인의 팔이 영훈의 얼굴을 향해 쑥 뻗어 나왔다. 영훈은 곧 벌어질 참사를 기대하며 웃을 준비를 했지만, 손가락은 문을 통과해서 그대로 코앞까지 다가왔다.

"……헉!"

본능적으로 영훈이 몸을 뒤로 빼자 거인의 손가락은 간발의 차로 허공을 할퀴었다.

말도 안 돼. 이 거인은 경계를 넘어올 수 있다! 어찌 된 셈인지 앞서의 놈들과는 규칙이 다르게 작용하는 것 같았다. 다만 자유로운 건 손뿐으로 몸 자체가 문을 통과할 수는 없는지, 그는 문 앞에서 영훈을 잡으려고 맹렬하게 손을 휘저어댔다.

거인의 손가락은 하나하나가 철근처럼 굵고 강력했다. 손톱은 지나치게 뾰족했고, 그 속에는 누구의 것인지 모를 살점들이 박혀 있었다. 영훈은 손이 뻗어오는 속도와 힘에 놀라, 문턱에서 비틀거리며 간신히 균형을 잡았다. 거인의 사정권에선 벗어나 있었지만 문은 여전히 열린 상태였다.

어떻게 하지?

계속 이 상태로 놔둘 순 없었다.

잠시 생각하던 영훈은 아주 빠르게 몸을 옆으로 틀었다. 그러자 거인은 시야에 혼란이라도 온 것처럼 주춤거렸다. 분명 문 앞에 있을 땐 영훈이 보였는데, 문 옆으로 물러서자 차단막이 씌워진 것처럼 영훈의 모습이 보이지 않게 된 것 같았다.

놓쳐 버린 사냥감을 찾듯 거인이 으르렁댔고, 코와 입에서 뿜어져 나오는 뜨거운 숨결이 문틈을 통해 새어 나왔다. 영훈은 거인이 고개를 돌리는 틈을 타서 얼른 문을 닫아 버렸다.

겨드랑이에 땀이 배고 등줄기가 부르르 떨렸다. 조금

만 늦었어도 저 우악스러운 손아귀에 붙들릴 뻔했다. 안으로 끌려 들어간 상상을 하자 공포가 온몸을 휘저었다.

콩쾅쿵쾅, 들리는 건 자신의 숨소리와 심장 박동뿐이었다. 너무 빨라서 자기 것 같지 않은 심장이 세찬 종처럼 가슴을 때렸다.

영훈은 그렇게 한참을 움직이지 못했다.

◇◇◇◇◇

"영훈 씨, 안 들려?"

팀장의 목소리에 영훈은 정신을 차렸다. 자신도 모르게 깜박 잠이 들었던 모양이다.

"네……. 아, 저기…… 뭐라고 하셨죠?"

"이 사람 이거, 정신을 어디다 팔고 있는 거야? 회사가 놀이터야!"

"죄송합니다."

"요새 근무 태도가 영 단정치가 못해. 내가 말하려다 참았는데 요즘 뻑 하면 핸드폰 보면서 멍 때리는 거 모를 줄 알아? 자꾸 실수나 하고 말이야!"

"죄송합니다. 주의하겠습니다."

"똑바로 해, 똑바로! 다 지켜보고 있다고, 알아들어?"

거듭되는 사과에도 팀장의 잔소리는 끝날 줄 몰랐다. 팀장은 영훈을 붙들고 같은 내용을 어휘만 바꿔 가며 반복해 기어이 그의 진을 다 빼놓았다.

완전히 너덜너덜해진 영훈은 아영이 보고 싶어졌다. 그녀의 웃는 얼굴을 본다면 이 거지 같은 기분이 조금은 풀릴 것 같았다.

그래서 아영을 만나러 갔는데 어쩐 일인지 그녀는 자리에 없었다. 휴게실과 탕비실, 옥상 정원에도 보이지 않는다. 대체 어디 있는 걸까. 전화를 걸어야 하나 싶어 핸드폰을 여는데 반대쪽 복도에서 아영이 나타났다. 반가워 달려가던 영훈이 멈칫거렸다. 아영은 혼자가 아니었다. 옆에 같은 부서인 남자 직원과 함께였던 것이다.

무슨 일이지? 왜 하필 둘이서 같이 오는 건데? 아영은 예쁘고 성격이 좋아 회사에는 은근히 그녀를 마음에 둔 남자가 많았다. 3년째 열애 중이지만 사귀는 사실을 비밀로 하고 있어서인지 종종 아영에게 호감을 표현하는 남자도 있었고 말이다. 그때마다 아영이 철벽을 쳐서 별로 걱정하지 않았는데 저 남자는…….

얼마 전 부사장 인맥으로 들어온 직원이었다. 외모도 키도 영훈보다 월등했고, 당연히 집안도 잘살 것이다. 그의 자산이 얼마나 되는지는 모르지만, 최소한 자신처럼 갚아야 할 빚은 없을 것이다.

남직원이 낮은 목소리로 무언가 이야기를 하자, 아영이 맞장구치듯 고개를 끄덕였다. 그 모습을 보자 영훈의 가슴속에서 맹렬한 질투가 일었다. 수컷으로서 이런 장면을 두고 봐서는 안 된다는 생각이 들었다. 물론 언제나처럼 아영이 알아서 잘할 것이라 믿었지만, 그들의 미래에 관해 좀 더 확신을 줘야 했다.

결국 영훈은 그날 저녁 아영과 식사 약속을 잡았다.

◇◇◇◇◇

"여기 비싼 곳 아니야?"

평소 자주 가던 회사 뒷길 순대국밥집이 아닌, 근사한 레스토랑을 예약한 영훈에게 아영이 좋아하는 한편 불안해하면서 물었다.

"괜찮아. 이 정도는 능력 돼."

뱉어 놓고도 민망했다. 그의 사정을 훤히 아는 아영에겐 우습게 들렸을 것이다. 하지만 아영은 별다른 말 없이 영훈의 얼굴만 물끄러미 바라보았다. 평소와는 다른 분위기에 무언가 사정이 있다고 짐작한 것 같았다.

"아영아……."

영훈은 불쑥 아영의 손을 잡았다.

"고마워."

"뭐가?"

"나 떠나지 않아서. 항상 내 옆에서 든든하게 그 자리 지켜 줘서 너무 고마워."

"뜬금없이 왜 그래. 자기 오늘 진짜 이상하네."

"이상해?"

"엄청. 진짜 무슨 일 있는 거 아니지?"

영훈은 대답 대신 쇼핑백에서 선물 상자를 꺼냈다. 아영의 눈이 놀란 토끼처럼 동그래졌다. 상자 위로 이름만 대면 알 수 있는 유명 명품 로고가 새겨져 있었기 때문이다.

"이게 뭐야?"

"열어 봐."

"어……?"

상자를 열자 안에는 역시나 같은 업체의 로고가 펜던트로 디자인된 목걸이가 들어 있었다. 아영은 숨을 훅 들이켠 채로 굳어 버렸다. 그러더니 한참 뒤에 모깃소리로 묻는다.

"이거 진짜야?"

"푸하."

생각지도 못한 말에 덩달아 긴장하고 있던 영훈이 웃음을 터트렸다.

"진짜지 그럼, 설마 내가 너한테 가짜를 해 주겠니?"

"아니, 그게…… 그러니까……. 갑자기 이걸 왜 산 건데? 자기 빚 갚고……."

"빚 걱정은 하지 마. 다 갚았으니까."

"뭐? 어떻게?"

"나 유산 받았어."

영훈은 미리 준비한 거짓말을 둘러댔다.

아버지 쪽에 먼 친척이 있다. 아주 부자인데 아버지하고 왕래가 없어서 몰랐다가 연락이 와서 알았다. 가족도 자식도 없는 친척이라 아버지 앞으로 유산을 남겼고 그게 영혼의 몫으로 돌아왔다고.

"액수가 꽤 커. 그래서 제일 먼저 빚부터 상환하고 남은 돈이⋯⋯."

아영은 멍한 표정으로 듣기만 했다. 지금의 상황이 전부 꿈인 것처럼.

"우리 올해는 꼭 결혼하자."

영훈은 자신이 하는 말인데도 꼭 남이 하는 말을 듣고 있는 것처럼 현실감이 없었다. 아영을 사랑했지만 그가 처한 현실을 떠올리면 도저히 함께하는 미래를 그려 볼 수가 없었기에 내심 그녀를 위해 헤어지는 게 맞지 않을까 고민하고 있던 차였다.

하지만 하루에 주어지는 오백만 원. 그리고 그 뒤에 기다리고 있을 막대한 부에는 더 이상 그들의 사랑을 위협하거나 방해할 요소가 없었다.

"약속할게. 세상에서 가장 행복한 신부가 되게 해 준다고."

"없었어도⋯⋯."

"뭐?"

"자기가 유산이니 뭐니 안 받았어도 결혼했을 거야."

영훈과 시선을 맞춘 아영이 한 자 한 자 힘을 주어 말했다.

"말했잖아. 없이 시작해도 된다고. 조금씩 불려 나가면 된다고."

"알아. 그래도 내 입장에선 너까지 지옥으로 끌어들일 수 없었어."

"지옥이 아니야."

아영이 영훈의 손을 잡았다.

"함께하면 지옥이 아니야. 혼자인 게 지옥이지."

"알아……. 네 마음 다 알아."

영훈의 말에 아영의 눈에서 눈물이 뚝뚝 떨어졌다.

영훈은 그런 아영을 꼭 안아 주었다.

◇◇◇◇◇

집으로 오는 영훈은 모처럼 기분이 좋았다.

사랑을 확인해서일까? 버스 정거장에서 내린 후 자취방이 있는 곳까지 이어진 까마득한 고개도, 거리 곳곳마다 재활용과 불법 쓰레기가 나뒹구는 구질구질한 동네의 정경도 오늘은 전혀 불쾌감을 유발하지 않았다. 발걸음은 가볍고 귓가에 닿는 바람은 상쾌했다. 그렇게 달뜬 마음으로 대문을 여는데 마당에서 서성이고 있는 그림자가 보였다.

어둠에 가려진 작은 체구의 존재는 영훈의 집 창문에 쪼그려 앉아 안을 살피고 있었다. 자세히 보니 집주인 노파였다.

'대체 뭘 하는 거지?'

영훈은 집주인 노파가 싫었다.

그녀가 이 건물의 실질적 주인이라는 건 안다. 하지만 세를 준 이상 영훈의 집이기도 한데 매사 참견이 심했다. 다가구 건물이라 수도세를 가구 수대로 거둬서 내는데, 노파는 조금만 많이 나오면 집집마다 돌아다니면서 누가 얼마를 더 썼는지 잔소리를 해 댔다.

배달 음식을 너무 자주 시켜 먹는다, 대문 앞에 주차를 하지 마라, TV 볼륨이 너무 크다, 주말에 애들 떠드는 소리가 나던데 누가 놀러 온 거냐 등 사사건건 간섭을 하는 노파의 행동에 다른 세입자들도 질린 지 오래였다.

넌지시 싫어하는 티를 내기도 했지만 눈치가 없는 건지 가소롭다고 생각하는 건지 노파는 개의치 않았고, 자신의 건물에 세 들어 있는 사람들을 향해 마음껏 권력을 행사했다. 심지어 노파가 거주하고 있는 건물은 이곳과는 꽤 떨어져 있었기에 그야말로 부지런하다고 해야 할지, 할 일이 없다고 해야 할지, 좌우간 영훈은 노파가 이해가 가지 않았다.

허리를 일으킨 노파가 창문에서 떨어져 현관 쪽으로 다가갔다. 그러더니 품에서 열쇠 꾸러미를 꺼내 맞는 열쇠를 찾기 시작했다.

이런 미친!

영훈이 달려갔다.

"어쩐 일이세요?"

안부차 묻는 게 아니다. 그의 말에는 엄연한 항의가 담겨 있었다. 왜 남의 집을 염탐하느냐, 왜 남의 집에 멋대로 들어오려 하느냐, 당신의 행동은 매우 잘못되었다는 불쾌감과 경고.

그러나 노파는 전혀 못 알아들은 모양인지 오히려 삿대질을 했다.

"대체 집구석에서 뭘 하는 거야?"

"네?"

"뭘 하기에 자꾸 이상한 소릴 내고 난리냐고!"

"그게 무슨 소리세요?"

"내가 말이야, 어? 전화를 받고 온 거야. 이 집에서 자꾸 짐승 소리가 들린다던데?"

이해할 수 없는 말에 영훈은 화가 치밀었다. 이런 대화를 하는 와중에도 노파가 쥐고 있는 열쇠 꾸러미에선 계속해서 철그렁철그렁 소리가 났다. 오래된 다가구 주택답게 문도 옛날식이었고 노파는 세입자의 모든 집 열쇠를 여벌로 갖고 있었다.

명절 때 고향에 내려가면 노파가 저 열쇠로 문을 따고 들어와 온 집 안을 쏘다니는 것도 알았다. 그녀는 벽에 새로 생긴 못 자국이 있는지, 싱크대 하부 장에 간장이라도 쏟지 않았는지 유심히 살폈고, 그걸 대놓고 말하는 뻔뻔함까지 갖추고 있었다.

오늘도 또 그런 건가. 말 같지 않은 걸로 꼬투리를 잡아 집주인의 권리를 행사하려 온 건가.

사생활이 침해당하고 있다는 생각에 두개골이 지끈대는데 노파가 소리쳤다.

"영훈 총각, 내가 분명 말했지. 동물은 안 된다고. 사람 말이 말 같지 않아?"

"대체 뭔 소리를 하시는 거예요, 저는 동물을 키운 적이 없……!"

그러다 영훈은 한 가지 가능성을 떠올리고 흠칫거렸다.

설마 문이 낸 건가? 만약 그사이 방 안 풍경이 바뀌었고 소리의 출처가 그곳이라면…….

전신의 근육이 뻣뻣해지고 등줄기에 냉기가 흘렀다.

그때 노파가 영훈의 가슴팍을 팍 찔렀고 메마른 나뭇가지 같은 손가락의 느낌에 영훈은 정신이 번쩍 들었다.

"이렇게 약속을 어기면 곤란해. 난 세상에서 속이는 인간이 제일 싫은 사람이야. 앞에선 착한 척 굴면서 뒤로는 이러는 거 실례라고. 영훈 총각이 이런 사람일 줄 생각도 못 했네."

"저기……. 이, 일단 진정하시고요."

노파를 달래야 한다. 어떻게든 이 사태를 넘기기 위해 영훈은 필사적으로 머리를 굴렸다.

"아마 동생이 잠깐 들렀던 모양인데……. 그 녀석이 개를 키우거든요. 지금은 집에 갔다고 하니까…… 다시는 이런 일 없도록 할게요."

"한 번이 두 번 되고 세 번 되는 거야. 동생에게 말 안

했어? 아니, 개를 들이면 어쩌잔 거야!"

"죄송합니다."

"개 냄새 한번 배면 얼마나 피곤한지 몰라? 오줌 싸서 장판에라도 스며들면 그거 누가 책임질 거냐고! 벽지며 뭐며 싹 교체해야 하는데, 원 요즘 젊은것들은 왜 이렇게 상식이 없는지."

"정말 죄송합니다. 한데 여사님도 아무리 그래도 함부로 문을 열고 들어오시면 안 되죠."

"함부로라니!"

갑자기 노파가 버럭 소리를 질렀다.

"내 집, 내가 열어 본다는데 어떤 놈이 감히 뭐라고 해, 어?"

노파는 이상한 데 꽂혀서 으르렁댔다. 상당히 불쾌한지 입에 침까지 튀기며 씩씩거렸다. 도저히 말이 통하지 않았다.

"저 안에 정말 개 없는 거 맞아? 아직 있는데 거짓말하는 거 아니냐고! 당장 열어! 열라고! 내 눈으로 확인하게!"

큰일이다. 막아야 하는데 뇌가 정지한 듯 사고가 돌아가지 않는다. 노파는 고래고래 소리쳤다. 열지 않으면 경찰이라도 부를 기세였다. 옆집의 현관이 살짝 열리고 세입자 하나가 고개를 뺐다. 아까부터 대체 무슨 난리인지 궁금한 모양이었다. 영훈은 아무 일도 아니란 것처럼 애써 미소를 지어 보이며 문에 열쇠를 꽂았다. 이러다 온 동네 사람들이 전부 몰려올 기세였는데 그러면 걷잡을 수 없어질 것이다.

"비켜!"

문이 열리자마자 노파가 영훈을 확 밀치며 앞장을 섰다.

"아니, 왜 이리 캄캄해?"

벽으로 손을 뻗은 노파가 더듬더듬 스위치를 찾았다. 오래된 형광등이 부스스한 빛을 내며 깨어나자 집 안 정경이 한눈에 들어왔다. 들어가서 둘러보고 자시고 할 것도 없이 현관에 서면 구조가 한눈에 들어오는 좁디좁은 평수. 평소 불만이었던 그 사실이 오늘은 꽤 도움이 됐다. 안으로 들어왔다면 벽에 있는 문을 발견했겠지만, 딱 봐도 아무것도 없는 모습에 노파가 혀를 찼다.

"아니, 개새끼 비슷한 것도 없구먼. 이 등신들은 뭘 들은 거야?"

"말씀드렸잖아요. 없다고."

"에이, 육시랄 것들 때문에 괜히 고생만 했네."

겸연쩍어서인지 한껏 툴툴댄 노파가 신경질적으로 몸을 틀었다.

"가 보시게요?"

"총각이 남자치곤 참 깔끔하단 말이지. 앞으로도 이렇게 깨끗하게 써. 알았어?"

"네."

문이 닫히고 혼자가 되자 영훈은 털썩, 주저앉았다. 다리가 후들거리며 바닥이 울렁거리는 느낌이 들어 제대로 서 있기가 어려웠다. 자신도 모르게 긴장하고 있던 걸까?

손바닥은 땀으로 축축해졌고 심장 박동 소리가 귀에서 울리는 것처럼 느껴졌다.

"후, 겨우 살았네. 대체 짐승 소리가 뭐야?"

영훈은 문을 바라보았다. 일전에 거인에게 붙들릴 뻔한 뒤로 무서워서 통 열어 보질 못했다. 문 앞에 섰지만 왠지 여는 게 망설여졌다. 어쩌면 이 모든 건 거인의 농간이 아닐까? 일부러 이상한 소릴 내서 호기심에 열게 만들려는, 앞에서 기다리고 있다가 그때처럼 낚아채려는 수작이 아닐까.

잠시 고민하던 영훈이 문을 열었다.

거인은 없었다.

완전히 뒤바뀐 풍경 너머로 이해할 수 없는 광경이 펼쳐져 있었다.

드넓은 벌판에 10여 마리 짐승의 시체가 즐비하게 늘어서 있었다. 아니, 시체라고 하기는 힘들었다. 몸통이 없었기 때문이다. 있는 건 머리뿐으로 하나같이 목이 잘린 채 높은 장대에 꽂혀 있는 상태였다. 그들은 머리엔 왕관을 쓰고 목 아래로는 화려한 망토를 늘어뜨리고 있었다.

눈은 이 상황을 받아들이고 있지만 뇌는 다음 단계로 나가지 못했다. 이게 뭐지? 뭐 하는 거지? 무슨 지랄이지?

뭐야? 하는 의문만 끝도 없이 떠올랐다. 그러다가 짐승의 모습들이 무언가 상징적인 것처럼 여겨졌다. 하필이면 처형 느낌이 나도록 효수를 한 것도, 옷을 입혀 놓은 것도 숨은 의도가 있어 보였다.

절단면이 너저분한 걸 보면, 톱을 사용한 걸까. 기분 나쁜 상상이 스멀스멀 올라왔다. 움직이지 못하도록 사지를 제압한 동물의 목에 톱날을 푹 찔러 넣고 앞뒤로 쓱싹 쓱싹 톱질을 한다. 절단면이 벌어지며 지방이 뒤섞인 선혈이 튀어 오른다. 몸에서 떨어진 머리가 바닥을 구르고 어쩌면 채 잘리지 않은 상태에서 우악스레 뽑혀 나갔을지도 모른다.

이와 같은 연출에 죽은 동물에 대한 애석함이나 애도는 전혀 없었다. 오히려 조롱에 가깝달까. 머리의 관은 왕을 상징하는 것이고 늘어선 망토도 높은 신분을 상징하는 것 같다. 그렇다면 이건 왕을 조롱하기 위함인가?

어쨌든 한 가지는 확실했다. 이 집에서 들렸다는 소리는 저 동물들이 죽어 가며 내지른 비명이었을 것이다.

마침 문을 열었을 때 모든 게 끝나 있어서 다행이었다. 만약 살아 있다면 난리도 아니었겠지.

그런 생각으로 영훈이 안도하고 있는데, 갑자기 장대에 걸린 머리들이 흔들리기 시작했다.

덜렁, 덜렁.

흔드는 존재는 없었다. 바람도 전혀 불지 않았다. 그런데도 보이지 않는 줄에 조종당하는 것처럼 좌우로 까닥 까닥 움직이고 있다.

꿈을 꾸는 건가? 못 볼 걸 하도 봐서 머리가 돌아 버린 건가? 정신 착란이라도 일으키는 중인가?

덜렁, 덜렁, 덜렁, 덜렁.

다물고 있던 짐승들의 입이 벌어지며 이빨이 보였다. 피에 물든 뾰족뾰족한 이빨들. 점점 더 치켜 올라가는 입 꼬리. 마치 입이 귀에 걸린 듯이 한껏 찢어진 얼굴들이 즐거워 죽겠다는 듯 웃어 댄다.

키키키키킥, 키키킥.

덜렁, 덜렁, 덜렁.

키키킥, 키키. 키키키키킥, 키키킥.

덜렁, 덜렁, 덜렁, 덜렁. 덜렁, 덜렁, 덜렁, 덜렁. 덜렁, 덜렁, 덜렁, 덜렁. 덜렁, 덜렁, 덜렁, 덜렁. 덜렁, 덜렁, 덜렁, 덜렁. 덜렁, 덜렁, 덜렁, 덜렁. 덜렁, 덜렁, 덜렁, 덜렁. 덜렁, 덜렁, 덜렁, 덜렁. 덜렁, 덜렁, 덜렁, 덜렁. 덜렁, 덜렁, 덜렁, 덜렁. 덜렁, 덜렁, 덜렁, 덜렁. 덜렁, 덜렁, 덜렁, 덜렁.

넋이 나갈 듯한 광경을 멍하니 보고만 있던 영훈은 일순 느껴지는 통증에 정신을 차렸다. 자기도 모르게 입술을 꽉 깨물고 있었던 모양이었다. 그 덕에 정신을 차린 영훈은 황급히 문을 닫았다. 문을 닫자 음 소거라도 된 듯 웃음소리가 거짓말처럼 사라졌다.

영훈은 문과 거리를 두고 떨어져선 곰곰이 생각에 잠

겼다.

처음엔 남자가 주는 돈에만 혹해서 깊이 생각해 보지 않았는데, 아무리 봐도 방 안에서 보이는 광경은 나름의 이유가 있는 것 같았다.

처음엔 서로를 죽여 대는 살육.

그다음엔 재물을 갈취하고 인간의 고기를 먹는 거인.

지금은 효수된 짐승들.

아무리 생각해도 의미 없는 나열 같지가 않다.

뭘 의미하는 거지? 무슨 의도가 숨겨져 있는 거야?

의도라니, 꺼림칙한 단어였다.

하지만 이번에도 뇌는 어떤 결론도 도출하지 못했다.

나름 연상을 해 보던 영훈은 결국 포기했다.

의도가 있으면 어떠랴, 아니, 당연히 의도가 있는 게 맞겠지. 설마 아무 속셈 없이 그 큰돈을 주고 계약을 한 건 아닐 테니까.

속 편하게 그렇게 결론을 내자, 좀 더 현실적인 문제가 머리를 괴롭혔다.

역시 그 노파는 상식이 없다. 만약 집에 조금만 늦게 도착했으면 어땠을까? 필시 열쇠로 문을 열고 들어갔을 것이다. 현관에 서서 아무것도 없는 걸 확인한 뒤에도 기회다 싶어 구석구석을 살피며 알량한 갑질을 부렸겠지. 당연히 벽에 생긴 문도 발견했을 거고 안도 확인했을 것이다.

'끔찍해.'

노파가 고래고래 비명을 질러 동네 사람들이 몰려오고, 무슨 연쇄 살인범의 아지트라도 발견된 양 경찰들이 집 앞에 진을 치는 상상도 전부 끔찍했다. 되짚어 보면 오늘 무사히 넘어간 것은 말도 안 되게 운이 좋은 것이었다. 차후 이런 일이 또 생겼을 때, 지금처럼 부드럽게 넘어간다는 보장이 없었다. 그렇게 생각하자 영훈은 몹시 불안해 견딜 수가 없었다.

　'이대로는 안 돼.'

　판단을 잘못했다. 나만 조심하면 된다고 생각했는데 완전한 착오였다.

　더 큰 위험은 외부에서 오는 침범인데.

　노파도 그렇지만 아영이는? 퇴근한 주말, 불쑥 그의 집을 찾아올 수도 있다. 재워 달라고 하면 무슨 명목으로 거절을 한단 말인가? 동생은? 바쁘게 사느라 거의 연락을 안 하지만 그가 이곳에 거주하는 걸 알고 있다. 기숙사에 문제가 생기거나 공장을 그만둔다면 당장 머물 곳이 없어서 찾아올 수도 있다. 엄마는? 엄마는 1년에 두어 번 반찬을 주러 올라온다. 앞집에 사는 남자는? 영훈 또래인 그는 어쩌다 마주치면 형님, 하면서 살갑게 말을 붙였다. 혼자 마시기 심심하다며 몇 번이나 술과 안주를 들고 문을 두드리기도 했다. 영훈은 그와 불필요하게 친해지고 싶지 않아 그때마다 거절했고 절대 말을 놓지 않았는데, 좌우간 불시에 집 안으로 들어오는 것도 생각해야 했다.

젠장, 변수가 너무 많다. 위험이 너무 많다. 도처에 위험이 깔렸는데 왜 이렇게 안일하게 있었던 걸까.

영훈은 밤새도록 잠을 이루지 못하며 자신에게 닥칠지 모를 수많은 위험 요소를 따져 보았다.

방이 발각되면 끝장이다.

이제 빚도 다 갚고 겨우 삶다운 삶을 누려 볼 셈이었는데, 방해꾼들에 의해 계약이 파기되다니 그것만은 절대로 막아야 한다.

◇◇◇◇

결국 영훈은 회사를 그만두었다.

아침에 현관을 나서는데 도무지 발길이 떨어지지 않았다.

지금 나가지 않으면 지각한다는 건 알고 있었지만, 들켜선 안 되는 방의 존재가 보이지 않는 쇠사슬처럼 그를 옴짝달싹 못 하게 만들었다.

그렇게 신발장 근처에 서서 이도 저도 못 한 채 시간을 지체하던 중, 팀장에게 전화가 걸려 왔다.

"야! 어디서 뭘 하느라 아직도 안 와?"

팀장의 목소리가 전화기 너머에서 날카롭게 울렸다. 평소 같았으면 급히 사과하고 변명을 쥐어짜 냈겠지만 오늘은 달랐다.

"죄송합니다, 저 회사 그만두겠습니다."

"뭐야? 너 정신 나갔어? 갑자기 이게 뭐 하자는 짓거린데? 어?"

일방적인 통보에 팀장이 게거품을 물었다. 수화기 너머로 입에 담기 힘든 폭언이 계속됐지만 솔직히 뭐라고 하는지 제대로 귀에 들어오지도 않았다. 더 이상 그는 영훈에게 영향력을 행사하는 존재가 아니었기 때문이다.

"……후."

핸드폰의 통화 종료 버튼을 누른 영훈이 큰일을 해치운 사람처럼 한숨을 내뱉었다. 결국 저질러 버리고 말았다. 회사를 그만둬 버린 것에 대한 아쉬움과 앞날에 대한 불안이 잠시 그를 괴롭혔지만, 이내 누구의 눈치도 볼 필요가 없어졌다는 해방감이 그 자리를 메웠다.

자유인이 된 영훈은 우선 방문 위로 커튼을 설치해서 문이 보이지 않도록 가렸다. 그러곤 눈엣가시였던 열쇠형 손잡이를 손보았다.

일반적인 열쇠형 손잡이는 열쇠가 없어도 딸 수 있고 열쇠 복제도 쉽게 할 수 있다고 한다. 굳이 노파가 아니어도 누구든 이 집에 들어오고 싶다면 열쇠공을 불러 문을 따는 게 가능했다.

특수 잠금장치는 일반적인 열쇠형 손잡이와 사용법이나 원리는 동일하지만, 안전성에서 큰 차이가 있었다.

일단 열쇠를 소지하고 있지 않다면, 기술자를 부르더라도 문을 열기가 쉽지 않다. 그래서 영훈은 기존의 허술

한 열쇠형 손잡이를 떼고 디지털 도어 록으로 교체했다. 그러곤 기계식 보조 잠금장치를 추가로 설치했다. 이제 현관문을 통째로 날리지 않는 이상 함부로 그의 공간으로 침입할 수 없을 것이다.

굳건해진 문을 보자 비로소 안도감이 밀려왔다. 잠도 제대로 못 잔 상태에서 몇 시간 동안 문을 고치고 커튼을 달고 하느라 기력이 몽땅 소진됐다. 영훈은 밀려드는 피곤을 이기지 못하고 잠에 빠졌다.

얼마나 시간이 흘렀을까. 잠을 자던 영훈의 귓가에 이상한 소리가 들렸다. 여자의 비음 같은 야릇한 신음 소리가 약간의 시간차를 두고 들려왔다.

높다랗고 가느다란, 그러면서 흥분에 취해 있는 듯한 음색.

'아영이?'

그렇게 생각하고 영훈은 곧바로 부정했다. 아영일 리가 없다.

이상한 건 여자의 신음에 섞여 비닐이 밟히는 듯한 소리가 같이 들린다는 것이다.

오래된 책의 페이지를 넘기는 소리 같다고 해야 할지, 작은 알 껍데기들이 부서지는 소리 같다고 해야 할지, 하여간 그런 기괴한 소리가 여자의 신음과 기묘한 화음을 이루며 들려오고 있었다. 자연스레 영훈의 시선이 한곳으로 향했다.

문이구나.

이번에도 문이었다.

그래. 저곳 외에 다른 게 있을 리 없지.

문을 연 영훈은 일순 숨을 훅 들이켰다.

실오라기 하나 걸치지 않은 여자가 역시 나체인 남자 위에 걸터앉아 있었다.

등장한 대상이 너무 뜻밖인 데다, 또 너무 가까이 있어서 순간 얼어붙고 말았다. 앞서 만났던 존재들은 모두 일정한 거리를 두고 있었기에, 이처럼 지나치게 가까운 거리에서 여자를 마주한 것은 처음이었다.

그건 그렇고 정말 아름다운 얼굴이었다. 천사가 존재한다면 이런 얼굴일까? 시원한 이마와 우아한 눈썹, 높은 코와 붉은 입술, 도자기같이 하얀 피부 위로 구불거리는 머리카락이 폭포수처럼 흘러내렸다.

여자의 얼굴에 못 박혀 있던 영훈의 시선이 봉긋 솟아오른 가슴과 연한 복숭앗빛 유두, 매끄러운 복부와 그 밑으로 갈라져 있던 두 개의 다리로 천천히 옮겨 갔다. 그러는 사이 자신도 모르게 바지 안쪽이 뜨거워짐을 느끼고 영훈이 움찔거렸다.

더 보는 건 위험하다고, 빨리 문을 닫아야 한다고 생각했지만 의지대로 되지가 않았다.

자세히 보니 여자의 발목은 남자의 몸에 뿌리라도 내린 것처럼 파고들어 있었다. 흡사 식물이 대지의 양분을 빨아들이는 것처럼 그녀는 남자의 몸을 터전 삼아 만개하는 중이었다.

영양분을 거의 뺏긴 남자의 몰골이 이를 증명했다. 그의 상태는 미라라는 단어가 떠오를 정도로 참혹했다. 근육과 지방이 빠져나간 피부가 앙상해진 대퇴부에 들러붙었고, 오래되어 낡은 나뭇가지처럼 가느다래진 팔이 땅위로 축 늘어져 있었다. 그 처참한 상태에도 불구하고 남자의 표정만은 행복해 보였다. 입은 웃고 있는 것처럼 반쯤 벌어져 있고, 커다란 눈이 여자를 바라보는 채로 활짝 열려 있었다.

기이하게도 역겹다는 느낌은 들지 않았다. 자신의 모든 걸 내어주는 남자의 모습이 숭고하면서 아름다워 보였고 응당 이러는 것이 맞다는, 순리나 순응 같은 감정이 두개골 구석마다 진득하게 달라붙었다.

—바그작 바그작.

비로소 아까 들렸던 정체불명의 소리가 무엇인지를 파악했다. 처음엔 여자에게만 정신이 팔려 몰랐는데 남자가 누워 있는 주변이 온통 매미들로 뒤덮여 있었다.

그저 검은 낙엽이겠거니 생각한 것들이 전부 죽은 매미였다. 생명이 떠나고 껍데기만 남은 매미의 사체 수십, 수백 개가 한데 엉켜 대지를 빽빽하게 채우고 있었다. 남자의 몸을 타고 앉은 여자가 그의 신체를 조종할 때마다, 마른 나뭇가지 같은 팔과 다리가 매미들을 짓눌렀고 녀석들은 예의 바그작 소릴 내며 바스러져 갔다.

7년을 땅에 잠들어 있다가 교미를 위해 2주간의 짧은 생을 살다 가는 매미들.

이것은 남자에게 벌어지고 있는 상황과 맥락을 같이하는 상징적 연출인가?

영훈은 눈앞의 광경이 마치 자연의 순환을 나타내는 것 같다고 생각했다. 생명과 죽음, 희생과 재생의 끊임없는 순환이 이곳에서 이루어지고 있었다.

어쨌든 남자는 이제 최후의 절정을 맞이하는 모양새였다. 그의 허리가 뒤틀리고 얼굴에 순간적으로 격정이 서리더니, 전지가 떨어진 인형처럼 완전히 동작을 멈췄다. 밑에 깔려 있던 남자에게만 집중하고 있던 여자가 처음으로 고개를 돌려 영훈과 눈을 똑바로 마주쳤다.

오묘한 색을 띤 눈이었다. 일반적인 색채가 아닌, 마치 이 세계 밖에서 가지고 온 물감을 풀어서 만든 듯한 기묘한 색감.

여자가 영훈을 향해 미소를 짓자 불현듯 영훈의 마음에 잔물결이 일었다. 아주 작은 파문에서 시작한 그것은 곧 걷잡을 수 없이 커져서 강렬하게 타올랐다.

'안 돼, 이래선 안 된다고.'

그에게는 아영이 있다. 그는 아영을 누구보다 사랑하며 아영 이외의 여자를 안아 본 적도 없었다. 아영은 그의 첫 여자이자, 너무나 많은 처음을 함께 경험해 온 소중한 대상이었다. 그런 아영을 배신하는 짓은 결코 할 수 없다고 지금의 상황을 외면해 보려 했지만 의지는 점점 약해져 갔다.

발걸음을 옮길 때마다 마치 두 다리가 꿈속에서 움직이는 것처럼 느껴졌다. 손끝이 저려 왔고 심장이 고동쳤다.

문밖에 서 있던 영훈은 마음속으로 다가가면 안 된다고 생각했지만, 그 생각은 점점 희미해졌다.

우아하고 나긋한 몸짓으로 여자가 영훈에게 팔을 뻗었다.

그녀의 손끝이 피부에 닿는 순간, 전기가 흐르는 듯한 찌릿거림이 온몸을 타고 퍼져 갔다. 세포 밑에 잠자고 있던 모든 신경이 살아나며 무수한 별들이 폭발하는 듯한 쾌감이 그를 사로잡았다.

저 여자를 안고 싶다. 사랑을 나누고 싶다. 그녀의 부드러운 피부의 촉감을 느끼고 싶다. 그것이 너무 강해서 도저히 다른 것은 생각할 수 없을 지경이었다. 모든 이성은 죄다 날아가고 오직 여자와의 결합만이 중요해졌다.

영훈의 다리가 막 문턱을 넘어가려는 찰나, 귀를 찢는 핸드폰 벨 소리가 요란하게 울려댔다.

주술에 걸렸다 깨어난 것처럼 순식간에 이성이 돌아왔다. 영훈은 자신이 거의 문안으로 들어갈 뻔했다는 걸 깨닫고는 흠칫 놀라 몸을 뒤로 뺐다.

순간, 여자의 표정이 변했다. 처음엔 놀라움이, 그다음

엔 강렬한 분노가 차례차례 얼굴을 스쳤다. 유혹적으로
띠고 있던 입가의 미소는 사라지고, 입술 사이로 낮고 깊
은 숨소리가 새어 나왔다. 그 소리는 마치 다 잡은 먹잇감
을 눈앞에서 놓쳐 버린 맹수의 으르렁거림처럼 들렸다.

영훈은 황급히 문을 닫고 발신인을 확인했다.

"대체 뭐야?"

아영의 목소리가 수화기 너머로 튀어나왔다.

"말도 없이 회사를 그만둬? 퇴사라니, 장난해? 내가 이
말을 다른 사람을 통해서 들어야 하냐고! 어? 뭐냐고!"

"미안, 그럴 사정이 있었어."

영훈은 집 앞으로 찾아온 아영을 근처 카페로 데리고
갔다. 다행히 아영은 진지하게 이야기할 장소가 필요해
서 카페로 갔다고 생각했지, 딱히 집에 오지 못하게 하려
는 의도라는 건 알아채지 못한 모양이었다.

"마셔."

평소 그녀가 즐겨 마시는 코코아를 내려놓자 아영이
가타부타 말없이 꿀꺽꿀꺽 삼켰다.

"안 뜨거워? 혀 데일 텐데."

"농담이 나오니?"

탁, 소리가 나게 잔을 내려놓은 아영이 팔짱을 끼곤 영
훈을 노려보았다.

"설명해 봐. 나 지금 화 단단히 났으니까 어쭙잖은 거짓
말로 둘러댈 생각은 말고."

"유산을 받아서……."

"그게 회사를 갑자기 관둘 이유가 돼?"

말을 채 끝내기도 전에 아영이 끼어들었다.

"그래, 관둘 순 있지. 근데 4년 가까이 다니던 회사를 인수인계도 안 하고 관두는 건 어디서 배운 개념인데? 영훈 씨 그런 사람이었어? 내가 알던 영훈 씨 맞냐고."

자기가 아닌 영훈 씨다. 정말 화가 많이 났구나, 하는 생각을 하다가 긴장해야 할 상황임을 깨닫곤 영훈은 자세를 바로잡았다.

그나마 다행인 건 달콤한 코코아 덕에 혈당치가 높아져서인지, 아영의 표정이 처음의 날 선 모습보다는 다소 풀어졌다는 것이다.

"미안해. 내 행동이 무책임했다는 건 알아. 근데 회사 가기가 너무 싫었어. 너도 알잖아? 그동안 빚 갚느라 회사랑 배달 일 병행하면서 정말 힘들게 살아온 거. 아버지 그렇게 되고 이날 이때까지 한순간도 맘 편히 쉬어 본 적이 없어. 날마다 몸이 부서져라 나를 갈아 넣었다고. 그런 상황에서 돈이 생겼고……. 솔직히 돈을 보니까 더는 이렇게 사는 게 싫어지더라. 나도 남들처럼 재충전할 시간을…… 이만큼 했으니 조금은 날 위한 시간을 가져도 되지 않냐란 생각에 충동적으로 저지르고 만 거야."

"……."

아영은 말없이 쳐다만 보았다. 이해한다거나 부정한다

거나 하는 것 없이, 그저 쳐다만 볼 뿐이었다. 그 침묵이 너무 답답했다. 혹시 거짓말인지 가늠하는 건가? 영훈이 한 말을 하나하나 따져 보며 앞뒤가 안 맞는 부분을 찾고 있는지도 모른다. 아영이 자신의 해명을 믿지 않는다는 느낌이 들자 입안의 수분이 급속도로 말라 갔다.

"모르겠어."

한참 뒤, 아영이 깊은 한숨과 함께 말을 토했다.

"그래, 심정은 이해가 가. 쉬고 싶은 그 마음도 알아. 근데 자기는…… 지금까지 3년간 내가 봐 온 자기는 이렇게 구는 사람이 아니야. 순간 드는 감정대로 결정 내려서 다른 이들에게 피해를 주는 사람이 아니라고."

그렇구나. 역시 아영은 영훈을 너무 잘 알고 있었다. 그리고 너무 잘 안다는 게 문제였다.

"정말 무슨 일이야?"

아영이 영훈의 손을 잡았다. 그녀의 눈에 더 이상 분노는 없었다. 걱정과 애정만이 가득 담겨 있었다.

"뭔가 곤란한 일이라도 생겼어? 나한테 털어놓지 못하는 거야?"

할 수만 있다면 전부 털어놓고 싶었다. 그러나 비밀을 말하면 파국이다. 믿어 주지도 않을 것이고 설사 믿는다 해도, 손에 잡히기 직전이었던 그 빛나는 미래는 영원히 오지 않을 것이다.

영훈은 속이 탔다. 대답을 종용하는 아영에게 화가 났

다. 다 우릴 위해서라고. 너를 행복한 신부로 만들어 주기 위해 이러는 거란 말이야. 그런데 이렇게 몰아세워야겠어? 내가 얼마나 힘든진 하나도 모르지? 대체 넌 누구 편이야? 왜 내 계획을 망치려는 건데?!

"영훈 씨."

아영의 목소리에 영훈은 퍼뜩 정신을 차렸다.

"제발……."

떼쓰는 아이를 달래는 어투였다. 거짓말에 지친 눈, 이제 그만 진실을 말하라는 눈.

하지만 영훈은 꼼짝 않은 채 입술만 달싹였다. 목구멍에 가시라도 걸린 것처럼 도무지 말이 입 밖으로 나오려하질 않았다.

"알았어."

결론을 담고 있는 아영의 목소리였다. 곧바로 덜컹, 의자 빼는 소리가 들렸다. 자리에서 일어선 아영은 차가운 눈으로 그를 한번 바라보더니 그대로 돌아섰다.

영훈은 그녀를 잡을 수 없었다.

◇◇◇◇◇

영훈은 자신이 어떤 정신으로 집에 도착했는지 모르겠다. 카페에서 집까지는 기껏해야 10분도 안 되는데 그 짧은 거리를 걷는 내내 온갖 상념이 들고 일어나 머릿속을 어지럽혔다.

설마 이게 끝은 아니겠지? 3년을 사귀는 동안, 그들도 여느 커플처럼 권태기가 왔었고 위기도 있었다. 크게 싸워서 헤어지기 직전까지 간 적도 몇 번 있었지만, 항상 현명하게 위기를 넘겨 왔더랬다.

그래. 아영은 언제나 그렇듯 기다려 줄 것이다. 모든 게 해결되어 더 이상 계약이 의미 없게 되면 그때 진실을 밝히고 용서를 구할 거니까. 그러면 아영은 그럴 수밖에 없던 영훈을 이해할 것이고 둘의 사랑은 더 굳건해질 테지.

'정말로 그렇게 생각해?'

영훈은 마지막으로 본 아영의 표정이 자꾸만 걸렸다. 그렇게 등을 보이고 돌아서서 다시는 돌아오지 않으면 어쩌지? 더 이상 영훈에게 잡히지 않는 사람이 되어서 훨훨 날아가 버리면?

이제껏 쌓아 온 정과 추억들, 앞으로 함께할 미래가 산산이 부서질지 모른다고 생각하자 영훈은 두려워 미칠 것 같았다. 하지만 증폭되어 가는 불안에도 영훈은 아영에게 전화를 걸 수 없었다. 아영을 잡으려면 확실한 해명을 해야 하는데 그것은 진실이 아니면 소용없을 거 같았고, 그는 진실을 말할 수 없었다.

그렇게 괴로움만 가득한 채 현관으로 들어서는데, 3분의 1쯤 열려 있는 문이 시야로 들어왔다. 서두르느라 제대로 안 닫고 나간 걸까? 아영이 집 앞까지 찾아왔던 사실에 너무 놀라서 제정신이 아니긴 했었다.

영훈은 문을 닫으려고 다가갔다. 문고리에 손을 얹는 순간, 문틈 사이로 보이는 광경에 그는 깜짝 놀라 문을 활짝 열어젖혔다. 남자와 여자는 사라지고, 대신 그 자리는 너비와 깊이를 가늠할 수 없는 검은 늪과 같은 물이 넘실대고 있었다.

이 엄청난 양의 물이라니……. 신기하게도 물은 단 한 방울도 영훈이 있는 공간으로 흘러나오지 않고 그 형태를 유지하고 있었다.

너무나 비현실적인 광경에 아주 잠깐 환상을 보는 게 아닌가란 생각도 들었지만, 그건 엄연히 현실이었고, 영훈은 이 세상의 법칙을 벗어난 외계의 현상에 매료되어 그 자리에 못 박힌 것처럼 꼼짝할 수 없었다. 그것에서 오는 충격이 너무 커서 아영과 이별했다는 사실마저 잠시 잊을 정도였다.

도대체 어떤 중력이 작용하기에 물이 쏟아지지도 않고 문 안쪽에만 머무를 수 있는 걸까?

신기하게도 수면을 보고 있자니 묘하게 기분이 편안해졌다. 마치 한강에 앉아 '물멍'을 때리는 것처럼, 잔잔하게 존재하고 있는 물은 그 자체로 영훈의 감정을 희석시켜 차분하게 만들어 주었다.

더 이상 아영과 헤어진 것에 대한 불안이나 앞날에 대한 걱정은 들지 않았다. 머릿속을 지배하는 생각은 저 물에 몸을 담근다면 무척 평화로울 거라는 확신이었다. 물과 하나가 되어 부유하는 경험은 아무나 할 수 있는 게 아니었으니 말이다.

그래, 바로 이거였어!

비로소 남자의 진짜 목적을 알 것 같았다. 그는 평범한 인간은 하지 못할 진귀한 경험들을 누리게 해 주려는 것이다.

살육 현장에 들어가서 썰고 썰려지는 경험을 해 보는 것도 괜찮았을 거다. 거인에게 붙잡혀 산 채로 씹어 먹히는 경험도 괜찮았을 거다. 어쩌면 그것은 지구의 포식자로 군림하며 늘 다른 동물의 생명을 빼앗기만 하던 인간에게, 처음으로 그 위치를 바꿔 깨달음을 주려는 깊은 의도가 담긴 것인지도 모른다.

그 여자는 어떤가? 분명 감히 짐작할 수도 없는 쾌락을 선사했을 테지. 그리고 이 심해는……

끝 간 데 없는 고요와 무한한 물의 관용을 느끼게 해 줄 게 분명했다.

그래, 남자는 나에게 이런 것들을 선물처럼 주고 있는 거다.

제멋대로 추측을 이어가던 영훈은 일순 눈앞을 훅 지나치는 그림자에 놀라 엉덩방아를 찧었다. 넘어지면서 꼬리뼈를 잘못 부딪쳤는지 눈물이 찔끔 나올 만큼 아팠지만, 그 덕에 정신이 차려졌다.

심해 속에 도사리고 있는 거대한 생명체. 그게 정확히

뭔지는 모른다.

하지만 갯지렁이가 연상되는 길고 납작한 몸에 긴 촉수가 여러 개 달려 있었다. 마치 오징어나 문어의 다리처럼 보이는 그것들은 검은색과 어두운 보라색이 뒤섞여 있어 심해의 어둠 속에서 유령처럼 은은하게 빛났다. 각 촉수는 끝이 날카로운 갈고리 모양의 흡반으로 덮여 있었고, 흡반마다 작고 뾰족한 이빨들이 가득했다.

스쳐 지나가면서 얼핏 본 입은 O자 형태로 벌어져 있었는데, 그 사이로 석순 같은 뾰족한 이빨들이 비죽비죽 솟아나 있던 걸 떠올리자 온몸의 털이 곤두서는 느낌이었다.

맙소사, 조금 전까지 느끼던 평화는 사라졌다. 이 심해엔 괴물이 있고 그것은 분명 물에 들어온 먹이를 가만두지 않을 것이다.

남자의 진짜 의도는 이것이었나? 말로는 절대 들어가면 안 된다고 했지만 기실 원하는 건 발을 들이는 거다. 그래서 계속 유혹을 하는 것이다. 자의로 발을 딛든, 타의로 발을 딛든, 안으로 들어오게 만드는 게 목적인 거다.

정신 차려, 김영훈. 악마의 속셈에 놀아날 셈이야?

물론 남자가 스스로를 악마라고 밝힌 건 아니지만, 영훈은 높은 확률로 그가 악마라고 짐작하고 있었다.

들어올 수밖에 없을 만큼 진귀하고 유혹적인 광경을 보여 주고, 들어가면 파멸시킬 생각이겠지. 페널티가 무

엇인진 몰라도 어디 한두 군데 부러지거나 잘리는 정도
로 끝나지는 않을 것이다. 높은 확률로 목숨, 어쩌면 내
영혼을 앗아 가는 정도의 대가가 아닐까.

◇◇◇◇

그날, 자려고 누운 영훈은 좀처럼 잠을 이룰 수 없었다.

주변이 조용해지고 더 이상 문에 대해서도 떠올리지
않게 되자, 다시 아영의 생각이 머릿속을 지배했다.

그녀는 지금 뭘 하고 있을까. 오지 않는 연락을 기다리
며 나쁜 놈이라고 욕하고 있을까? 언젠가 이렇게 될 줄 알
았다고 체념하며 순순히 현실을 받아들이고 있을까. 자신
이 끝내 말하지 못한 비밀에 대해서 추측하고 있을까?

새삼 처음 아영과 만났던 기억이 떠올랐다. 회사에 취
직하고 두 번째로 맞는 회식 자리였다.

시원한 이목구비에 늘씬한 체형을 지닌 아영은 입사
초기부터 인기가 많았다. 아영을 마음에 둔 남자는 많았
지만 그녀에게서 풍기는 아우라랄까, 어딘지 모를 차가
움에 쉽게 다가가진 못했는데, 유독 굴하지 않고 대시하
던 동기가 있었다. 그는 남자 동기들끼리 모인 자리에서
자기가 아영을 찜했으니 방해하지 말라거나, 올해 안에
혼인 신고서에 도장을 찍겠다며 넉살을 떨었고 다들 그
의 뻔뻔함에 질려 하던 차였다.

그날 회식에서 그 동기는 의도적으로 아영의 옆자리에

앉았다. 아영이 앉은 테이블에는 상사도 있었는데 상사가 건배를 외치면, 다 같이 잔을 비워야만 하는 분위기로 어쩔 수 없이 흘러가는 게 있었다.

그 동기는 상사의 인품과 실적을 칭찬하며 계속 건배를 조장했고, 아영도 덩달아 휩쓸려 이미 상당량의 술을 마시고 만 상태였다.

영훈이 그 시점에 아영을 좋아했냐고 하면 그건 아니었다. 그렇지만 자기 의지와는 상관없이 억지로 술을 들이켜는 아영을 보고 있자니 마음이 좋지 않았다. 그러다 화장실에 갔는데 그만 듣지 말아야 할 말을 듣고 말았다.

"야야, 드디어 오늘 거사 치를 거 같다. 설레발? 새꺄! 내가 사냥감 놓치는 거 봄? 크큭, 허락은 무슨, 문 열고 같이 들어가면 그게 허락이지. 뭐, 신고? 지도 소문나서 좋을 게 없는데 그러겠어?"

술기운에 대범해진 탓인지 동기는 바지춤을 내린 채 대놓고 통화를 하고 있었다. 덕분에 화장실 앞에 서 있던 영훈은 고스란히 그 내용을 엿들을 수 있었다.

역시 목적이 있었구나, 술을 먹인 속셈이 있었어. 저 더러운 자식.

회식이 끝났을 때 아영은 완전히 취해서 몸도 가누지 못했다. 누가 좀 데려다주라는 말에 동기가 냉큼 손을 들었다. 마침 제가 그쪽 방향인데 같이 가면 되겠네요, 라며.

아영을 부축한 동기는 택시를 잡으려 했다. 늦은 시각

이라 그런지 택시가 잘 잡히지 않았다. 동기가 차를 세우느라 안간힘을 쓸 때마다 축 늘어진 아영의 몸이 위태롭게 움직였다. 허리춤을 휘감고 있던 손이 어느새 가슴 언저리로 올라가 있었다. 생생한 추행의 현장을 보고 있자니 영훈은 불안해서 도저히 발길이 떨어지지 않았다.

마침내 택시가 잡히자 영훈은 저도 모르게 냉큼 따라 타고 말았다.

"어? 영훈 씨가 왜……."

"저도 이 방향이라서요. 같이 가도 되죠? 대신 택시비는 제가 내겠습니다, 하하."

동기의 인상이 대번에 험악해졌다. 그러거나 말거나 영훈은 모르는 척 딴청만 피웠다. 평소 그 동기가 하던 것처럼 뻔뻔하게.

그렇게 아영의 동네에서 내린 영훈은 당연하게도 그녀의 집까지 함께 쫓아갔다. 아영이 혀 꼬부라진 말로 고마움을 표시하는 동안, 그녀를 무사히 집 안으로 밀어 넣는 데만 온 신경을 집중했다. 아영의 집 현관문이 닫히고 잠시 후, 우당탕 소리가 들렸다. 자기 집이란 걸 알고 안도하고는 그대로 쓰러져 잠든 모양이었다.

"그럼 저도 가 볼게요. 조심히 들어가세요."

"너 여기 안 살잖아?"

돌아선 영훈의 등을 향해 날 선 목소리가 날아와, 영훈은 다시 몸을 돌렸다. 자기 계획에 초를 쳤다는 분노 탓인지 동기가 한쪽 주먹을 꽉 쥔 채로 영훈을 노려보았다.

"어쩌라고? 너도 마찬가지면서. 왜? 한 대 치시게? 쳐 봐, 합의금 물어 줄 돈 있으면."

어디서 그런 용기가 솟았는지 모르겠다. 영훈은 누군 가에게 그런 식으로 말한 적이 한 번도 없었다. 살면서 싸 움다운 싸움을 해 본 적도 없고, 대립하는 게 싫어 먼저 숙이고 들어간 적도 많았다. 하지만 꼿꼿한 자세로 동기 의 악의를 버텨 내고 있는 이 순간만큼은 자신이 자신이 아닌 것 같았다.

동기는 영훈을 한참 노려보다 결국 돌아섰다.

생활비로 써야 할 얼마 안 되는 돈에서 택시비까지 내 는 바람에 2시간을 넘게 걸어야 했다. 그래도 괜찮았다. 살 면서 많지는 않지만 손해를 보더라도 옳은 선택을 한 적이 있었고, 그때마다 영훈은 그런 자신이 대견스러웠다.

그래, 이게 맞다. 세상이 아무리 더러움으로 가득 차도 지켜져야 할 것이 있다.

다음 날, 퉁퉁 부은 다리로 회사에 출근하자, 아영이 영 훈을 따로 불러냈다. 그러곤 커피를 건네며 말했다.

"고마워요."

의미가 담긴 말이었다.

"나는 은혜를 잊지 않는 사람이거든요."

아영이 박꽃이 피어나듯 미소를 지었고 얼마 뒤, 둘은 비밀 연애를 시작했다.

3년간 크고 작은 다툼이 있었지만 언제나 사랑을 지켜 왔다. 어떤 일이 있어도 헤어지지 않을 거라는 바보 같은 확신이 있었다. 그러니 이번에도 최악의 사태까지는 가지 않을 것이다.

조금 냉정하게 각자의 시간을 갖는 것뿐이고, 그 기간이 조금 길게 가는 것뿐이라고 영훈은 애써 생각했다.

◇◇◇◇◇

영훈은 몽롱한 가운데 눈을 떴다.

어디선가 물방울이 떨어지는 소리가 들렸기 때문이다. 처음에는 비가 오는 줄 알았는데 아무래도 빗소리는 아닌 것 같았다. 무시하고 다시 잠을 청하려다 왠지 모를 축축함에 영훈은 퍼뜩 눈을 떴다. 어째서인지 그가 누워 있던 이부자리 전체가 흠뻑 젖어 있었다.

머리맡의 스탠드를 켠 영훈은 경악했다. 멀쩡했던 천장이 전부 심해로 뒤바뀌어 있던 것이다.

흡사 문과 거실의 경계선이 무너진 것처럼, 넘실거리는 물이 천장까지 뻗어 나와 거대한 물웅덩이를 이루고 있었다.

기이한 중력에 지배당하는 것처럼 그것은 머리 위에서 고스란히 형태를 유지했다. 천장과 벽이 맞닿는 부분에서는 물이 조금씩 새어 나와 바닥에 똑 똑, 떨어졌는데, 아까 영훈이 들은 소리가 이것인 듯했다.

그러다 영훈은 물속에 도사리는 그림자를 발견하고는 흠칫거렸다. 경계가 무너져서인지 심해 괴물 역시 거실까지 영역을 넓히고 있었다. 그림자의 형태가 온전하지 않은 걸로 봐선 몸의 일부는 문 안쪽에 있는 모양이었다.

이게 뭐지? 이게 가능한가?

혼란스러운 와중에 아까는 제대로 못 봤던 놈의 자태가 적나라하게 보였다.

그 생김은 마치 오래된 악몽 속에서 튀어나온 것 같았다. 길고 납작한 몸체로 우아하게 유영하는 놈의 색깔은 무광택의 검은색으로, 심해 속 어둠과 완벽하게 융합된 것처럼 느껴졌다.

몸통에서 뻗어 나온 여러 개의 촉수는 물고기 지느러미와 비슷했지만, 크기와 형태는 훨씬 더 기이하고 흉측했다. 촉수의 끝부분에는 날카로운 갈고리와 같은 돌기가 달려 있었는데 물속에서 흔들릴 때마다 미세한 전기 불꽃이 튀어나왔다.

그런 말도 안 되는 존재가 천장 위를 돌아다니고 있단 사실에 영훈은 손끝과 발끝이 차가워지는 것을 느꼈다. 머리로는 도망쳐야 한다고 생각했지만 두려움이 온몸을 마비시켜 꼼짝도 할 수 없었다.

순간 수면 속에서 쑤욱, 뻗어 나온 촉수가 영훈을 휘감았다. 순식간에 심해로 빨려 들어간 영훈은 갑작스러운 압력 변화에 귀가 멍해졌고 눈앞이 흐려졌다.

입과 코로 비릿한 물이 사정없이 밀고 들어왔다. 물은 차갑고 끈적거렸으며, 폐 속을 거침없이 채워 나갔다. 그는 필사적으로 숨을 참아 보려 했지만, 곧 아무 소용도 없다는 걸 깨달았다.

이런 고통은 처음이었다. 마치 산 채로 폐가 익혀지는 듯한 통증. 물속에 들어왔는데 어째서 이렇게나 뜨거운 걸까.

싫어, 싫어, 죽고 싶지 않아.

산소가 부족해지며 의식이 흐려져 갔다. 몸의 감각들이 사라지면서 눈앞은 어두운 점들로 가득 찼다. 그 점들은 점점 커지며 그의 시야를 삼켜 갔다.

정신을 잃기 직전 영훈은 자신의 두개골이 부서지는 소리를 들었다. 그리고 그게 그가 들은 마지막 소리였다.

◇◇◇◇

"으아아아악!"

비명을 지르며 눈을 뜨자 창틈으로 햇살이 쏟아져 들어왔다. 벌떡 일어선 영훈이 이부자리며 천장을 살폈다. 어디에도 물기는 없었다.

'그게 다 꿈이었다고?'

그렇다기엔 너무도 생생했다. 민달팽이가 기어가는 듯한 촉수의 끈적거림도, 삼켜지기 직전 보았던 어두운 돔 같은 목구멍도, 몸에 박히던 날카로운 이빨의 감촉도 몸서리쳐질 만큼 생생했는데 꿈이라니.

영훈은 슬그머니 문을 바라보았다. 기우일진 모르지만 남자의 방이 점점 더 지배력을 행사한다는 생각이 들었다.

거인은 그를 낚아챌 뻔했고 여자는 문의 경계선에서 아슬아슬하게 접촉에 성공했다. 심해 괴물의 촉수 역시 문을 통과하는 게 가능할지 모른다. 그리고 그렇게 된다면 어제의 꿈이 현실이 되는 거겠지.

'절대 열면 안 돼.'

심해 상태가 얼마나 지속될지는 모르지만 알아서 사라지게 놔두리라. 확인한답시고 섣불리 열었다가 어제의 그 괴물과 정면에서 마주친다면 돌이킬 수 없는 사태가 벌어질 테니 말이다.

그런 생각을 하고 있는데 시끄러운 소리가 났다.

─쾅쾅쾅!

누군가 현관문을 부서질 듯이 두드리고 있었다.

"총각! 영훈 총각, 그 안에 있지? 나 좀 봐!"

─쾅, 쾅쾅쾅!

"있는 거 아니까 어서 나오라고! 당장!"

주먹이 문에 닿을 때마다 망치질을 하는 듯한 울림이 집 안 전체에 퍼져 나갔다.

일흔이 넘은 노인네가 무슨 기운이 그리 센지, 보아하니 문을 열어 주기 전까진 자리를 뜰 것 같지 않았다. 잠시 외출한 척을 해 볼까 하던 영훈은 결국 포기하고 문을 열었다.

"어쩐 일이세요? 연락도 없이, 그리고 이렇게 함부로 두드리시면⋯⋯."

"누가 바꾸래!"

"네?"

"도어 록 말이야! 누가 멋대로 바꿔 달라고 했냐고! 어?"

뭐야, 그것 때문에 화가 난 건가.

그 잘난 열쇠 꾸러미가 소용없었을 걸 생각하자 영훈은 고소해 죽을 것 같았다. 영훈은 실수로라도 노파 앞에서 웃지 않도록 조심하며 말을 이었다.

"일부러 그런 게 아니라 고장이 나서요. 미리 말씀 못드린 건 죄송해요. 근데 그렇다고 문을 열어 둔 채 다닐 순 없어서 일단 제 사비로 교체를⋯⋯."

"회사는 왜 안 가?"

"네?"

"앞집이 그러는데 요즘 출근도 안 가고 집에만 틀어박혀 나오질 않는다며?"

이야기가 이상한 방향으로 튀고 있었다.

"돈 안 벌어? 영훈 총각 형편 내가 뻔히 아는데 그러고 있어도 되는 거야? 배달 일 안 한 지도 꽤 됐다며? 대체 그 안에서 뭘 하는 건데? 현관문까지 멋대로 뜯어고쳐 가면서 내 집에 숨어 뭔 짓거리를 하는 거냐고."

내 집이라는 말에 머릿속에서 팽팽하게 당겨지던 실 하나가 끊어졌다.

　"내 집이라니요? 여긴 제 집이에요! 계약했으니까 계약 기간 동안은 엄연히 제 집이란 말입니다! 아시겠어요? 제가 제 집에서 뭘 하건 말건, 회사를 가건 말건 어르신이 상관할 게 아니잖아요! 전에도 문 따고 들어오신 적 있죠? 그거 다 불법이에요. 주거 침입이라고요!"

　"뭐어? 이 육시랄 놈이!"

　노파의 눈이 뒤집혔다.

　"어디서 어린 게 말을 함부로 해? 이 싸가지 없는 놈아! 이 집이 왜 네 거야, 어? 이 집은 내 거야. 남편이 죽기 전 남겨준 내 집이라고! 아무한테도 안 넘기고 나한테만 준 내 집!"

　영훈의 말이 역린이라도 건드린 건지, 노파는 침을 튀기며 고래고래 소리쳤다.

　급기야 노파가 영훈의 가슴팍을 퍽, 소리가 나게 밀치며 현관으로 들어섰다.

　"썩 꺼져! 내 집에서 당장 나가라고!"

　"장난하세요? 계약 기간이 남았는데 무슨……."

　"그래? 그럼 계약 끝나면 바로 나가! 알았어? 이 버릇 없는 놈, 그깟 돈 같지도 않은 돈으로 서울에서 이만한 집 구할 수 있을 거 같아? 젊은 놈이 혼자 열심히 사는 게 불쌍해서 싸게 세를 줬더니 뭐, 내 집?"

잘못되었다. 계약은 곧 끝난다. 언제나처럼 자연스럽게 연장할 줄 알았는데 설마 이렇게 꼬일 줄이야.

"자, 잠시만요. 여사님, 일단 진정하시고……."

영훈은 노파를 진정시키기 위해 어깨를 잡았다. 그러자 불에 데기라도 한 듯 노파가 펄쩍 뛰며 놀랐다.

"어딜 만져! 어디서 몸에 함부로……. 아니, 저건 또 뭐야!"

벽에 둘러쳐진 커튼을 발견한 노파가 눈을 부라렸다.

"누가 허락도 없이 못을 박으래. 누가 저딴 거 설치하랬어!"

신발도 벗지 않고 휘적휘적 거실을 가로지른 노파가 말릴 새도 없이 커튼을 열어젖혔다. 그러곤 등장한 문에 잠시 얼빠진 표정을 짓다가 문고리를 돌렸다.

"이게 뭔……."

끝도 없는 심해가 눈앞으로 펼쳐졌다. 실존할 수 없는 현상에 직면한 노파는 사고가 멈춘 것 같았다. 이어 노파의 고개가 고장 난 로봇처럼 삐거덕 돌아가며 영훈을 바라보았다.

설명을 바라는.

이해를 구하는.

이 혼란스러움을 진정시켜 달라는 눈.

곧바로 공기를 찢는 비명이 영훈의 고막을 관통했다. 제정신을 차린 노파가 두 눈을 부릅뜨고 목구멍 깊은 곳에서부터 날카로운 비명을 질러 댔다. 고래고래 터져 나오는 노파의 입을 틀어막으려는 찰나, 눈앞으로 길고 검은 촉수가 획 지나갔다. 마치 잠자고 있던 심해어가 사냥감의 기척을 느끼고 반응하는 것처럼 촉수는 순식간에 노파를 휘감아 심해 속으로 끌고 들어갔다.

"안 돼에……!"

영훈은 그녀의 몸이 완전히 잠식되기 전 가까스로 팔 한쪽을 붙잡는 데 성공했다.

노파의 얼굴 반은 이미 심해에 들어가 있었다. 현실 세계에 남아 있는 한쪽 눈이 필사적으로 영훈 쪽을 살피며 꿈틀거렸다. 벌어진 입의 반쪽으론 물이 스며들고 있었는데, 기세가 엄청났다. 막혀 있던 배수관의 뚜껑이 열린 것처럼 쉴 새 없이 소용돌이를 치며 빨려 들어갔고, 그 때문인지 노파는 말을 제대로 하지 못하고 거품이 부그그 일어나는 괴상한 소리만 냈다.

살려야 하나?

당연히 그래야 한다고 생각하면서도 마음 깊은 곳에선 주저함이 일어났다.

그러는 사이 괴물의 끌어당기는 힘이 점점 강해졌다. 문을 사이에 두고 벌어진 줄다리기는 월등히 괴물의 힘이 압도적이었다. 노파의 팔을 잡은 채로 조금씩 끌려가던 영훈은 차가운 물의 촉감이 피부로 전달되자마자 쥐고 있던 손을 놓아 버렸다.

노파의 남은 몸이 사라지듯 심해로 삼켜졌다. 가까스로 문을 닫은 영훈이 바닥에 털썩 주저앉았다.

죽었겠지?

맙소사, 어떻게 이런…….

주먹으로 맞은 듯한 묵직한 충격이 가슴을 강타했다. 동공이 흔들리고 아랫입술이 떨렸다. 떨림은 이내 온몸으로 전해졌다. 영훈은 몸을 웅크리고 양손으로 거의 머리카락을 움켜쥐듯 머리를 감쌌다.

내가…… 사람을…….

아니야, 진짜로 죽게 할 생각은 없었다고.

그러나 영훈은 그러면서도 이런 생각을 하는 게 기만이라는 걸 알았다.

실은 죽기를 바랐다.

괴물이 끌고 가지 않았다면 자신이 심해 속으로 떠밀어 버렸을지도 모른다. 그래야만 이 집에서 계속 살 수 있고 돈도 들어올 테니까.

그래, 인정하자.

지금 노파가 죽어서 너무 안심하고 있다고.

오히려 걱정해야 할 것은 이후의 일이었다. 만에 하나 경찰의 추격이라도 받는다면 인생 자체가 나락으로 갈 것이다. 천만다행으로 노파는 혼자 살았다. 남편은 죽었고 영훈이 알기로는 따로 왕래하는 가족도 없었다.

겨울에 결로 현상이 심해지면 벽에 곰팡이가 생기고

물이 줄줄 흐르는데도 알아서 하라던 노파.

고향이라도 내려가는 바람에 장기간 집을 비우면, 몰래 잠금장치를 따고 집으로 들어오던 노파.

작은 흠이라도 발견하면 그걸 가지고 세를 올리겠다느니, 쫓아내겠다느니 하며 괴롭히던 노파.

세입자들도 전부 노파를 욕했다.

그래, 죽어도 되는 사람이야. 이 사회를 위해 없어지는 게 나은.

나는 옳은 일을 한 거라고.

괜찮아, 괜찮을 거야.

◇◇◇◇◇

끔찍하군.

화장실 세면대 앞에 선 영훈은 거울에 비친 자기 얼굴을 보고 생각했다.

감정이 임계점에 다다르면 인간은 이런 표정을 짓는 걸까?

눈은 퀭하고 안색은 창백했다. 코와 입 언저리도, 뺨의 근육도 딱딱하게 굳어 도무지 살아 있는 것처럼 느껴지지 않았다. 며칠 동안 잠을 못 잔 탓도 있겠지만 그래도 너무 심하다.

아니, 어쩌면 이건 인간 이하의 짓을 저지른 자신이 가져야 할 합당한 얼굴일지도 모른다. 살인을 저지름으로 써 더는 평범한 인간으로 취급될 수 없을 테니까.

처음에는 괜찮을 거라 생각했다.

노파가 죽은 덕에 계약 연장도 할 수 있고 이 집에서 나갈 일도 없다고.

'방'에 대해 알아 버린 노파의 입을 막느라 고심할 필요도 없고, 악덕 집주인이었던 노파는 그런 꼴을 당해도 충분하다고.

하지만 그 모든 합리화의 끝에는 깨끗이 지워지지 않는 얼룩처럼 죄책감이 남아 그를 괴롭혔다.

노파는 과연 죽어 마땅한 인간이었나?

그녀가 참견이 심했다는 건 안다. 하지만 그 참견은 실은 외로움에서 기인한 게 아니었을까? 아무도 찾지 않고 홀로 사는 고통, 그 처절한 외로움을 잊어 보고자 남의 일에 그렇게 참견을 하고 다닌 건지도 몰랐다.

집이 온전한가를 확인한다는 명목으로 세입자가 어떻게 사는지 들여다보고, 그 과정에서 삶의 온기와 위안을 받으려던 건 아니었을지.

영훈은 위장이 뒤틀리고 온몸의 털이 곤두섰다. 오한과 공포가 벌레처럼 피부를 기어다녔다.

그것은 두려움이었다. 자신의 인간성…… 자신을 이루던 김영훈이라는 존재가 어둡게 변질되어 버린 듯한 두려움. 빠지지 않는 물이 들어 다시는 예전으로 돌아가지 못할 거라는 두려움.

아버지를 치고 그냥 도망쳐 버린 뺑소니범이 떠올랐다. 한 인간의 목숨을 빼앗고 한 가정을 파탄 내고도 아무런 책임도 지지 않았다. 죄를 짓고도 처벌받지 않는 게 합당한가?

그 사고 이후, 수도 없이 그자를 원망하고 증오했다. 법적으로도 금전적으로도 요만큼의 책임도 지지 않는 그를 저주하고 제발 똑같이 당하라고 빌었다. 한데 지금 내 행동이 뺑소니범과 다를 게 뭐가 있는가.

그렇게 영훈이 괴로움에 엎치락뒤치락하고 있는데 핸드폰이 울렸다. 남자로부터 온 문자였다. 미리 보기를 확인한 영훈이 화들짝 놀라 손가락을 갖다 댔다.

> 심각한 위반 사항으로 계약이 파기되었습니다.
> 심심한 유감을 전합니다.

"안 돼에엣!"

노파가 방에 들어가서 계약이 깨진 거다.

노파가 심해 괴물에게 끌려 들어가는 바람에.

안 돼, 안 돼, 안 돼, 안 돼, 안 돼, 안 돼, 안 돼, 안 돼, 안 돼.

내 의지가 아니다.

이건 부당하잖아!

내 탓도 아닌데 왜!

영훈은 땅바닥을 주먹으로 내리치며 욕설을 뱉었다.

"씨발, 그 노파 때문에……."

문고리 바꾼 게 대수야? 내 집이잖아! 세를 준 동안은 내 집이 맞잖아! 대체 회사를 그만두건 말건 무슨 상관인데? 월세만 제때 내면 되는 거잖아, 집주인은 집주인의 위치에서, 세입자는 세입자의 위치에서, 각자 침범 안하고 잘 살면 되는 거잖아! 씨발, 왜 나를 염탐하는데? 왜 멋대로 들어와서 이 사달을 만든 건데? 나한테 무슨 억하심정이 있어서 계약을 파투 내는데? 이제 겨우 돈도 다 갚고 가족이 모여 살 수 있는 기회가 왔는데, 결혼해서 가정을 꾸릴 기회가 내게도 주어지게 됐는데, 왜 방해하는 거냐고, 씨바알!

주체할 수 없을 만큼 화가 치밀었다. 조금 전까지 노파에게 느꼈던 동정심은 사라졌다. 어쩌면 어쭙잖은 죄책감을 품은 게 잘못일지도 모른다. 악마와 계약을 했을 때부터 그따위 감정은 깨끗이 지워 내야 했는데.

돌려줘.

돈이 필요하다고.

일억 오천에서 십오억으로, 백오십억으로, 천오백억으로. 더 더 많은 돈이!

—철걱, 철그렁, 철걱.

힘을 줘서 아무리 밀어도 문은 열리지 않았다.

젠장, 이렇게 끝이라고? 말도 안 돼!

제발, 제발, 제발.

─철걱, 철그렁, 철걱. 철걱. 철걱.

─철컹, 철걱. 철걱. 철걱. 철그렁, 철걱. 철걱.

한 번만 더 기회를 달라며 절규하던 순간, 영훈은 잠에서 깼다.

◇◇◇◇◇

눈을 뜨자, 익숙한 방 안의 풍경이 시야로 들어왔다. 벽에 걸린 시곗바늘이 10시를 지나고 있었다.

"······꿈?"

원래라면 출근했을 시간이다. 퍼뜩 드는 생각에 영훈은 황급히 핸드폰을 집어 들었다. 어디에도 계약이 파기되었다는 문자는 없었다. 대신 오백만 원이 들어왔다는 익숙한 은행 입금 내역이 보였다.

"꿈이었구나······."

부드러운 물 같은 안도가 온몸을 휘감았다. 아마도 타인이 들어가는 건 계약 위반 사항에 걸리지 않는 모양이었다.

다행이다. 기회를 준 악마에게 고마웠다. 이것을 구실삼아 세입자의 횡포를 부려도 됐을 텐데 너무나 관대하지 않은가.

◇◇◇◇

이제 영훈은 극도로 민감해졌다. 그를 위협하는 변수들로부터 살아남기 위해선 아주 작은 실수도 저질러선 안 되었다. 그게 자신에게도, 추후 생길지 모를 또 다른 희생자에게도 좋은 일이었다.

늘 촉각을 곤두세우고 있는 영훈이다 보니 집배원의 등기 방문이나, 집을 잘못 찾아온 택배 기사한테도 날 선 반응을 보일 수밖에 없었다. 특히 도시가스 점검은 최악이었다.

외부인의 접근을 막고자 물건도 나가서 사 오고, 음식도 포장해 와서 먹는 영훈이지만 점검은 피할 길이 없었다. 도시가스 점검을 받지 않으면 안전상의 문제로 도시가스 공급을 끊어 버리기 때문이다. 물론 점검을 안 한다고 바로 끊기는 것은 아니기에 핑계를 대고 최대한 시일을 끌어 볼 수도 있지만, 점검을 도는 여자는 영훈도 잘 아는 사람인지라 어쩔 수가 없었다.

"안녕하세요."

여자는 언제나 그렇듯 종종걸음을 치듯이 들어왔다. 체구가 작아서 그런지 육식 동물을 피해 달아나는 초식 동물이 연상됐다.

"살이 좀 빠지신 거 같아요. 다이어트하세요?"

"아, 네……. 뭐."

몇 년째 이 동네를 맡고 있는 여자고, 보다시피 누구에게나 넉살 좋게 말을 붙여서 경계를 무너뜨린다. 영훈도 그런 여자가 대하기 편해서 점검을 하는 내내 이야기를 나누곤 했다. 기혼자인 그녀에게 서울에 빈집이 그렇게나 많은데 정작 집값은 떨어지지 않는다는 것과 이젠 결혼도 능력이 있어야만 할 수 있는 시대가 된 것에 하소연한 적도 많았다.

하지만 지금은 그녀와 같은 공간에 있다는 사실 자체가 힘들었다. 떠올리지 않으려 해도 자꾸만 최악의 생각이 떠올랐고 그런 상황이 닥친다면 여자를 확실하게 제압할 수 있을지가 걱정됐다. 다행인 건 사체를 처리하는 것까지는 신경 쓰지 않아도 된다는 거였다. 저 안이 아직도 심해일지는 모르지만, 설사 다른 걸로 바뀌었다 해도 그 안의 존재들이 확실하게 여자의 흔적을 지워 줄 테니까.

가스레인지를 살핀 여자가 보일러실로 이동했다. 그녀를 따라가며 영훈은 뒤에서 그녀를 안았을 때 반항이 얼마나 심할지를 예상해 보았다. 평소 그는 운동도 하지 않고 다부진 체격과도 거리가 멀었지만 워낙 체구가 작은 여자이니 제압하는 것쯤은 어렵지 않으리라.

'미친놈. 제정신이야?'

살인을 아무렇지 않게 구상하는 스스로가 역겨웠다. 현실적인 문제도 제동을 걸었다. 노파와 다르게 여자는 최악으로 추락하기에 좋은 조건이었다. 저 이상한 방에서 핸드폰 신호가 잡히진 않겠지만 마지막 방문지는 확실하게 이곳 주소로 뜰 테니 말이다.

"저건 뭐예요?"

여자의 말에 영훈은 제정신을 차렸다. 그녀의 시선이 커튼이 드리워진 벽으로 향해 있었다.

표정이나 어투로 보아 진지하게 던진 질문은 아닌 것 같았다. 이 집의 구조를 알고 있으니 그냥 궁금한 거겠지. 벽일 뿐인데 왜 굳이 커튼을 쳐 두었는지에 대해.

"아, 그…… 곰팡이가……."

"네?"

"저 뒤로 곰팡이가 피었거든요. 지우는 약으로 닦아 내긴 했는데 벽지를 새로 발라도 또 생기더라고요. 보기 싫어서 커튼으로 가린 거예요."

"아……."

납득이 된 건지 더는 파고들기가 싫은 건지 여자는 그대로 입을 다물었다. 영훈을 바라보는 눈빛이 말랑해졌는데 동정하는 것 같기도 했다. 곰팡이가 끝없이 생겨나고 영구히 없앨 수도 없는 집에 살면서도 벗어날 수 없는 그의 처지를.

여자가 돌아가자 영훈은 참았던 숨을 토했다. 그녀가 집에 머무른 건 고작 5분이었는데 50분도 더 된 것 같았다.

어느 정도 안정을 찾은 영훈은 계좌를 확인했다. 이렇게 심리적으로 극에 몰리는 일이 생기면 숫자를 확인하

며 위안을 얻곤 했다. 볼 때마다 엄청난 숫자였다. 궁금한
건 이 돈이면 은행에서 투자를 하라며 수시로 전화가 걸
려 올 법한데 아무 일도 일어나지 않는다는 것이다.

하루 오백만 원씩 꼬박꼬박 늘어나는 잔고 역시 수상
하게 여기는 게 정상인데, 어떠한 터치도 없다. 남자의 힘
은 그 정도로 광범위하게 작용되는 걸까?

◇◇◇◇

―딸랑.

편의점에 들어선 영훈은 냉장고로 가서 맥주를 꺼냈
다. 바구니에 맥주를 종류별로 담고, 간단한 밀키트와 생
수, 안줏거리로 남는 자리가 없을 만큼 꾹꾹 눌러 채웠다.
좀 더 가면 있는 대형 마트에는 과일도 있고 신선한 채소
도 잔뜩 구할 수 있지만, 거기까지 가는 동안 집을 비우는
게 걱정돼서 할 수 없이 편의점을 이용하고 있다. 이렇게
담은 걸로 버틸 만큼 버티다가 다 떨어지면 다시 편의점
에 와서 물건을 사는 것을 반복했다.

카운터 위에 바구니를 올려놓자 아르바이트생이 기다
렸다는 듯 말을 붙였다.

"와, 오늘도 엄청 많네요."

"아, 네……."

"일은 그만두신 거예요?"

무슨 뜻이지? 그런 의문을 담아 노려보자 아르바이트

생이 허둥대며 말을 이었다.

"그냥…… 전에는 밤늦게만 오시다가 요즘은 낮에도 자주 오시니까……."

이게 무슨 오지랖이지?

혐오감이 들었다. 그게 너랑 무슨 상관인데? 대체 네가 뭐기에 내 스케줄을 간섭하는 거냐고.

걱정? 정말 걱정이야?

일은 안 하는데 매일 물건만 사니까 돈이 어디서 나는지 궁금한 건 아니고?

집 안에 이상한 문이 있다는 걸 들은 건 아니고?

집 근처에 숨어 있다가 현관문을 여는 순간 따라 들어와서 습격하려는 건 아니고?

영훈은 자신의 이런 생각이 비약임을 알았지만, 추진력이 실린 모터처럼 도저히 멈출 수가 없었다.

"근데 술을 너무 자주 드시는 거 아니에요? 젊다고 안심하면 안 돼요. 저희 형도 맨날 그렇게 먹다가 간이……."

뿌득, 뇌혈관이 끊어지면서 뚜껑이 열리는 감각이 들었다.

"네가 뭔데! 내가 간이 썩건 말건 무슨 상관인데? 내가 어떻게 사는지 그딴 걸 네가 왜 궁금해하는 거냐고!"

"아니, 저는 그냥……."

"씨발, 왜 이렇게 남의 일에 관심들이 많아! 왜! 왜! 왜! 사람을 못살게 구는 거냐고! 뭘 처먹건 말건, 일을 하건 말건, 집에서 나오건 말건, 씨발! 씨발! 아아아아악!"

아르바이트생의 얼굴이 새하얗게 질렸고 어느새 편의점 안의 모든 손님들이 전부 영훈을 바라보고 있었다. 개중 몇은 핸드폰에 손가락을 대고 있었는데, 지금 당장 경찰을 불러야 하는지를 고민하는 것 같았다.

그 모습에 영훈은 퍼뜩 제정신을 차렸다.

"미안해요. 힘든 일이 있어서……. 제가…… 여자 친구와 헤어졌거든요. 죄, 죄송합니다."

다행히 아르바이트생은 일을 크게 만들 생각이 없어 보였다. 바구니에서 물건을 꺼낸 아르바이트생은 묵묵히 바코드를 찍기 시작했다. 고개를 푹 숙인 채 영훈과는 절대 눈을 마주치려 하지 않으면서 말이다.

영훈은 이제 여기는 못 오겠다고 생각했다. 조금 더 거리가 멀어져도 다른 곳을 찾는 게 안전하리라.

편의점을 나온 영훈이 잰걸음으로 걸었다.

기분이 말할 수 없이 엉망이었고, 한시라도 빨리 집으로 돌아가 쉬고 싶었다.

그렇게 걷고 있는데 자신의 발걸음에 섞여 무언가 낯선 소리가 들려왔다.

—저벅 저벅.

자신이 신고 있는 슬리퍼에서 나는 소리와는 다른, 그의 뒤를 쫓아오는 누군가의 발걸음 소리. 운동화를 신은 듯한 상대는 한 발 한 발 의도적으로 소리를 죽이며 걸어오고 있었다.

누구지?

그가 살고 있는 다가구 주택은 접근성이 좋지 않았다. 높은 언덕에 위치해서 양의 창자처럼 몇 번이나 비틀고 꼬아서 들어가야 했다. 재개발이 확정되어 기존에 살던 주민들도 많이 떠났고, 그렇기에 길을 가다 마주치는 사람도 극히 적었다.

'이 시간에 하필 내가 가는 방향과 동선이 같다고?'

용기를 내어 뒤를 돌아보자, 7미터쯤 뒤쪽에 젊은 남자의 실루엣이 보였다.

어두운 데다 모자를 눌러써서 얼굴은 보이지 않는다.

아무래도 주민 같지는 않았다. 몇 년간이나 이 길을 오가며 알음알음 남아 있는 사람들과 얼굴을 마주쳤던 영훈이었다. 주민이었다면 낯설지 않은 익숙함이 있었을 거다. 저자는 완전히 생소했다.

요즘 내가 돈을 많이 쓴다는 걸 누군가 눈여겨본 걸까?

편의점에 올 때마다 항상 바구니가 터질 정도로 물건을 사 가는 사람.

직장은 그만두었고 수입이 나올 길은 없는데 집에서 탱자탱자 시간을 보내는 사람.

그러면서도 사는 것에 전혀 지장이 없어 보이는 사람.

이런 정보들이 모여서 범죄의 표적이 된 걸까?

망상에 망상이 꼬리를 문다.

불안과 공포가 걷잡을 수 없이 부풀어져 간다.

온몸에 소름이 돋고 하반신이 허공에 붕 뜬 느낌이 들어 슬리퍼를 신은 발이 순간 미끄러질 뻔했다.

정신 차려.

몸에 힘을 줘.

당당하게 걸으라고.

미행당하는 걸 알고 있다는 사실을 들켜선 안 돼.

뒤따라오고 있는 남자의 기척이 점점 더 거세졌다.

걸음에 속도가 붙는 게 느껴진다.

더는 감출 생각도 없는지 대놓고 소리를 내며 달려온다.

머리를 돌로 찍으려는 셈인가? 아니면 칼?

영훈은 주먹을 움켜쥐었다.

호락호락 당할 줄 알고?

어금니를 악물고 영훈이 남자 쪽을 향해 홱 돌아서는 찰나, 그는 그대로 영훈을 지나쳐 갔다.

그러곤 저만치 앞에 서 있던 젊은 여자의 손을 잡고는 웃음을 터트렸다.

하…….

영훈은 다리가 풀려 그대로 땅바닥에 주저앉았다.

◇◇◇◇

대체 어디서부터 잘못된 걸까?

자신은 이런 사람이 아니었는데.

돈이 자신을, 영훈이라는 인간의 본질을 변하게 하는 느낌이다.

아닌가, 이게 원래의 나인가?

그저 돈을 계기로 감추고 있던 본성이 드러난 것뿐인가?

아무것도 하지 않은 채로 시간은 흘러갔고, 영훈은 점점 지쳐 갔다.

필요에 의해서라는 건 알지만 도무지 못 할 짓이다. 밖에 나가서 사람들을 보고 싶었다. 회사를 다닐 땐 팀장의 잔소리가 스트레스였지만, 집에만 틀어박혀 아무것도 안 하는 것보단 나았다. 배달도 힘은 들었지만 운동하듯 여러 곳을 돌아다니는 데서 오는 활력이 있었다.

고립 청년. 은둔 청년.

지금의 영훈을 표현하기에 그만큼 들어맞는 단어가 있을까.

'언제까지 이래야 하는 거지?'

'원하는 만큼의 돈을 다 얻으면.'이라고 정해 뒀지만 그게 언제일까. 애초에 돈이란 많을수록 좋은 거고 인간의 욕심에도 끝이 없다. 설사 천억이 되어도 천조가 될 기회를 포기할 리 없었다.

영훈은 빛도 들지 않는 거실에서 퀭한 눈으로 문 앞만 지키고 있는 자신을 상상했다. 인간다운 삶을 모두 포기한 채 오직 문지기로만 전락한 자신을.

아영이 미치도록 보고 싶었다. 얼굴을 보고 목소리를 듣는다면 이 생생한 고독감이 조금은 사라질 수 있을 텐데.

차라리 전부 털어놓을까?

남자와의 계약 조건에 타인에게 발설하면 안 된다는 조항은 없었다.

게다가 아영이라면 그의 얘길 진지하게 들어 주고, 그럴 수밖에 없는 선택을 이해해 줄 것이다.

"그래. 더 이상은 안 돼."

이렇게 물 흐르듯 시간만 흘려보내고 있어선 안 되었다. 통장에 원하는 만큼의 돈이 모였을 때 아영도 흘러가는 시간처럼 그의 인생에서 사라지고 없을지 모르니까.

영훈은 충동적으로 퇴근 시간에 맞춰 회사로 갔다.

입구 쪽에 있다가는 회사 사람과 마주칠 수도 있어서, 일부러 바로 앞에 위치한 카페에 들어가 앉았다. 탁 트인 통유리로 입구를 살피고 있자니 하늘에서 빗방울이 떨어지기 시작했다.

빗방울은 조금씩 거세졌고, 그칠 기미가 없었다.

오늘 비가 온다고 했었나?

잘 됐다. 이왕 이렇게 된 거 우산을 사서 전해 줘야지. 그렇게 생각하며 자리에서 일어서는데, 아영이 밖으로 나왔다.

거리가 있었지만 표정 하나하나까지 똑똑히 알아볼 수 있었다.

그사이 야위었는지 안 그래도 가느다란 몸이 부러질

것처럼 위태로웠다. 비구름 낀 하늘처럼 어두운 낯빛과
초췌해 보이는 얼굴, 아영도 마음고생이 심했구나. 영훈
은 미안했다. 어서 그녀를 안아 주고 잘못했다고, 다시 한
번 기회를 달라고 빌고 싶었다.

한데 혼자인 줄 알았던 아영의 뒤로 누군가가 따라 나
왔다. 그 낙하산이었다. 자신과는 다르게 사람을 죽인 적
도 없고, 나중에 악마에게 영혼을 빨릴 위험도 없는 번듯
한 인간.

그 남자가 아영에게 우산을 씌워 주었고 아영이 수줍
게 웃었다.

안 돼.

늦은 건가.

다 내 잘못이다.

그날, 돌아서는 아영을 어떻게든 붙잡아야 했는데,

거짓말이건 뭐건 그녀를 안심시키고 믿게 해야 했는데,

안일하고 태만했다.

영훈은 절망감을 느끼며 집으로 돌아갔다.

도저히 그곳에서 더 버틸 수 없었다.

◇◇◇◇◇

폐인처럼 지내는 날들이 쌓이고 쌓여 갔다.

이제 그에게 남은 건 오직 돈뿐이었다.

아침에 눈을 뜨면 통장을 확인하고, 그대로 누워 아무

것도 하지 않은 채 하루를 보냈다.

사랑하는 연인과 가정을 꾸린다는 행복은 날아갔지만, 적어도 예전처럼 가족이 모두 함께 모여 사는 행복은 되찾을 수 있을 것이다.

그래서 영훈은 비정상적으로 문에 집착했다.

그에게 남은 유일한 희망을 깨트리지 않기 위해 주인을 지키는 개처럼 문을 사수했다.

종교를 설파하기 위해 현관을 두드리는 자들이나 물건을 오배송한 택배 기사에게 폭언을 퍼붓고 공격적으로 으르렁댔다. 남들의 눈에 이런 자신이 정신이 이상한 사람처럼 보일 거라는 건 알았지만 어쩔 수 없었다.

조금도 실수해선 안 되니까. 일말의 위험도 허용해선 안 되니까.

가스 검침을 하고 돌아간 여자가 다시 찾아왔다.

영문을 몰라 하는 영훈에게 여자는 며칠 전 노파의 집을 다녀왔다며 운을 뗐다. 검침 날짜가 돌아와서 영훈의 집에 난 곰팡이 얘기도 할 겸 찾아갔는데, 만날 수 없었다고 말이다. 집에도 없고 연락도 안 되는데 혹시 소재를 아느냐고 물었다.

'뭐지, 이 여자? 이해가 안 되네. 곰팡이를 왜 상관하는 거지? 자기가 뭐라고 집주인에게 얘기해 준다는 거야? 혹시 집주인이 사라진 것에 내가 관련된 건 아닌지 의심하는 건가? 이미 알고 있으면서도 떠보는 거 아냐?'

영훈은 모르겠다며 고개를 저었다. 그러면서 이 여자를 집 안으로 들어오게 하려면 어떤 핑계를 대야 할지 고심했다. 이유는 모르지만 심해는 꽤 오랫동안 그 자리에 있었다. 좀처럼 바뀌지 않는 원인이 뭘까 생각해 보다가, 먹이가 부족해서일지 모른다는 결론을 내렸다.

노파로 인해 모처럼 인간 고기 맛을 본 괴물이 아쉬움에 떠나지 못하고 있다고 말이다.

아니면 영훈이란 인간이 좀 더 악에 물들기를 바라서인지도 모른다. 한 명을 죽인 살인범으론 부족해서 연쇄살인범으로 발전되기를 기다리고 있는지도.

좌우간 노파를 먹어 치우고 상당한 시간이 지났으니, 괴물은 그사이 배가 꽤나 고파졌을 것이다. 일단 여자를 방 앞으로만 데려가면 게임은 끝난다. 눈앞의 풍경을 보고 얼어붙어 있을 때 뒤에서 밀어 버리면 그만이니까.

영훈이 이런 계산을 하는 동안, 여자는 그가 노파 걱정을 한다고 여겼는지 신경 쓰지 말라며 웃었다. 멀리 사는 딸이 하나 있는 걸로 아는데, 아마 그 딸네 집에 놀러 간 것 같다며 말이다.

◇◇◇◇◇

영훈은 잠에 취해 있었다.

문을 지키느라 대다수 시간을 날 세운 톱니처럼 긴장 상태로 보냈고, 그렇게 피로가 쌓이면 수마가 한꺼번에

밀려와 기절하듯 쓰러지는 경우가 있었다. 지금도 그랬다. 영훈은 깊은 잠에 빠졌고 그러다 꿈을 꿨다.

꿈속에서 그는 아영과 레스토랑에 와 있었다. 그녀를 위해 큰맘 먹고 예약한 그 레스토랑이었다. 아영은 마침 영훈이 건넨 명품 박스를 열고 있었다.

기분 좋은 꿈이었다. 꿈에서만이라도 놓치기 싫은 생각에 아영의 손을 힘주어 잡았다.

"뭐야, 선물 열지 말라는 거야?"

"아니, 그게 아니라…… 네가 옆에 있다는 게 너무 좋아서."

아영이 미소를 지었다. 그가 너무도 좋아하는 그 미소였다. 평소에는 차갑고 딱딱한 인상이 웃으면 소녀처럼 사랑스러워졌다.

환하게 웃는 입술 사이로 가지런한 치아가 보였다. 입꼬리가 더 위로, 더욱 위로, 더 더 위로 올라가더니 급기야 쭈욱 찢어지며 순식간에 귀밑까지 닿았다.

찢어진 입 사이로 핏물이 줄줄 흘러내렸다.

키킷, 크큭, 키키킥, 크훗, 크큭.

그런 채로 아영이 고장 난 장난감처럼 고개를 앞뒤로 까딱, 까딱 움직이기 시작했다. 웃음소리가 점점 커져 가면서 고개를 까딱이는 속도도 거칠어진다.

까딱, 까딱, 까딱, 까딱.

키킷, 크훗, 키키킥, 크훗, 키킷, 크큭, 키…… 키키키킥.

까딱, 까딱, 까딱, 키킥, 크훗, 키키킥, 크훗, 키킷, 크큭, 키…… 키키키킥, 까딱, 까딱, 까딱, 까딱, 까딱, 까딱, 까딱, 까딱, 키킥, 크훗, 키키킥, 크훗, 키킷, 크큭, 키…… 키키키킥, 까딱, 까딱, 까딱, 까딱.

"으아아아악!!"

◇◇◇◇

영훈은 눈을 떴다.

온몸이 땀으로 젖어 있고 심장이 요란한 기계음처럼 쿵쾅대고 있었다.

아영을 봐서 행복했는데 하필 이런 악몽이라니.

이것은 현실에 대한 자각인가?

그녀는 이미 다른 남자의 차지가 되었다.

아무리 발버둥 치고 애를 써 봐도 되돌릴 수 없다는 것을 꿈을 통해 확실하게 인식시켜 준 게 아니었을까?

공허와 절망이 어깨를 짓눌렀다. 비로소 자신 곁에서 아영이 영원히 사라졌다는 사실이 뼈저리게 느껴졌다.

깊은 상실감을 참을 수 없던 영훈은 냉장고에서 맥주를 꺼내 들이붓듯이 마셨다.

두 번째, 세 번째, 네 번째 캔이 연이어 열리고 비워졌다. 눈앞이 흐려지고, 몸은 점점 무거워졌다. 그러나 상실감은 여전히 그의 가슴을 아프게 찔러 왔다. 순간 어디선가 여자의 웃음소리가 들렸다.

'설마……'

웃음은 문안에서 나고 있었다. 교태가 섞인 비음도 경박하게 깔깔대는 것도 아니었다. 꿈에서 들었던 소름 끼치는 웃음도 아니었고 무엇보다 아영의 목소리였다.

'말도 안 돼.'

내가 미친 건가. 뇌 어딘가가 잘못된 건가. 아까 그 꿈의 연장인가. 그럴 리가 없는데.

영훈은 자신이 듣고 느끼는 게 현실임을 자각했다. 그래서 더 혼란스러웠다. 어떻게 방 안에서 아영의 웃음소리가 들릴 수 있는 거지?

문을 향해 다가가는 몸이 갈지자로 흔들렸다. 똑바로 걷고 싶었지만 술기운이 몸을 지배했던 것이다. 알코올에 마비된 반고리관이 자꾸만 휘청대게 만들었다.

간신히 문 앞에 서자 이번엔 알 수 없는 공포가 스멀스멀 올라왔다. 이상했다. 저곳에 있는 건 정말 아영일까?

그러니까 이건…… 있을 수 없는 일이잖아.

아영일 리가 없다는 이성과 그럼에도 확인해 보고 싶다는 감정이 싸우기를 반복하다 결국 영훈은 문을 열었다.

"아……."

영훈의 눈이 커다래졌다.

문 너머로 보이는 건 영훈이었다. 탁 트인 통유리를 통해 들어오는 햇살이 고급스러운 거실 내부를 비췄고, 벽에는 현대적인 예술 작품들이 걸려 있었다. 영훈은 질 좋은 가죽 소파에 앉아 주방을 오가는 아영과 이야기를 나눴다. 머리를 하나로 틀어 묶고 앞치마를 한 아영의 모습이 눈부셨다.

그녀는 아이와 어제 어디를 갔다 왔으며, 무슨 재미있는 일이 있었는지 등을 전하며 웃었다.

네 살이 되고부터는 언어 표현력이 부쩍 늘었다고 뿌듯해하기도 했다.

그리고 이야기의 주인공인 딸이 방 안에서 걸어 나왔다. 아영을 그대로 축소해 놓은 듯한 사랑스러운 딸. 아이가 영훈에게 달려갔고 영훈은 그런 아이를 두 팔로 안아서 하늘 번쩍 들어 올렸다.

영훈이 그토록 갖고 싶어 했던, 성공한 영훈의 인생이 그곳에 있었다.

"아…… 아아……."

갑자기 메스꺼움과 두통이 밀려들었다. 비틀대며 벽을 짚은 영훈의 명치에서 뜨뜻하면서 불쾌한 무언가가 올라왔다.

숨을 쉬기가 어려웠다. 호흡이 거칠어져 헐떡거리듯이 산소를 탐했다. 과호흡인가. 빌어먹을. 심리적인 혼란이 극에 달했을 때, 필요 이상으로 호흡하는 바람에 혈중 이산화 탄소의 농도가 떨어져 생기는 증상.

그만큼 이 상황이 충격이었던 모양이다. 영훈은 천천히 심호흡을 하며 호흡을 가다듬었다. 그러는 동안 맹렬한 질투가 일었다.

어떻게 이럴 수 있지? 그토록 원했던 인생이, 항상 바라마지않던 삶이, 왜 엉뚱한 곳에서 펼쳐지고 있단 말인가.

번지수를 잘못 찾았다. 아영도 태어난 아이도 완벽한 가정도 저기 있는 가짜가 아니라 여기 있는 진짜 김영훈이 누려야 할 것들이었다.

왜! 왜! 왜!

이런 삶을 손에 넣기 위해 죽도록 달려왔는데 하나도 얻지 못한 현실이 절망스러웠다. 부당하고 원망스러웠다.

'그래. 저자를 죽이면 돼.'

아마도 저건 다중 우주에 있는 또 다른 자신 중 하나이겠지?

이 우주에 무수히 퍼져 있는 김영훈 중 N 번째 김영훈일 뿐이다.

예전에 본 영화에 비슷한 내용이 있었다. 다중 우주에 사는 또 다른 자신을 죽여 그 인생을 차지하는 이야기.

방법을 알게 되자 가슴 언저리를 누르던 갑갑함이 사라졌다. 그래, 이건 기회야. 심지어 매우 간단하기까지 한. 그저 저기 들어가서 저자를 죽이면 끝난다.

이 그림 같은 인생의 새로운 주인이 되는 것이다.

'죽여! 죽여! 죽여!'

'가짜를 처단하고 새로운 주인이 되는 거야!'

질투는 이제 살의로 변해 걷잡을 수 없이 타올랐다.

막 문안으로 발을 디디려는 찰나, 둔탁한 소리가 들려왔다.

—쿵쿵쿵.

누군가 현관문을 두드리고 있었다.

퍼뜩 정신을 차린 영훈은 얼른 방문을 닫고 현관으로 걸어갔다.

아주 살짝 경찰의 방문을 예상했지만 바깥에서 그를 기다리고 있던 건 처음 보는 여자였다.

흐릿한 인상을 지닌 50대 여자였다. 아니, 40대인가. 어울리지 않게 볶아 놓은 파마머리가 여자의 나이를 지독하게 들어 보이게 했다.

밖에 나오기 전에 거울도 확인하지 않았는지, 티셔츠를 거꾸로 돌려 입은 채였고, 화장은 눈썹만 그린 상태였다.

이런 여자가 왜 자신을 만나러 왔는지 짐작도 가지 않아 멍하니 보는데 여자가 말했다.

"어머니랑 연락이 안 돼요."

"네?"

처음 영훈은 여자가 무슨 말을 하는지 이해할 수 없었다. 인내심을 갖고 몇 번이나 반복해 듣고서야 그녀가 집주인 노파의 딸이란 걸 알았다.

"문자를 보내면 어머니가 바로 확인하는 건 아니지만, 이틀 안에는 꼭 답장이 왔거든요? 근데 사흘이 지나도록 답장도 없고 계속 전화해도 받지를 않는 거예요."

걱정이 되어서 집으로 찾아갔더니 노파의 핸드폰이 충전기에 꼽힌 채로 방치되어 있고, 노파는 집에 없었다고 했다. 도저히 소재를 파악할 수가 없어 혹시나 하는 생각에 노파가 세를 준 다가구 주택을 찾아와 세입자들을 하나씩 탐문하는 중이라고 했다.

"어머니가 평소에도 핸드폰을 잘 두고 다니거든요. 아마 이번에도 그런 것 같은데……. 혹시 뭐 들으신 거 없으세요? 어디를 갈 예정이라든가…… 누굴 만나려고 했다든가…… 그래도 세입자분들과는 사이가 좋았다고 들어서요."

사이가 좋았다니, 일방적인 참견을 그런 식으로 포장했나. 영훈은 노파에 대한 혐오감을 억누르며 고개를 저었다.

"죄송합니다. 아는 게 없네요."

여자는 나중에라도 어머니를 보면 연락해 달라면서 전화번호를 적어 주고 갔다.

그녀가 대문 너머로 완전히 사라지자, 영훈은 참았던 숨을 토해 내며 쿵쾅대는 심장 언저리를 꾸욱 눌렀다.

최대한 자연스러운 표정을 지으려 했는데 괜찮았을까?

긴장해서 목소리를 조금 떨었는데 이상하다고 여기진 않았을까?

젠장, 이제 어쩌지?

노파의 딸은 분명 제 어머니의 부재를 수상히 여기고 신고할 것이다. 그러면 무슨 일이 벌어질까? 노파가 영훈의 집 앞에서 고래고래 고함을 친 것과 영훈의 집에서 짐승의 비명 소리 같은 게 들렸다는 식의 증언이 쏟아질 것이다.

영훈이 요즘 직장을 관두고 집에만 틀어박혔다는 것과 돈도 벌지 않는데 생활이 유지되는 기현상에 대해서도 의심을 사겠지.

어쩌면 노파가 사라진 날, 영훈과 재계약 문제로 다투는 걸 봤다는 증인이 나타날지도 모른다. 이곳에 사는 세입자 대부분은 그 시간에 출근을 하고 없지만, 100퍼센트 확신할 수는 없으니 말이다.

'그렇더라도 반드시 날 범인으로 몰 수는 없어.'

노파와의 사이가 안 좋았는데 그게 뭐? 영훈은 이제껏 성실하게 살아왔다. 신원 조회를 해 보면 그만큼 깨끗한 사람도 없을 것이다. 작은 범법 하나 저지른 적이 없으니까. 어려운 가정사도 동정을 사기 쉬웠다. 아버지를 뺑소니로 잃고 가족은 뿔뿔이 흩어졌다. 그럼에도 가정을 일으켜 세우기 위해, 투잡을 뛰면서 죽을 만큼 노력하며 살아온 청년이 아닌가.

한 달에 소액씩 아동 재단에 기부를 하고 있었단 사실도 그라는 인간을 포장해 줄 것이다.

한마디로 지금껏 영훈이 살아온 인생 자체가 더할 나위 없이 도덕적이었다.

직장을 왜 관뒀냐고 하면 번아웃이 왔다고 둘러대면

된다. 여자 친구와의 이별로 충격을 받아서 삶의 의미를 잃었다고 해도 된다.

게다가 이 동네는 CCTV가 낙후되었고, 그나마 있는 CCTV들도 방범용으로 가짜 모형을 달아 놓은 게 부지기수였다. 노파의 마지막 동선을 알아내기까진 상당한 시간이 걸릴 것이다. 노파의 핸드폰이 집에 있던 것도 운이 좋았다. 소지하고 있었다면 마지막 신호가 영훈의 집에서 끊겼다는 게 밝혀졌을 테니까.

물론 최악으로 치달을 수도 있다. 만에 하나 경찰이 노파의 마지막 행선지가 세입자 건물이었고, 다시 나오는 모습이 없었다는 걸 정확히 파악한다면 영훈이 최우선 용의자가 될 것이다.

'역시 도망쳐야 하나.'

아무리 생각해도 이 집에 계속 있는 건 위험했다. 반반의 확률에 모든 걸 맡기고 마냥 기다리고만 있는 건 너무 안일한 선택이다.

'외국으로 갈까?'

외국에서 사업을 해 보는 것도 좋을 것이다.

가족을 두고 혼자만 가는 건 걸리지만…… 아니, 그래서 안 될 건 뭔데? 가족이라고 뭐 대단한 의미가 있나? 어쩌다 혈연관계로 맺어진 집단일 뿐인데. 애초에 가족이라면서 왜 빚을 갚는 건 나 혼자만 하고 있는 거지?

엄마도 동생도 빚을 갚는 건 전부 영훈에게 떠넘기고

자기 삶을 살고 있다. 동생은 툭하면 생활비가 모자란다며 용돈을 보내 달라고 했고, 엄마는 나이가 드니 여기저기가 쑤신다며 수시로 약값을 요구했다. 영훈 혼자만이 이 빌어먹을 가정의 부채에 책임을 지고 있는 것이다.

아버지가 뺑소니차에 치인 게 내 잘못인가? 애초에 아버진 왜 좌우를 살피며 걷지 않았지? 무조건 초록불이라고 앞만 보고 건너니까 뺑소니나 당하는 거잖아? 그렇게 무책임하게 죽어 버리는 바람에 하나 있는 집은 날려 먹고, 자식은 결혼도 못 하게 하고. 희망도 뭣도 없이 그저 소처럼 죽을 때까지 쟁기나 끌어야 하는 상태로 전락시켰다.

그런데도 이따위 것을 가족이라고 유지해야 해?

그래. 이참에 가족도 다 버리고 새로운 삶을 사는 거야!

마음을 정하고 나니, 영훈은 이루 말할 수 없이 홀가분한 기분이 들었다.

하지만 돈이 문제였다. 통장에 모인 돈은 예전 같으면 엄두도 못 낼 상당한 돈이 분명하지만, 그래도 새 인생을 살기엔 부족했다.

뒤늦게 후회가 들었다.

남자가 임대해 달라는 말을 꺼냈을 때, 좀 더 진지하게 받아들였어야 했는데.

하루에 오백만 원이라니, 왜 그 돈이 많다고 생각했을까?

전혀 많은 게 아니다.

천만 원으로, 아니, 이천만 원으로……. 차라리 오천만
원을 달라고 해 볼걸.

그랬다면 지금쯤 모든 상황이 끝났을 것이다. 떠나는
것에 아무런 고민도 없었을 텐데 멍청하게.

문득 아까의 방이 떠올랐다.

'그래. 다중 우주의 나.'

경찰에게 잡히는 것만 생각해서 또 다른 방법이 있다
는 걸 잊고 있었다. 지금이라도 그 녀석을 죽이고 인생을
가로채면 된다.

영훈은 서둘러 문을 열었다.

하지만 안에서 기다리고 있던 건 그의 기대와 달랐다.

당연히 있을 거라 여겼던 거실 배경이 사라지고, 완전
히 새로워진 내부가 펼쳐져 있었다.

이질적 풍광이 펼쳐지거나 초자연적 존재들이 뛰어다
니고 있는 게 아니다.

정말 어이없게도 평범한 방의 모습이었다.

영훈이 어린 시절에 살았던 것 같은 누런 장판이 깔리
고 색이 바랜 벽지로 뒤덮인 방.

그리고 그 방 안 한가운데에 금고가 놓여 있었다. 은행
털이범들이 노릴 법한 거대한 금고가 아니었다. 가로 세
로 30센티미터 크기의, 휴대하고 다닐 순 없지만 성인 남
자가 양팔로 충분히 들 수 있을 정도의 사이즈였다.

도무지 이해할 수 없는 상황에 영훈은 금고를 멀뚱히

쳐다보았다. 검은색으로 칠해진 금고 문에는 다이얼 자물쇠와 작은 손잡이가 달려 있었다. 그때 끼이익, 하는 소리와 함께 금고 문이 저절로 열렸다.

천천히 벌어지는 금고 문 사이로 지폐 뭉치가 보였다.

한 묶음씩 묶인 오만 원권 다발이 금고 안을 빼곡하게 채우고 있었다.

보통 한 뭉치가 100장이니 오만 원권이 100장이면 오백만 원이다.

그것도 저 정도 사이즈의 금고를 가득 채운 양이라면…….

"십억."

못해도 십억이다.

그 엄청난 액수에 영훈은 이마의 혈관이 찌릿찌릿하며 현기증이 일었다. 살면서 이렇게 많은 현금을 한 번에 보는 건 처음이었다.

영훈이 넋을 잃고 있는 사이, 흡사 의지를 가진 생명체처럼 금고가 안에 들어 있는 돈뭉치를 밖으로 토해 내기 시작했다.

툭, 투툭.

현금 다발들이 어지러이 바닥에 떨어졌다. 뒤이어 밀려 나온 오만 원권 뭉치가 먼저 떨어진 놈들을 발판 삼아 계속해서 탑을 쌓았다. 이윽고 안에 든 걸 모조리 게워 낸 금고가 입을 닫았다. 그러곤 곧바로 다시 벌린다.

이번에도 오만 원권 지폐 뭉치가 가득했고, 금고는 같은 작업을 한 번 더, 계속, 계속, 쉬지 않고 이어 나갔다.

'미쳤군. 무한으로 돈다발이 생겨나는 금고라니.'

황금알을 낳는 거위 정도가 아니다. 비교도 할 수 없는 어마어마한 부, 비현실적인 풍요에 영훈은 정신이 나가 버릴 것 같았다.

저 금고만 있으면 모든 걸 해결할 수 있다.

새로운 삶, 새로운 신분, 원하는 건 뭐든 전부 가질 수 있다.

남자와의 계약에도 연연하지 않아도 된다. 더 이상 방을 지키느라 신경과민에 시달리지 않아도 되고 경찰의 추적도 걱정할 필요 없다. 이대로 이 집을 떠나 먼 외국으로 숨어 버리면 되니까.

영훈은 신중한 몸짓으로 발을 방 안으로 넣어 보았다.

"……."

아무 일도 일어나지 않는다.

천장에서 묵직한 바윗덩이가 머리를 향해 떨어지는 일도 없었고, 뾰족한 표창들이 사방에서 날아와 영훈의 몸을 벌집으로 만들어 놓지도 않았다.

안심한 영훈은 더욱 보폭을 크게 해서 앞으로 나아갔다.

금고와의 거리는 기껏해야 2미터 남짓이었고 영훈은 단숨에 그 앞에까지 도달할 수 있었다.

'혹시 환상은 아니겠지?'

막상 손을 대면 신기루처럼 사라져 버리는 게 아닐까 걱정했지만, 금고는 간단하게 영훈의 손에 잡혔다.

단단하고 차가운 금속 재질이 피부에 닿자, 비로소 됐다는 전율이 찌르르 올라왔다.

양팔로 감싸듯이 들어 올리자 무게감이 상당했다. 그 때문에 몸이 약간 흔들렸고 영훈은 중심을 잃지 않도록 조심하며 신중하게 바닥을 디뎠다.

주변에 흩어진 돈뭉치가 자꾸만 진로를 방해했다. 걸을 때마다 걸리적거려서 꼭 돈으로 이루어진 늪을 헤쳐 나가는 느낌이었다. 자루 같은 게 있었다면 저것들도 전부 담아 갈 수 있을 텐데. 아까웠지만 포기해야만 했다. 어차피 이 금고만 있으면 금방 가질 수 있는 돈이었다. 영훈은 금고를 더욱 끌어안았다. 그렇게 입구까지 걸어온 영훈이 멈칫거렸다.

문이 없다.

그 자리에 있어야 할, 영훈이 들어왔던 문이 사라지고 없었다.

'이게 뭔……'

당황한 영훈은 금고를 단단히 쥔 채 벽만 뚫어져라 노려보았다. 도대체 무슨 일이 벌어진 건지 이해가 되지 않았다. 순간 뒤에서 낯선 목소리가 들려왔다.

"결국 들어왔군?"

목소리는 낮고 울림이 있어서 마치 이 방 안과 공명하

는 듯했다. 오싹한 냉기가 전신을 급습했다. 부르르 떨리는 느낌이 발가락에서부터 상반신까지 순식간에 타고 올라왔다.

천천히 몸을 틀자 키가 엄청 큰, 너무 커서 머리끝이 천장보다 높을 정도로 큰 남자가, 부러지겠다 싶을 정도로 고개를 옆으로 꺾은 채 영훈을 내려다보고 있었다.

얼굴도 모습도 다르지만 영훈은 확신했다.

이 남자가 첫날 공원에서 만났던 바로 그 남자라고.

"그래도 제법인걸? 인색까지 오는 인간은 거의 없었는데."

무슨 소리냐고 묻고 싶지만 입술이 움직여지지 않았다. 남자를 마주한 순간부터 뇌와 몸을 연결하는 신경이 끊긴 것처럼 꼼짝달싹할 수 없었다. 뾰족한 바늘에 관통당해 표본이 되길 기다리는 곤충이 된 것만 같았다. 미약하고 무기력하고 저항할 수 없는 압박만이 소용돌이쳤다.

"보통은 색욕에서 무너지거든. 탐욕에게 붙잡혀 끌려가는 경우도 많고. 그런 면에선 볼거리를 충분히 제공해 줬군. 나름 만족스러웠어. 아주."

탐욕. 색욕. 인색.

그 단어들이 뇌리에 박히자 머릿속에서 불꽃이 튀는 것 같았다. 불씨는 뇌 신경망에 차례로 불을 붙여 온 신경으로 빠르게 퍼져 갔고 영훈은 비로소 풀리지 않는 궁금증을 풀 수 있었다.

이거구나. 방에서 본 풍경들은 7대 죄악을 나타내는 거였어.

처음 드넓은 벌판에서 동족을 살육하던 존재들. 아마도 그건 진상 손님을 죽이고 싶다는 그의 욕망이 분노로 형상화되어 펼쳐진 것일 거다. 두 번째 거인은 날마다 생겨나는 엄청난 돈에도 만족하지 못하는 욕심이 타인의 재물을 갈취하고 잡아먹는 거인으로 표현된 거겠지. 그리고 심해는 아영을 잃고도 현실을 개선할 어떠한 시도도 하지 않고 무력하게만 있는 상황을 표현한 게 아닐까? 그 외에도 저마다 의미가 있을 것이다.

솔직히 모든 걸 이해할 순 없었다. 앞선 해석이 맞는지도 모르겠고.

하지만 마지막 금고의 의미는 알 것 같았다.

사람을 죽이고 한계에 몰린 이런 상황에도 반성하기는 커녕 돈을 독차지하겠다는 욕망. 가족이고 뭐고 전부 내 버리면서까지 오직 자신의 안위만을 생각하는 이기심이 무한히 생겨나는 금고로 나타난 거겠지.

영훈이 짧은 추측을 하는 동안 남자는 잠자코 기다렸다.

마치 그의 머릿속에서 일어나는 생각들을 읽기라도 한 것처럼, 가소롭다는 표정을 지은 채로 말이다.

왜일까. 이것이 게임이라면 엔딩에 다다랐다는 기이한 생각이 들었다.

방에 들어온 건 계약의 파기를 의미했고 무언지는 모

르지만 페널티가 기다리고 있을 것이다.

그래도 이것만은 물어야 했다. 여전히 움직이려 하지
않는 입술을 간신히 떼며 영훈이 내뱉었다.

"왜…… 나한테…… 왜 그런 거예요?"

"알고 있잖아."

"무슨……."

불안에 떠는 영훈의 얼굴을 한참 들여다보던 남자가
느릿하게 미소를 지었다. 마치 영훈의 내면에서 일어나
는 어두운 상념을 비웃기라도 하듯 입꼬리를 올린 채, 그
가 말했다.

"재미. 흔해 빠진 악인 100명보다 선한 인간 하나를 지
옥으로 보내는 게 더 재밌으니까. 깨끗했던 하얀 영혼이
검게 물들어 가는 것도 재밌고. 어떻게든 돈을 지키려고
호기심을 억누르는 것도 재밌고. 결과는 정해져 있는데
헛된 희망을 꿈꾸며 이것저것 계산을 하는 것도 재밌고."

남자는 잠시 말을 멈추었다가 영훈을 빤히 보면서 말
했다.

"이 모든 게 버둥대는 벌레의 날갯짓 같아서 아주 재밌
거든."

"선……하다고요?"

"넌 그냥 인간이 아니야. 7대 주선을 전부 지키는 인간
은 희귀하거든."

7대 주선이라니. 익숙하지 않은 용어였다. 하지만 왠지

알 것 같았다. 7대 죄악에 반하는 개념일 테지.

"일곱 가지 죄를 가진 짐승은, 그것을 고쳐 나가면 인간이 되고 일곱 가지 선을 지닌 인간은, 그것을 지워 나가면 짐승으로 추락하지."

"그게 무슨……."

남자는 대답 대신 차가운 미소만 지었다.

문득 영훈은 깨달았다.

남자가 계약한 이후 한 번도 모습을 드러내지 않은 것에 대한 의문.

드러내지 않은 게 아니다.

드러낼 필요가 없었던 거지.

그가 바로 방 자체이니까.

영훈을 장기판 위에 올려놓고 이것저것 시도해 가며 계속 가지고 놀고 있던 것이다.

넋이 나가 버린 영훈에게 남자가 손을 뻗었다.

무슨 일이 벌어지려 하고 있었고 그것의 결과가 예상되는데도 영훈은 꼼짝도 할 수 없었다.

머릿속이 하얗게 비워졌다. 자신이 어디에 있는지, 왜 있는지조차 잊힌 채, 그는 그저 눈앞에 서 있는 악마의 압도적인 존재감에 넋이 나갔다. 현실이 아닌 악몽 속에 갇혀 버린 기분이었다. 모든 것이 희미해지고, 오직 그 거대한 존재감만이 그를 에워싸고 있었다.

그리고 남자의 손이 이마에 닿았다고 느낀 순간,

퍽.

영훈의 몸이 터져 버렸다.

한때 영훈이었던 무언가가 흘러내려 바닥에 웅덩이를 이루었고, 남자는 그걸 물끄러미 바라보았다.

꽤 오랫동안.

◇◇◇◇◇

아영은 핸드폰을 귀에서 뗐다.

이번에도 받지를 않는다.

벌써 여섯 번째 시도였고 아영은 원망을 가득 담아 액정 화면에 떠 있는 연락처를 노려보았다.

'나쁜 놈! 어떻게 내 연락을 씹을 수 있어? 대체 뭐 하자는 거냐고!'

그날 돌아서고 나서 곧 연락이 오겠거니 해서 내버려 두었더니, 어느새 두 달이란 시간이 흘러 버렸다.

정말 이대로 끝내자는 거야? 그걸 바라는 거야? 응? 김영훈.

어이가 없었다. 3년이나 사귀어 놓고, 수없이 사랑한다며 속삭여 놓고, 영원히 함께할 것을 약속해 놓고 이렇게 허무하게 끝낸다고?

아영은 영훈을 사랑했다. 그 남자의 모든 단점에도 불구하고 여전히 그를 사랑했다. 그래서 비 오는 날, 남자 직원의 고백도 거절했었다.

그 직원의 배경이 꽤나 좋다는 것도, 그를 흠모하는 여자들이 많다는 것도 안다. 그를 인생의 동반자로 택하면, 영훈과 함께할 때보다 훨씬 많은 가능성이 열린다는 것도 알았지만, 그럼에도 아영은 영훈을 포기할 수 없었다.

말 그대로 이것은 조건을 따지는 이성의 개념이 아닌,

사랑을 따지는 감성의 문제였고 그 사랑이 너무 커서 아영은 다른 남자를 받아들일 수 없었다.

그래, 그게 문제였다.

아영이 여전히 영훈을 사랑하고 있다는 것.

'나쁜 놈! 어떻게…… 끝까지 제멋대로지?'

처음엔 화가 났다.

아무것도 말해 주지 않는 영훈이 원망스러웠다.

아주 사소한 것이라도 영훈은 감추는 법이 없었고, 그녀는 영훈이라는 남자를 밑바닥 속속들이 알고 있다고 확신했다. 하지만 그날 영훈은 처음으로 입을 열지 않았고 그녀는 깊은 배신감을 느꼈다.

시간이 지나면서 아영은 자신이 경솔한 게 아니었나란 생각이 들었다. 적어도 그녀가 아는 영훈은 그런 남자가 아니니까. 한 번도 보이지 않던 모습을 보이는 데는 필시 그럴 만한 사정이 있을 거다.

"그래, 더 이상 이렇게 놔둬서는 안 돼."

◇◇◇◇

버스에서 내린 아영은 영훈의 집이 있는 언덕을 오르기 시작했다.

이 언덕은 경사가 가파르고 높아서 다 오르고 나면 숨이 턱까지 차올랐다. 하필 힐을 신고 있어서 몇 번이나 삐끗할 뻔한 위기를 간신히 넘겼다.

헉헉대며 꼭대기에 도착한 아영은 다시 한번 영훈에게
전화를 걸었다.

여전히 받지를 않는다.

이쯤 되니 이제는 두려웠다. 혹시 그 사이 무슨 일이라
도 생긴 거면 어쩌지? 그녀가 결코 예상하지 못한 최악의
상황이 펼쳐져 있다면?

마음이 조급해진 아영은 서두르다 그만 앞에서 오는
남자를 보지 못하고 부딪혔다.

"꺅!"

그 바람에 핸드폰이 떨어졌고 아영이 비틀댔다.

"아, 죄송……. 앞을 못 봐서."

"괜찮습니다."

아영의 사과에 대꾸한 남자가 허리를 숙여 핸드폰을
주웠다.

"아니, 안 그러셔도……. 감사합니다."

키가 큰 남자였다. 목소리만 들었을 때 젊은 남자인 줄
알았는데, 마주한 얼굴은 꽤 나이가 있어 보였다. 가로등
불빛의 각도 탓인가? 아주 잠깐 사이에 남자의 인상이 달
라졌다. 이번엔 거의 아영 또래로 보였다. 도무지 나이를
짐작할 수 없다고 아영은 속으로 생각했다.

남자가 아영에게 핸드폰을 건넸고, 그제야 아영은 처
음 본 남자를 상대로 별생각을 다 한다며 스스로를 책망
했다.

"정말 죄송합니다. 제가 급한 일 때문에 서두르느라 앞을 확인하지 못했어요."

"괜찮습니다. 그보다 혹시……."

남자가 싱긋 웃자 가지런한 치아가 드러났다.

"방을 임대해 주실 수 있나요?"

어둠 속의 숨바꼭질

엄정진

"오빠야, 내가 술래 할게. 오빠야가 숨어라."

"알았다."

"꼭꼭 숨어라, 머리카락 보인다. 꼭꼭 숨어라, 머리카락 보인다."

"……."

"오빠야, 숨었나? 찾으러 간디?"

"……."

"못 찾겠다 꾀꼬리! 오빠야, 어딨는데? 꾀꼬리 했다 아이가, 퍼뜩 나온나!"

"……."

"오빠야!"

기억 속의 장면이 선명하게 되살아났다. 오빠를 부르는 여자애의 애달픈 목소리가 귓가에 울린다.

눈앞에 있는 남자애를 본 순간 이선은 시간이 멈춘 듯

한 감각에 빠졌다. 온 세상에서 움직이는 것은 오직 두 사람밖에 없는 것 같았다. 남자애와 눈이 마주치자 이선의 입에서 짧은 한숨 같은 소리가 튀어나왔다.

바가지머리, 파란색 가로줄 무늬 반소매 티셔츠, 7부 청바지, 하얀 양말, 때가 타서 회색으로 보이는 흰색 운동화……. 멈췄던 시간이 아예 거꾸로 흘러갔는지 기억 속 모습 그대로를 보여 주고 있었다.

사라진 오빠 이달우. 20년 전의 기억이 내리쬐는 햇살에 반사된 유리처럼 짧지만 강렬하게 이선의 뇌리에서 번쩍였다. 뜨거운 여름 태양과 시끄러운 매미 소리가 최면에 걸린 듯 몽롱해진 정신 속에 과거의 장면을 되살려 주었다.

이선은 다섯 살, 달우는 여덟 살이었다.

여름 방학이었던 어느 날 오후. 더워서 밖에 나가지 않았던 남매는 집에서 숨바꼭질을 하면서 놀았다. 이선이 아무리 열심히 숨어도 달우는 귀신같이 찾아냈다. 동생의 생각 따위는 잘 알고 있다는 듯이. 사실은 이선이 저도 모르게 소리를 내기도 하고 자주 숨는 곳이 정해져 있어서 쉽게 잡혔던 건데, 어린 나이였기에 이를 자각하지 못했다.

몇 번을 해도 금방 잡히니까 경쟁심이 강해진 이선은 자기가 술래를 할 테니 오빠에게 숨으라고 했다. 그게 마지막이었다. '못 찾겠다 꾀꼬리'를 아무리 외쳐도 달우는 나타나지 않았고, 그대로 사라져 20년이 지난 지금까지 보이지 않았다.

처음에야 여느 부모와 마찬가지로 실종된 아들을 애타게 찾던 부모님도 시간이 흐르자 찾기를 포기하여 원래부터 아들이 없는 것처럼 살았고, 책임 공방과 생활고 등의 문제로 부부 사이가 극도로 나빠져 별거하게 되었다. 이선 역시 생활을 통제당하고 꿈이 좌절되는 등 부모와의 갈등이 심해졌다.

이선은 고교 졸업 직후부터 고향 산해시를 떠나 멀리 떨어진 반도체 공장에서 일하고 있는데, 안식년 휴가를 내서 거의 5년 만에 돌아온 것이다. 지금까지도 급여의 절반을 집에 보내고 있지만 따로 머물 곳을 잡았을 정도로 부모와의 사이는 여전히 멀었다.

모처럼의 고향이라지만 딱히 갈 곳도 볼 것도 없는 시시한 지방 도시에 불과했다. 이선의 목적지는 옛집. 이번에는 진짜라고 했다. 태어나서 고등학교 졸업할 때까지 쭉 살았던 5층짜리 저층 아파트 단지. 주택 공사 시절 지은 이 아파트는 요즘에는 붙이지 않는 이름, 주공 아파트라 불렸다. 재건축이 결정되자 이선 가족을 포함한 모든 입주민이 퇴거했지만 보상금 문제와 시공사 부도 등 갖가지 문제가 겹쳐 아파트 재건축은 10년이 넘도록 진척이 없었고, 주인 없는 주공 아파트는 그대로 방치되었다. 그러던 중 이선은 새 건설사가 다음 달부터 철거를 시작한다는 뉴스를 접했다.

이제야 이별할 수 있게 된 것이다.

다시 찾은 아파트는 인간이 사라지고 자연에 침식된 문명의 말로를 전시한 테마파크처럼 변해 있었다. 범람한 홍수처럼 뒷산이 단지 내부까지 밀려 들어온 듯했다. 황갈색 밑그림 위에 녹색 물감을 덧칠하듯, 말라 죽은 잡초와 쌓인 낙엽 위를 생생한 초록색 수풀이 뒤덮고 있었다. 그 바람에 원래 길이 어디서 어디로 이어지는지 알아볼 수도 없을 정도였다. 그래도 이선은 기억 속의 장면과 현재 보이는 광경을 겹쳐 보면서 옛길을 떠올릴 수 있었다. 이 길을 따라가면 놀이터가 나온다. 걸음을 내디딜 때마다 보도블록 사이로 길쭉하게 자란 잡초가 종아리를 긁었고, 두껍게 쌓인 낙엽층이 푹신하게 밟혔다.

시간은 공평했다. 사람만이 아니라 사람이 만든 물건에도 시간의 손톱은 가혹하도록 깊이 파고들었다. 건물 벽에는 주름처럼 금이 가고 담쟁이덩굴이 기어올랐다. 유리창은 깨지고 종이는 썩었으며 외벽과 내부까지 흙먼지로 검버섯처럼 시커멓게 물들었다. 바깥 수풀 사이에 버려진 자동차, 자전거, 인형, 물병, 주전자 같은 잡동사니들만이 시간에 맞서는 힘겨운 싸움을 이어갔다. 플라스틱과 금속이라면 더 오래 버틸 수 있겠지만, 이제 곧 재건축이라는 섬세한 손길이 이곳을 흔적도 없이 말끔히 치워 버릴 것이다. 그리고 새로운 장소가 되어 새로운 시간이 흘러가리라.

놀이터 쪽으로 가니 시야가 확 트였다. 이선이 살던 시절이라면 모래가 깔려 있었으니 풀이 자랐을 텐데, 이사 간 뒤에 깔린 우레탄 바닥재 때문인지 여기만 비교적 말끔해 보였다. 그래도 네모난 바닥재 틈으로 기어이 자라난 소수의 풀이 생명의 끈질김을 과시하고 있었다. 그래 봤자 곧 제초될 풀들의 싱그러움은 소리 없는 발버둥일 뿐.

녹슨 미끄럼틀과 그네도 제자리를 지키고 있었다. 아무리 녹슬고 흙먼지에 뒤덮여도 원래 모습을 유지하고 있어서, 이선은 마치 자신을 기다리고 있는 듯한 느낌에 반갑기까지 했다.

두 사람은 이곳에서 만났다. 열 살 남짓한 남자애가 이선에게 등을 돌린 채 웅크리고 앉아 있었다. 무언가를 관찰하고 있는 걸까. 그 나이대 애들이 그렇듯 나뭇가지로 개미굴 입구를 헤집고 있는 것 같았다.

누군가에게 끌려가듯 이선은 놀이터 안으로 들어갔다. 남자애를 본 순간부터 이미 걸음을 멈출 수 없었다. 저 아이를 가까이에서 자세히 보고 싶다, 오직 이 생각뿐이었다. 인기척을 느꼈는지 남자애는 하던 행동을 멈추고 천천히 일어났다. 손을 털며 돌아본다. 마주친 두 쌍의 눈. 흔들리는 이선의 동공. 햇살 때문에 찡그린 아이의 눈.

3초도 안 되는 짧은 순간, 이선의 의식은 그렇게 20년 전으로 돌아갔다가 황급히 되돌아왔다. 마치 자신의 기억 속에서 끄집어내어 만들어진 듯한 남자애를 보면서 그 아이에게 말을 걸고 싶었다. 이야기를 나눠 보면 기억이 더 뚜렷해질 것만 같았다. 한때 이선은 그런 생각까지 했었다. 모두가 내 착각이나 망상 아니었을까? 같은. 오빠라는 존재는 처음부터 없었고 어릴 때 오빠가 실종되었다는 기억은 외톨이로 자란 외로움을 달래기 위해 꾸며 낸 가공의 기억 아닐까? 냉담한 침묵으로 벽을 쌓은 부모님 때문인지도 모른다. 먹고사는 데 바빠 깊이 묻어 둔 과거의 기억이 흐려졌기 때문인지도.

네가 내 오빠니? 어른이 아이에게 물어보기엔 엉뚱하고 우스꽝스러운 질문이었다. 그럼에도 이선은 저 아이에게 그렇게 말을 걸어 보고픈 충동을 억누르지 못했다.

이선의 발이 바닥을 긁듯이 슬쩍 앞으로 내딛자 남자애는 한 걸음 물러났다. 한 걸음 더 다가가려 하자 아이는 등을 돌려 도망치기 시작했다. 왜, 어째서? 마음이 다급해진 이선은 무작정 쫓아갔다. 회중시계를 들고 달려가는 토끼를 따라가는 앨리스처럼.

미처 의식하지 못했지만 남자애는 이선의 기억 속에 친숙한 길을 따라 달리고 있었다. 익숙한 방향이다. 놀이터에서 아파트 두 채를 지나면 4동이 나온다. 창문이 깨지고 한쪽이 열린 현관문을 통해 아이는 빨려 들듯이 들어갔다. 계단 옆으로는 몇 년 동안 있었는지도 모를, 거의 검은색 모래로 부스러지고 있는 낙엽이 잔뜩 쌓여 있었다.

엘리베이터도 없는 5층짜리 아파트. 계단을 올라가는 발소리가 동굴 안처럼 울려 퍼졌다. 벽의 페인트는 벗겨졌고 층계참에 붙었던 계량기는 사라져 네모난 구멍만 뚫려 있었다. 정신없이 아이를 쫓아 계단을 달려 올라간 이선은 반쯤 열린 문 앞에서 잠시 걸음을 멈췄다.

302. 문에 적힌 익숙한 숫자. 여기는 4동 302호다. 이선이 살던 집 주소. 어느새 돌아왔다. 살던 집으로.

뻣뻣해진 걸음으로 조심스럽게 들어갔다. 마치 남의 집에 몰래 침입하듯이. 텅 빈 내부는 이사 간 후의 모습 그대로였다. 장판 위에는 먼지가 잔뜩 쌓였고 벽에 걸린 싸구려 복제 성화 액자는 유리만 깨졌지 제 위치에 그대로 있었다. 그 아래로 구겨진 옛날 달력이 바닥에 웅크리고 있었다.

남은 가구라고는 싱크대, 침실 벽에 기대어 놓은 침대 매트리스, 활짝 열린 장롱 정도였다.

다급하게 움직이던 이선의 시선이 다시 거실 바닥으로 향했다. 흙먼지를 가르며 남은 작은 발자국이 남자애가 간 길을 고스란히 알려 주고 있었다. 이선은 빵 조각을 따라가는 헨젤과 그레텔처럼 발자국을 보면서 천천히 걸어갔다.

방 두 개짜리 13평 좁은 아파트에선 달리 갈 만한 곳이 없었다. 발자국은 현관에서 화장실로 곧게 이어져 있었다. 반쯤 열린 목재 화장실 문은 곰팡이에 뒤덮인 채 시커

멓게 썩었고 목재 무늬가 그려진 시트지 껍데기가 벗겨
져 싸구려 합판 속살을 고스란히 드러냈다.

문틈으로 고개를 내밀자 거기에도 그리운 광경이 남아
있었다. 아무리 지저분해도 세면대와 변기가 원래 모습
그대로 남았다는 자체가 놀이터를 봤을 때와 마찬가지로
보는 사람을 추억에 젖도록 만들었다. 벽과 바닥에 깔린
작고 네모난 타일이 곳곳에서 떨어져 바닥의 흙먼지와
뒤섞여 있었다.

다른 점이 있다면 거울이다. 세면대 바로 위에 붙어 있
어야 할 거울은 없고 그 자리에 커다란 구멍이 뚫려 있었
다. 망치로 때려 부숴 만든 듯이 거칠지만 둥근 모양이 선
명했다.

구멍 안은 터널같이 시커먼 통로로 이어졌다. 얼마나
긴지 짐작도 하기 힘들었지만 얼핏 보면 출구가 보인다.
원 안의 더 작은 원. 빛이 보이고 소리도 들린다.

10년 넘게 살았던 집에 숨겨진 통로가 있었다고? 이선
은 눈앞의 현실을 의심할 수밖에 없었다. 화장실 거울은
늘 고정되어 있었고 아무도 떼어 볼 생각을 안 했다. 거울
뒤에 무언가 있을 거란 생각조차 해 본 적이 없다. 달의
뒷면을 상상해 본 적이 없는 것과 마찬가지로.

남자애는 이 통로로 들어갔음이 분명하다. 발자국이 문
앞에서 끊겼고 화장실 겸 욕실에는 다른 통로나 창문조차
없으니까. 보통 때라면 이런 정체 모를 구멍에 들어갈 엄

두를 내지 않았을 터다. 그렇지만 그 아이를 본 순간부터 이선은 홀린 듯이, 누가 팔다리를 조종하는 듯이 따라갔고 지금도 저도 모르게 고개를 살짝 집어넣고 있었다.

소리가, 무엇보다 소리가 이선을 자극했다. 통로 저편에서 들려오고 있었다. 심장 박동처럼 쿵쿵대는 소리, 일정한 리듬에 맞춘 음악. 사람의 목소리. 노래, 노래다. 그것도 들어 본 적 있는 노래.

이선은 망설이지 않았다. 세면대를 밟고, 거칠게 튀어나온 가장자리를 붙잡았다. 시멘트 조각이 힘없이 부스러지며 가루가 되어 떨어졌다.

구멍은 사람 한 명이 기어가기에 충분한 크기다. 원래붙은 거울보다 크다. 얼핏 보기에는 최근에 뚫린 구멍 같았지만, 정말 그럴까? 구멍은 어쩌면 아주 옛날부터 있었고 최근에 커졌을 뿐일지도 모른다. 옛날, 이선이 제 오빠와 숨바꼭질을 하던 그 시절에 이미 있었을지도.

이선은 그런 두서없는 생각을 하며 통로를 기어갔다. 눈으로 봤을 때는 짧은 것 같았는데, 막상 들어가 보니 생각보다 길게 느껴졌다. 이선이 아주 느리게 이동했기 때문일 터다. 이선은 티셔츠, 후드 티, 반바지를 입고 짧은 양말과 운동화를 신었고 당연히 장갑도 없이 맨손이었다. 울퉁불퉁한 콘크리트 동굴을 이런 옷차림으로 기어가기는 쉽지 않다. 긴 머리카락이 벽에 걸려 엉키거나 흙먼지 묻는 게 신경 쓰여 중간에 멈춰 고무줄로 묶어야 했

155

다. 무엇보다 무릎이 아파서 거북이보다 더 느리게 기어 갈 수밖에 없었다.

출구에 가까워지자 분명히 알아들을 수 있었다. 외로움에 검게 탔다는, 지금 들으면 인종 차별 논란을 일으킬 만한 노랫말이 귀에 들어왔다. 그럼에도 나미의 강렬하고 개성적인 목소리는 여전했다.

동시에 시야도 또렷해졌다. 맞은편 작은 구멍에 보이는 풍경은 화장실이다. 깨끗하게 잘 정돈된, 색이 바래지 않은 옛날 사진 속 같은 광경.

구멍이 작아 보이는 이유는 분명했다. 멀리 떨어져 있어서만이 아니라 동굴이 갈수록 좁아졌기 때문이다. 이선은 또래 20대 여성보다 딱히 큰 체구가 아니었는데 구멍을 빠져나오기 위해 안간힘을 써야 했다. 어깨를 긁히며 셔츠가 살짝 찢어졌다. 기를 쓰고 고개를 내밀어 주위를 둘러보았다.

'세상에, 어떻게 이런……!'

이선은 속으로 비명을 질렀다. 원래 살던 집과 똑같이 생긴 화장실이었다. 설마 옆집 화장실인가? 처음에는 그렇게 생각했다. 그런데 말이 안 되는 일이다. 아파트 단지 전체가 재건축을 앞둔 폐허인데 여기만 깨끗할 리가 있나.

세면대도 변기도 먼지 하나 없이 윤기가 흘렀고 타일은 하나도 빠짐없이 일사불란하게 붙어 있었다. 바닥은 덜 마른 물기로 촉촉했다. 그럼 거울은? 벽 한쪽에 멀쩡한 몸을 기대고 얌전히 있었다. 페인트칠이 된 화장실 문은 조금 젖어서 얼룩졌지만 곰팡이 없이 깨끗했다.

이선은 화장실 한복판에 멍하니 선 채로 믿을 수 없는 사실을 받아들여야 할지 말지 망설이고 있었다. 그 와중에도 문 너머에서 계속 노래가 들렸다.

이런 여자가 좋니, 저런 여자가 좋니 늘어놓는 변진섭의 친숙한 노랫소리에 이어서 마침내 정말 좋아했던 노래가 들리자 이선은 참지 못하고 화장실 문을 열었다. 아무 소식도 없이 사라진 연인을 그리워하며 연애편지를 쓴다는 소방차의 노래였다.

문을 열고 들어선 순간 몸에 와닿는 공기와 코로 들어오는 냄새부터 다르다는 생각이 들었다. 그건 아마도 그리움의 냄새.

내부 역시 이선이 어릴 때 살았던 풍경 그대로였다. 다용도실, 거실, 부모의 방, 아이들 방까지 모두. 거실 한쪽 벽, 낮은 서랍장 위에 놓인 불룩한 브라운관 TV 속에서 흰옷을 입은 젊은 남자 세 명이 경쾌한 율동과 함께 노래를 부르고 있었다. 그 옆에는 무전기처럼 크고 투박한 무선 전화기가 우뚝 선 채 꽂힌 금성통신의 전화기가 보인다. TV는 다이얼로 채널을 바꾸는 구식이지만, 그나마 전화기는 버튼식이었다.

"뭐 해? 빨리 와!"

남자애의 목소리가 들렸다. 반쯤 열린 방문. 남매가 함께 쓰던 방 안에서 부르고 있었다. 이선은 당황해서 운동화를 벗어 화장실에 두고 그쪽으로 걸어갔다.

들어선 순간 눈물이 솟구쳐 올라 시야가 흐려졌다. 20년 전 그 광경, 그 냄새, 미지근한 그 공기까지 하나도 변하지 않았다. 둘이 같이 쓰는 낮은 책상과 옷장. 골판지 상자 안에 마구 뒤섞인 채 담긴 장난감들. 역겨울 정도는 아니지만 콧속으로 파고드는 아이들의 꼬린 발냄새. 심지어 책상에 붙은 스티커와 칼로 그은 낙서까지 그대로였다.

여긴 꿈속인가? 나는 꿈을 꾸고 있는 걸까?

멍한 생각에 잠겨 있을 때 방구석에 등을 기대고 앉아 있던 남자애가 문턱을 밟은 채 서 있는 이선을 손짓해 불렀다. 발치에 온갖 장난감이 널브러져 있었다. 조이드와 미미와 지아이유격대와 영플레이모빌이 뒤섞여 있는 광경이라니, 아무 기준 없이 가진 장난감을 마구잡이로 모아 놓은 걸로 보였다.

"빨리 앉아."

아이는 작은 손바닥으로 방바닥을 톡톡 두드렸다. 기억 속에 익숙한 동작이다. 인형 놀이를 하자는 신호. 이선은 항상 시작할 때는 좋았지만 끝이 안 좋았던 기억이 났다. 달우는 먼저 시작했다가도 싫증이 나면 갑자기 아무거나 하나를 잡고 무차별 살인마로 만들어 나머지 등장인물을 다 때려죽이면서 파투 내곤 했다. 그러면 이선이

하지 말라고 투덜대며 도망치듯 자리를 이탈했고, 이게 늘 되풀이되는 싱거운 결말이다.

"빨리 안 와? 우씨!"

달우가 신경질을 내며 미미 인형을 집어 던졌다. 과거를 회상하며 멍하니 서 있던 이선은 화들짝 놀라 허벅지에 맞고 떨어진 인형을 주우면서 어정쩡한 자세로 달우 곁에 앉았다.

"지금부터 우리는 드래곤볼을 찾으러 여행을 떠난다."

달우는 지아이유격대 팔콘 중위를 들고 흔들며 나름대로 심각한 대사를 말했다.

"알았나, 몰랐나?"

경상도에서 자란 아이답지 않게 어색한 사투리.

"아, 알았다!"

이선은 저도 모르게 성인이 된 후 잘 쓰지 않던 사투리로 대답했다.

이선은 미미를 들고 그 뒤를 따라갔다.

그렇게 억지로 시작했는데 웬걸? 이선은 서서히 인형놀이에 빠져들기 시작했다. 달우의 비위를 맞춰 주겠다는 원래 목적은 잊어버리고 자기 의지로 역할극에 참여하고 있었다.

인형 놀이는 어린아이가 즉흥적으로 지어내는 이야기 아니랄까 봐 지리멸렬하게 이어졌다. 드래곤볼을 찾으러 지리산으로 가던 일행은 얼마 안 가 영플레이모빌 우주

정거장 안에서 병원놀이를 하다가 사마귀 비슷하게 생긴 로봇 스파이카의 침략을 받고 지구를 지키기 위해 싸웠다. 늘 그렇듯 나쁜 놈은 달우의 에네르기파를 받고 패배한다.

이선은 소꿉놀이나 병원놀이 쪽을 더 좋아했지만 주도권을 쥔 오빠를 따라서 함께 싸우는 처지였다. 그래도 나쁘지 않았다. 왜냐하면 자기가 만든 악당을 자기가 직접 물리친다는 행위가 주는 쾌감과 스트레스 해소가 생각보다 크기 때문이다. 어른에게는 좀처럼 하기 힘든 일 아닌가? 이선은 쓰러진 로봇 위에 머리가 긴 영플레이모빌 하나를 세우고 말했다.

"사실은 내가 뒤에서 다 조종하고 있었지!"

"어, 그래?"

달우는 이선이 급조한 설정에 흥미를 느끼는 모양인지 장난감을 뚫어져라 보면서 다음 말을 기다렸다.

"나는 윤자라고 하는데 다른 사람 괴롭히고 이상한 소문 내고 탕비실의 믹스커피를 집으로 몰래 갖고 가는 게 취미야!"

사실 윤자는 이선이 일하는 공장의 선배 이름이다. 자기 파벌을 만들고 친한 사람들끼리 뭉쳐서, 이선처럼 외따로 지내는 젊은 직원 몇 명을 표적으로 삼아 괴롭히고 험담을 하곤 했다.

"나쁜 놈이군. 전투력을 측정한다!"

달우는 팔콘 중위에게 장난감 권총을 쥐여 주었다.

"뚜뚜뚜뚜……. 300만이 넘는다고? 과연 보스는 강해. 하지만 내 에네르기파는 1200만이다. 다 같이 모여, 원기옥으로 힘을 모은다!"

달우의 지시에 이선은 윤자를 로봇에 기대 놓고 동료들을 모두 팔콘 주위로 모았다. 그리고 달우의 신호에 따라 함께 외쳤다.

"에, 네, 르, 기 파!"

"크아아악!"

이선의 외침과 함께 이선의 손으로 팽개쳐진 윤자는 방바닥 위를 미끄러지듯 날아가 구석에 처박혔다. 명백하고 통쾌한 승리였다.

"으헤헤헤!"

정말 오랜만에 이선은 소리 내어 웃었다. 감정을 아무런 주저 없이 발산하는 게 얼마 만인지 모른다. 처음엔 보기 싫은 윤자를 상대로 화풀이해서 기뻤다. 그런데 머리가 어지러울 정도로 한바탕 웃고 나니 이선의 머릿속에는 그저 행복감만 남았을 뿐 윤자고 뭐고 다 사라지고 없었다.

한 1분은 웃은 것 같다. 이선은 아예 바닥에 누워 팔다리를 휘젓고 있었다. 간신히 웃음이 가라앉자 일어나 앉아 입가에 흘린 침을 닦고 손가락을 구부려 코밑에 대고 냄새를 맡았다.

쿵쿵.

고무와 플라스틱 냄새. 그을린 장판의 냄새. 빨랫비누
냄새. 땀이 밴 양말의 냄새. 콧구멍을 통해 들어간 냄새는
기억을 과거로 되돌리는 타임머신이었다.

달우가 흐트러진 장난감을 모아서 정리하는데 이선이
미미를 빼앗듯이 들고 표준어를 쓰는 어른을 흉내 내며
말했다.

"안녕하세요? 저는 아이스크림을 팔아요."

"초코레트를 주세요."

달우가 주문하자마자 골리려는 듯이 이선이 받아쳤다.

"초코 맛은 없고요. 바닐라밖에 없어요."

"아이씨, 바닐라 맛대가리 없어!"

바닐라 맛에 견과류 얹은 아이스크림을 좋아하는 이선
과 달리 달우는 바닐라를 무(無)맛인 상태로 간주하며 매
우 싫어했다.

달우가 싫증을 내며 몸을 돌리자 이선은 속으로 놀렸다.

'바보 문디 아이가. 어른들은 담백한 맛을 좋아한다 안
카나. 그것도 모르니까 오빠야는 얼란기라.'

이제 놀이의 주도권이 이선에게로 넘어가자, 이선은
신이 나서 장난감 상자를 손으로 헤집었다. 미니어처 자
동차 장난감이 몇 개 있을 터다. 소방차, 포클레인 그리
고…… 찾았다, 구급차.

이선은 꺼낸 구급차 장난감 위에 다른 인형을 눕히고

위잉 소리를 내며 짧게 이동한 다음 바닥에 눕혔다.

"환자분은 여기 누우세요. 수술을 하겠습니다."

잠시나마 평화가 돌아왔다. 이선이 병원놀이를 하는 동안 달우는 바닥 위를 기어가는 작은 벌레를 발견하고 그쪽에 정신이 팔렸기 때문이다. 수술받고 완치된 손님은 고마움 때문인지 미미 의사에게 반해 청혼을 했고 그렇게 소꿉놀이로 넘어갔다.

"저는 사랑에 빠졌습니다. 저와 결혼을 해 주십시오. 네, 저도 사랑합니다. 그럼 우리 결혼합시다. 네, 결혼합니다. 쪽쪽쪽. 꺄하하하!"

고개를 젖힐 정도로 자지러지게 웃으며 이선은 두 인형의 머리를 서로 붙였다 떼었다. 일인이역을 하며 즐겁게 노는 모습에 이끌렸던지 달우가 슬쩍 고개만 돌려 말로만 끼어들었다. 아이는 어른의 거울이라 했던가. 즐거웠던 신혼 생활은 30초도 유지하지 못하고 그들은 부모가 했던 말다툼을 그대로 재현하고 있었다.

남편은 아내에게 집안일에 신경을 안 쓴다며 불평했다. 반면 아내는 자기도 돈 버느라 힘들다고 반박했다. 당신이 서울에서 사업한다고 나섰다가 사기를 당하는 바람에 친정이 있는 이곳까지 내려와서 가난하게 사는 거 아니냐며 남편을 원망했다. 아이들은 부모가 나누는 이런 시시콜콜한 이야기를 생각보다 세세하게 잘 기억하는 법이다.

산해시는 엄마 호영의 출신지다. 서울에 있는 회사에 취직하면서 아빠 수랑과 만났다. 당시 대부분 그랬듯 둘이 결혼하면서 호영은 회사를 그만두었고, 얼마 지나지 않아 수랑은 친구의 꼬임에 넘어가 같이 사업을 한다며 자신도 회사를 떠났다. 호영이 만류했지만 막지 못했고, 결국 친구의 친구라는 알지도 못하는 사람이 투자금을 들고 도망치면서, 두 사람은 전 재산을 잃고 호영의 고향으로 내려왔다. 호영의 부모가 세상을 떠나며 물려준 지금의 아파트가 유일하게 남은 재산이었기 때문이다. 수랑은 시내버스 기사, 호영은 화장품 외판원으로 일했다. 그러니 지금 같은 여름 방학에는 남매가 하루 종일 집 안에서 함께 지낼 수밖에.

자기들 얘기를 하는 걸 알아차린 걸까, 호랑이도 제 말하면 온다더니 문이 열리며 부모가 들어왔다. 비닐봉지가 부스럭대는 작은 소리가 아이들의 귀를 쫑긋 세우게 했다.

"아이구, 얘들아. 수박이랑 과자 사 왔다, 먹자!"

아빠의 반가운 목소리에 아이들은 와 소리를 내며 인형을 팽개치고 방 밖으로 달려갔다. 평소처럼 양팔을 내밀면서 엄마와 아빠의 허리에 매달려야 하는데, 이선의 시선에는 상대의 얼굴이 바로 보였다. 키가 작은 편이지만 날씬한 호영의 광대뼈가 도드라진 얼굴, 배가 나온 수랑의 테가 굵은 안경을 낀 얼굴. 모두 30대 중반의 젊은 모습이다.

그 짧은 찰나 위화감이 고개를 들었지만, 빠르게 지나간 자동차의 색깔처럼 기억 속에 오래 머물지 못하고 이내 수그러들었다. 이선은 쭈그리고 앉아 엄마 허리를 붙잡고 매달렸다.

"듭다, 가시나야."

힘껏 매달린 이선을 가볍게 떼어 낸 호영이 접이식 식탁의 다리를 펴서 거실 바닥에 놓자, 수랑이 갖고 온 비닐 봉지와 비닐 끈으로 묶인 수박을 올려놓았다.

"수박이다!"

아이들은 합창하듯 소리쳤다. 이전부터 두 아이는 수박과 바나나라면 환장을 했다. 둘 다 아무 때나 먹을 수 없는 비싼 과일이니까.

"수박! 수박! 수박! 수박!"

오빠의 선창에 동생이 따라 하며 둘은 춤을 추었다. 박수 치고 양팔을 들어 흔드는, 원숭이를 흉내 내는 춤이다. 바나나가 아니라 수박이지만, 아무튼 흥에 겨운 아이들에게 무슨 춤이든 상관없었다.

"우호! 우호!"

이선은 원숭이 소리까지 내고 있었다.

호영이 식칼로 수박을 썰자 수랑이 하나씩 집어 아이들에게 주었다. 조그만 아들에게 하나, 아빠보다 키가 큰 딸에게도 하나. 아이들이 춤을 멈추고 수박을 받아 들자 수랑은 아이들을 식탁 앞에 나란히 앉혔다. 아들은 부드럽게, 덩치 큰 딸은 어깨를 잡고 힘주어 누르면서.

두 아이는 침과 과즙을 질질 흘리며 열심히 수박을 먹었다. 달우가 수박씨를 이선에게 뱉으며 장난을 치자 이선은 반격하려 했으나 도저히 달우처럼 잘 뱉을 수 없음을 이내 깨달았다. 힘으로도 이길 수 없을 테니 유일한 반격은 떼쓰는 것뿐. 이선은 가짜 울음을 터뜨리며 바닥을 뒹굴었다. 운다기보다 소리를 지르는 행위에 가까웠다.

"엄마아! 오빠야가 괴롭힌다!"

"그만하라 안 했나!"

호영은 공격을 한 달우가 아니라 이선의 등짝을 때리며 꾸짖었다. 달우는 늘 그렇듯 재빨리 도망쳐 엄마의 손을 피하고 자기편인 아빠의 양반다리 위에 앉아 매달렸다.

"와 내만 때리는데? 와 맨날 오빠야 편만 드는데?"

이선은 악을 쓰며 수박이며 과자며 손에 집히는 대로 집어 던졌다. 고래밥과 홈런볼이 수박씨에 섞여 바닥을 뒹굴었다. 똑같은 행위를 한다 해도 성인의 악력은 아이에 비할 바가 아니다. 거실은 단숨에 난장판이 되었다.

덩치 큰 딸을 제압하기에 엄마 혼자로는 버거워 보였지만, 아빠는 아들을 돌본다는 핑계를 대려는지 달우를 데리고 TV 앞으로 슬쩍 물러났다. 같은 남자라 그런지, 달우는 아빠를 잘 따르고 아빠 역시 딸보다 아들과 많이 놀아 주었다. 이선에 비해 달우가 사투리를 거의 안 쓰는 건 서울 출신인 아빠의 영향 때문이었다. 달우는 아빠를 보고 따라 하며 성장했기에 엄마보다 아빠의 말투를 닮았다.

"아우 씨! 나 테레비 안 봐!"

달우는 아빠 무릎에 앉은 채 처음에는 칭얼대며 빠져 나오려 애썼으나 안 보겠다는 말이 무색하게 금방 화면에 시선을 고정하고 빠져들었다. 그럴 수밖에. 다른 것도 아니고 〈가요톱10〉이 나오고 있지 않은가. 달우가 〈일요일 일요일 밤에〉와 함께 제일 좋아하는 프로그램이다.

괜히 엄마에게 혼이 나자 심술이 난 이선은 누운 채 바닥을 닦으려는 기세로 팔다리를 휘저었지만, 더 이상 아무도 자신에게 관심을 보이지 않자 금방 시무룩한 얼굴로 일어나 앉았다. 쿵쿵. 손가락 냄새를 맡아 보니 수박 냄새가 났다. 싫다. 이선은 양손을 열심히 옷에 문질렀다. 시선을 돌리자 거실에 놓아둔 크레파스가 보였다. 색깔에 구애받지 않고 손에 잡히는 대로 뽑아 벽에 긋기 시작했다. 주먹 쥐듯 크레파스를 감싸 쥐고 대충 그리는 그림은 엉망이었다. 둥그런 것은 얼굴과 몸, 길쭉한 것은 팔다리, 얼굴에 찍은 점은 눈, 옆으로 그은 선은 입. 입은 위쪽으로 곡선을 그렸다. 행복한 가정의 행복한 아이가 짓는 미소처럼…….

"아유, 이 가시나야! 낙서하지 말랬지!"

엄마가 또 이선의 등짝과 엉덩이를 사정없이 때린다.

167

이제야 딸의 덩치에 맞는 체벌이 필요하다는 사실을 깨달은 것 같았다. 이선은 크레파스를 버리고 방으로 기어서 도망쳤다.

호영은 밖에서 방문을 닫아 딸을 방 안에 가뒀다. 오후의 어두침침한 그늘이 방 안을 뒤덮었다. 아이의 멍한 시선이 한쪽 벽으로 향했다. 방에 침대는 없다. 아침에 말아서 개어 놓은 이불과 요. 그 위에 인형 하나가 앉아 허공을 바라보고 있었다.

얼굴도 배도 둥글고 통통한 곰 인형을 본 순간 이선은 놀라면서 동시에 가슴 한편이 저릿했다.

'곰돌이 푸가 있었지.'

왜 이제야 그런 생각이 들었나 싶을 정도로 충격을 받았다. 나만의 친구, 내 비밀 친구. 같은 방에서 지내며 많은 물건을 공유하는 남매지만 푸만은 이선의 인형이자 이선의 친구다.

인형 자체는 테디 베어를 모방해서 만든 싸구려 봉제 인형에 불과했지만, 이선에게는 세상에 하나밖에 없는 특별한 존재였다. 어릴 때 잠자리에서 이선은 푸와 이야기를 나눴다. 자고 일어나면 휘발되어 사라질 작고 무수한 이야기들. 당연히 일인이역으로 대화를 나누는 놀이를 했는데, 지금 생각하니까 그렇지 당시에는 진짜로 푸와 말을 했다고 생각했다. 아마 초등학교 입학할 무렵까지는 믿었으리라.

잠이 들 때면 이선은 크고 넓은 어둠 속에 혼자만 있는 듯한 외로움과 무서움에 시달렸지만, 푸를 끌어안고 있는 한 그런 부정적 감정을 이겨 낼 수 있었다. 그 정도로 소중한 친구였는데.

이선은 겉이 깨끗하고 안에 솜이 꽉 차 있어 통통해 보이는 인형의 모습을 보자 감격할 정도로 기뻤다.

"푸, 안녕?"

스스로 이유를 알지 못하면서도 푸가 건강해 보인다고 생각하며 말을 걸었다.

"안녕? 오랜만이야."

"어?"

뜻밖의 대답이 돌아와서 이선은 깜짝 놀랐다. 동시에 푸가 고개를 살짝 돌려 정면으로 이선의 얼굴을 쳐다보았다. 인형 놀이할 때처럼 이선이 푸인 척을 한 게 아니라, 인형이 자기 의지로 움직이며 말을 하고 있었다. 이선과 닮았지만 조금 낮은, 어린 여자애가 남자애를 흉내 내는 듯한 목소리였다.

"오랜만……?"

인형이 움직이고 말을 한 것 자체만으로도 황당한데, 그 내용 역시 못지않게 놀라웠다. 오랜만이라니. 함께 지내는 사이 아니었던가. 곰돌이 푸는 매일 밤 안고 자는 친구다. 그런 사이에 오랜만이라는 인사는 어색할 수밖에.

푸는 미끄럼틀을 타듯 개어 놓은 이불 아래로 미끄러

져 내려왔다. 살짝 기우뚱거리나 싶더니 이내 균형을 잡으며 섰다. 짧은 팔다리치고는 유연한 움직임이었다.

"우아!"

이선은 푸를 좇는 시선을 떼지 못한 채 무의식적으로 박수를 쳤다. 벌어진 입을 다물지 못하고 있었다.

푸가 몸을 돌려 마주 보았다. 검은 플라스틱 눈이 이선의 동그래진 눈을 가만히 들여다보았다. 상대가 말을 안 하니 자신이 하겠다고 생각한 건지, 실을 꿰매 만든 입이 꼼지락거렸다.

"이선이는 잘 지내고 있니?"

"응."

"여기서 지내니까 행복해?"

"행복해."

거의 따라 하는 듯한 대답이었다.

"왜 그렇게 느낄까?"

답하기 어려운 질문이었다. 그림일기를 써도 결론은 '즐거웠다, 재미있었다'로 끝나기 마련인데 그 이유까지 설명하기란 버거웠다.

하지만 유치원 선생님 같은 부드러운 말투로 타이르듯 하는 질문이었고, 더구나 자신과 닮은 목소리라 그런지 듣기만 해도 한결 마음이 편안했다. 이선은 머리를 긁고 쿵쿵대며 손가락 냄새를 맡은 다음 대답했다.

"웅······. 방학했다 아이가. 숙제도 없고······. 오늘은 수

박도 사 주네? 과자도 사 주고? 무슨 날인 갑다.”

“이상하다는 생각은 안 들어?”

“뭐가?”

“오늘은 며칠일까?”

돌연 푸의 목소리가 심각하고 딱딱해졌다.

“여름 방학인 것 같은데 왜 숙제가 없을까? 부모님이 이렇게 해가 환할 때 같이 들어오신 적이 있어? 이유도 없이 수박과 과자를 사 준 적은?”

쏟아지는 질문이 이선의 머릿속을 사정없이 두들겼다. 하나도 생각나지 않았다. 오늘이 며칠인지, 정말 여름 방학이 맞는지. 맞벌이하는 부모님이 함께 집에 들어온 적은 단 하루도 없었다. 게다가 이렇게 밝은 대낮이라니. 주말도 공휴일도 아니고 아빠가 좋아하는 야구팀이 이긴 날도 아닌데 수박은 또 무엇이며……. 왜? 왜?

작고 고요한 웅덩이를 심술궂은 누군가가 막대기로 휘저은 듯했다. 단숨에 흙탕물이 되어 버린 웅덩이처럼 이선은 뒤섞인 기억과 감정 속에서 소용돌이쳤다.

그사이에 푸는 짧은 다리로 뒤뚱거리며 방을 가로질러 가더니 좌식 책상 위로 힘겹게 올라갔다.

“이선아, 우리 사이에는 비밀이 없잖아. 그치?”

타이르는 듯하면서도 살짝 엄한 목소리.

“……응.”

이선은 좀 더 풀 죽은 목소리로 대답했다.

"정말 여기서 살아서 행복해? 계속 여기서 이대로 살고 싶어?"

"그럼 안 되나?"

"아무것도 모르는 채로 살아도 좋아? 여기가 어떤 곳인지 알아도 그렇게 생각할까?"

"어떤 곳인데?"

이선의 고개가 기울어졌다.

푸는 무언가 찾는 듯이 잠시 두리번거리더니 얇고 네모난 무언가를 양팔로 집어 들었다.

"내가 했던 질문의 답. 여기가 어디고, 지금이 언제인지, 무슨 일이 일어나고 있는지를 알려면 우선 너 자신부터 알아야 해."

"나? 내가 나지, 누데?"

"말해 봐. 이름이랑 나이는?"

"이이선, 다섯 살!"

이선은 손바닥을 쫙 펴며 기운차게 대답했다.

푸는 손가락도 없는 팔에 든 물건을 높이 들었다.

"거울을 봐."

접는 손거울이 펼쳐지면서 그 안에 스물다섯 살 여성의 얼굴이 비쳐 보였다. 머리카락은 헝클어졌고, 살짝 벌린 입 주위에 수박씨와 과자 부스러기가 묻은 채 흐린 눈빛으로 마주 보고 있었다.

주먹으로 맞은 듯한 묵직한 충격이 가슴을 강타했다.

동공이 흔들리고 아랫입술이 떨렸다. 떨림은 이내 온몸으로 전해졌다. 이선은 몸을 웅크리고 양손으로 거의 머리카락을 움켜쥐듯 머리를 감쌌다.

'이, 이, 이게 뭐야. 세상에, 내 꼴이 이 모양이라니.'

단단히 닫아 둔 금고의 문이 활짝 열리고 감춰 둔 비밀이 공개된 것처럼, 봉인했던 기억이 술술 풀려 나왔다. 이선은 다섯 살 아이가 아니다. 부모와 오빠와 함께 살던 그 여름날은 지나갔고 다시는 오지 않는다. 당연히 알고 있어야 할 텐데, 왜 잊어버렸을까.

기억이 돌아오고 정신을 차리자 이선은 지금까지 있었던 일들이 의심스러워 견딜 수 없을 지경이었다. 여기는 어디며 저들은 누구일까. 이선의 어릴 적 기억 속을 그대로 재현한 집, 기억 속 모습 그대로인 젊은 부모와 어린 오빠. 정체와 목적은 무엇일까. 저들에게 이선은 방금 화장실에서 튀어나온 낯선 성인 여자일 터다. 가족 중 한 명만 갑자기 스무 살을 더 먹었다고 주장해도 받아들일 사람은 없다. 놀라거나 이상하게 여겨야 정상적인 반응일 터. 그런데도 그들은 마치 계속 함께 사는 가족인 양, 이선을 여전히 다섯 살 어린애인 양 자연스럽게 대했다. 자연스럽다는 그 자체가 더없이 의심스러웠다.

여기는 현실일까, 꿈일까? 현실이라면 누가 이선을 속이기 위해 이런 커다란 무대와 연기자들을 동원할 수 있을까?

이선은 순간 여기가 영화 촬영 세트일지 모른다고 생각했다. 과거의 실종자 이달우의 삶을 소재로 한 영화. 없으란 법은 없다. 개구리 소년이라든지, 아동의 유괴와 실종을 다룬 영화는 여럿 있었으니까. 하지만 이선의 기억을 더듬어도 자기 오빠의 사건이 그 정도로 국민의 주목을 받았다는 느낌은 없었다. 실종 아동을 끝내 찾지 못했을 뿐, 특별한 것은 없는 사건을 위해 이렇게까지 정성 들인 세트를 만들 필요가 있나?

무엇보다 이게 다 세트고 눈앞의 아이가 배우라면 왜 그 사실을 알려 주지 않는 거지?

이선은 황급히 일어나 창가로 다가갔다. 창밖 풍경도 기억 속 그대로였다. 관리하는 사람이 없어 제멋대로 자란 가로수와 잡초, 아스팔트가 깔리지 않은 회색 비포장 도로. 별도의 주차장도 없이 그냥 도롯가에 주차된 로얄프린스, 스텔라, 1세대 프라이드, 르망 택시, 봉고 승합차 같이 지금은 볼 수 없는 옛날 자동차들.

이 정도로 잘 만든 세트가 있을 리 있나. 그럼에도 아직 확신할 수 없다. 이곳이 진짜인지 가짜인지 판별할 가장 확실한 방법은 다시 화장실로 돌아가 통로를 통해 원래 장소로 돌아가 보는 것이다. 이선은 그런 생각에 방을 나왔지만 그리운 냄새에 온몸이 사로잡혔다. 압력솥에서 나온 밥의 냄새, 끓고 있는 된장찌개 냄새…….

"이리 와, 밥 먹자."

"퍼뜩 온나."

아빠와 엄마의 목소리가 들렸다. 달우도 함께 식탁에 둘러앉아 있었다. 아빠와 함께 식사한 적이 얼마나 될까? 아빠는 집에 있을 때보다 없을 때가 더 많았던 사람이다. 아이들이 일어나기 전에 출근해서 잠든 후에 퇴근하는 게 일상이었는데.

문득 고개를 돌려 보니 어느새 창밖이 노랗게 물들고 있었다. 두두두두두. 묵직한 소리와 함께 트럭이 지나갔다. 소독차가 뿌연 연기를 뿜으며 달리고 그 뒤를 아이들이 웃으면서 열심히 쫓아갔다.

이선은 창문을 닫는 엄마의 모습을 우두커니 선 채 보고 있었다. 엄마가 식탁 앞으로 돌아가자 코에 들어온 매캐한 연기가 최면을 걸기라도 한 것처럼 이선은 멍하니 식탁에 둘러앉아 함께 저녁을 먹었다.

가족 네 명이 모인 화목한 식사 시간이라니, 이 역시 20년 만의 일이다. 평소 젓가락으로 밥을 떠먹는 이선도 지금은 어릴 때처럼 숟가락으로 먹으면서 가족들을 지켜보았다. 그렇지만 수박을 먹을 때와 달리 어린애같이 굴지 않았다. 이선의 예리한 시선은 된장찌개와 멸치조림과 콩자반보다 가족들에게 더 오래 머물러 있었다. 그들의 일거수일투족이 보면 볼수록 어색했다.

달우에게 고기반찬을 몰아주고 채소 반찬은 자기들이 먹는다든지, 콩밥이 싫다며 그릇을 뒤엎고 콜라를 마셔도 오냐오냐하는 부모의 태도. 이선이 실제로 겪었던 과거와 달랐다. 기억 속에서 달우가 채소나 콩밥의 콩을 안 먹는 편식을 하면 엄마가 혼을 내곤 했다. 밥을 먹다가 콜라라니 그때는 상상도 못 할 일이다. 부모가 왜 이렇게 아들에게 고분고분할까. 아들이라서? 이선은 고개를 저었다. 그렇게 차별하던 부모는 아니었다.

그런 어색한 식사를 마치자마자 부모는 아이들을 재우려 했다. 벌써? 당황한 이선이 창밖으로 시선을 돌리자 이미 짙푸른 밤의 장막이 드리워진 후였다. 시간이 왜 이렇게 빠르게 흐르는 건지, 1시간이 1분처럼 흐르는 듯했다.

영문도 모른 채 이선은 달우를 따라 방 안으로 들어가 이불을 깔았다. 둘은 늘 방 양쪽 구석에 따로 떨어져서 잤다. 달우는 눕자마자 바로 곯아떨어졌다. 이선은 빨리 잠들고 일찍 일어나는 오빠가 부러웠다. 건강해서일까, 원래 체질 덕분일까. 반면 이선은 잠이 들기까지 오래 걸렸고 아침에도 깨었다가 잠들기를 되풀이했다. 성인이 된 지금도 알람은 5분 간격으로 맞춰 놓고 일어나기까지 최소한 다섯 번은 반복해야 했다.

원래도 그런 사람인데, 납작한 베개에 팔다리가 튀어나오는 작은 이불을 덮고 잠이 쉬이 올 리가 없다. 그리운 옛날 집이라고 하지만 결국 낯선 공간이었다. 이곳에 관한 의문은 하나도 해결하지 못했고, 탈출 시도조차 제대로 해 보지도 않고 하루가 끝나 버렸다. 모두 잠든 한밤중에 화장실로 가 볼까, 그런 생각을 했을 뿐.

선잠이 들었다 깨어났다. 누운 자리도 불편했지만 귀에 거슬리는 소리 때문이다. 잠자리가 불편하면 잠을 이루지 못하는 이선의 귀에 문 너머 거실에서 들리는 작은 소리조차 굉장히 거슬리게 들렸다.

잠에서 깨어나자 청각이 한층 예민해졌다. 남자와 여자가 대화를 나누는 소리. TV일까? 아니면 부모? 어느 쪽도 아닌 것 같다. 인간의 목소리를 일그러뜨린 것처럼 거친 소리와 질겅대며 씹는 소리와 뒤섞였다. 그 소리가 귓속을 할퀴자 이선은 견디지 못하고 일어났다. 무엇보다 궁금했다. 부모가 야식을 먹는 것 같지는 않다. 애초에 그런 적이 없었으니까. 더구나 이건 사람이 음식을 먹는 소리가 아니다.

이선은 직접 본 적도 없으면서 육식 동물이 사냥한 짐승을 먹는 광경이 떠올랐다. 살을 거칠게 잡아 뜯고 침을 질질 흘리며 씹는 소리, 혀를 날름대고 코를 킁킁대며 트림하는 소리가 함께 들렸다.

이선은 소리가 나지 않도록 힘을 적게 들여 문고리를 가능한 한 천천히 돌리며 문을 살짝 열었다. 고개를 최대한 기울여 문틈으로 바깥을 보았다. 등을 지고 식탁 의자에 앉은 아빠의 다리가 보인다. 그리고 의자 아래로 내려온 긴 꼬리도 보였다. 꼬리라고?

호기심에 이끌려 이선은 문을 조금 더 열었다. 다행히

엄마와 아빠는 시끄러운 소리를 내며 자기 일에 열중하고 있었기에 문 쪽으로는 전혀 신경을 쓰지 않는 걸로 보였다.

이선의 시선이 저절로 천장으로 향했는데, 천장 형광등을 끈 대신 켜 놓은 식탁 위 오일 램프의 빛을 받아 식탁 반대편 벽에서 현관을 지나 거실 벽까지 길게 늘어진 두 그림자가 보였다.

하나는 둥그런 머리에 뾰족한 귀, 또 하나는 납작한 머리에 툭 튀어나온 주둥이. 벌어진 둘의 입에 톱날처럼 날카로운 이빨이 돋았고, 식탁 위로 치켜든 둘의 손끝도 뾰족했다.

이선은 몸서리를 치며 그림자로부터 고개를 돌렸다. 이제 식탁에 둘러앉은 이들의 모습을 확실히 알아볼 수 있었다. 셔츠와 치마를 입은 호랑이와 러닝셔츠에 잠옷 바지를 입은 육식 공룡이 열심히 무언가를 먹고 있었다.

고개를 푹 숙였던 공룡이 굵은 손가락을 치켜들었다. 어린애가 할 법한 작은 목걸이가 뾰족한 손톱에 감겨 있었다. 공룡은 목걸이를 뒤에 있는 쓰레기통으로 던졌다. 포물선을 그리며 날아간 목걸이가 이미 통에 쌓인 다른 귀금속들과 부딪혀 쨍그랑 소리를 냈다.

호랑이가 커다란 살덩이를 양손으로 들고 힘을 주었다. 살덩이가 반으로 찢겨 나가며 내장이 밑으로 쏟아졌다. 공룡은 길고 손톱이 뾰족한 손가락으로 먹기 좋게 다듬듯 살점을 밀어냈다. 살점이 빠져나가자 척추가 생선 뼈처럼 반짝이며 드러났다. 호랑이가 뼈를 손잡이처럼 잡고 우적우적 씹기 시작했다. 맛있는 꼬치구이라도 되는 것처럼.

그들은 그렇게 만찬을 이어갔다. 아예 고개를 바닥에 처박고 핏물이 뚝뚝 떨어지는 날고기와 이빨로 물어 당겨도 잘 끊어지지 않는 내장을 게걸스레 씹어 삼켰다. 식탁 한쪽 구석에 둥그런 가면 두 개가 놓여 있었다. 환한 미소를 짓는 엄마와 아빠의 얼굴이 그려진 종이 가면이었다. 아이가 미술 시간에 그린 부모의 얼굴인 듯, 크레파스로 투박하게 그린 모양이었다.

열심히 내장을 잡아당기던 호랑이가 문득 씹기를 멈추고 공룡에게 물었다.

"자는 얼매나 삐대겠노?"

식사에 열중하던 공룡이 고개를 들었다. 길쭉한 턱을 타고 피를 뚝뚝 떨어뜨리며 대답했다.

"동생? 하는 꼴 보니까 달우가 곧 싫증 나서 버릴 것 같던데? 걔 성질 생각해 봐, 이번에도 얼마 못 가겠지."

"있다 아이가, 좀 희한치 않나? 점마 저거는 덩치도 크고……. 우째 된 기고?"

"어, 나도 태연한 척하느라 혼났어. 이런 적이 없었는데. 마치 딸애가 어른이 되어서 돌아온 거 같았어."

"아, 걸거치네. 엔간히 해라, 마……."

호랑이는 혼잣말로 투덜대며 식사를 이어갔다.

"내가 나름대로 생각해 봤는데."

공룡이 다 먹은 뼈다귀를 옆에 쌓으면서 말을 이었다.

"지금까지 동생들이 잘 안 되었잖아? 우리야 이렇게 먹고살 수 있으니까 좋은데, 달우 입장에서는 이대로 계속 되풀이해도 결과가 마찬가지라 이거야. 그래서 이번에 완전히 다른 시도를 해 본 게 아닐까 싶어."

"넘가짚지 마라. 다 니 생각 아이가?"

"흐흐, 그렇지 뭐. 좀 의심스럽긴 해. 우리라고 완벽하게 부모 역할을 잘하는 건 아니잖아? 그런데도 그럭저럭 지내고 있거든. 근데 여동생은 뭐가 마음에 안 든다고 계속 실패라는 건지……. 심지어 나는 그런 생각까지 든다니까. 달우가 가족을 완성하지 못하는 게 아니라 일부러 안 하는 건가? 하여튼 동생만 제대로 못 만든다면 뭔가 이유가 있을 거야."

"금마 앞에서 그딴 소리 하지 마라, 클난디."

"당연하지. 우리야 지금처럼 시키는 대로 하면 돼. 저 여자를 애기처럼 다루는 게 힘들긴 한데, 조금만 참으면 엄청 큰 먹잇감이 굴러떨어질 테니까."

"하모. 염통은 내 끼다, 알긋나!"

"그럼 엉덩이가 통통하던데 볼깃살은 내가 뜯어 먹어야지, 크크크."

크아아앙! 호랑이가 호탕하게 울부짖었다.

둘은 이선을 잡아먹자는 계획을 나누며 웃고 있었다. 엿듣는 당사자는 비명을 막기 위해 자기 입을 틀어막아야 했다. 영화나 드라마에서나 봤던 상투적인 행동을 자신이 할 줄은 몰랐지만, 이선으로서는 할 수 있는 최선이었다. 다시 문을 닫는 손은 열 때보다 훨씬 더 심하게 떨고 있었다. 딸칵, 래치 걸쇠가 걸리는 미세한 금속음이 너무 크게 들려서 가슴이 철렁했다.

당장이라도 괴물이 방문을 벌컥 열고 뛰어들 듯한 기분이 들자 겁에 질린 이선은 숨까지 참고 엎드린 채로 작은 이불을 머리 위에 뒤집어썼다. 오한에 든 사람처럼 몸을 덜덜 떨면서 주문을 외듯 중얼거렸다.

'미쳤어, 미쳤어. 내가 바보지. 어쩌다가 여기에 와서…….'

다행히 문이 열리는 일은 벌어지지 않았다. 안도하며 조금씩 흥분과 공포를 가라앉힌 이선은 자신이 알아낸 진실이 예상과 너무 다르지만 그래도 얻어낸 것도 있다고 생각했다. 부모님은 연기자가 아니었다. 호랑이와 공룡 괴물이 자신을 잡아먹으려고 부모님 흉내를 내고 있었던 것이다. 도저히 믿기지 않지만 직접 보고 들었으니 어쩌겠나. 마치 어린애가 꾸는 악몽 속에 갇힌 듯했다.

그때 뭉툭하고 부드러운 덩어리가 이선의 얼굴에 닿는 게 느껴졌다. 눈을 뜨니 어둠 속에서 푸의 얼굴이 자신을 보고 있었다.

"이제 좀 알았어?"

달우를 깨우지 않으려고 그러는지 푸는 속삭이듯 말했다.

"조금은……."

아직 자신이 없었지만 이선은 실타래처럼 엉킨 생각을 풀어내며 대답했다.

"여기는 현실이 아닌 것 같아. 그러니까 내가 살던 세상 말고 다른…… 정확히 어떻게 다른지 모르겠지만, 내 기억 속에 있는 옛날 풍경을 재현해서 만들어진 장소 같아. 부모라고 생각했던 사람들은 부모 흉내를 내는 가짜였어. 그럼 저 어린 오빠는 진짜일까?"

이선은 슬쩍 고개를 들었다. 어둠에 익숙해지자 얌전히 누워 자는 아이의 모습이 보였다. 정말 작고 약하며 무해한 남자애 그 자체로 여겨질 뿐이었다. 그렇지만 진짜일 리는 없다. 실종된 이달우가 살아 있다면 지금쯤 스물여덟 살이 되었을 테니. 그럼 어릴 적 달우와 똑같이 생기고 행동하는 저 아이는 누구란 말인가? 지금으로선 해명할 수 없는 수수께끼였다. 이선은 다시 베개에 머리를 뉘고 반은 푸에게 말하듯, 반은 혼잣말처럼 중얼거렸다.

"이 세계를 내가 만들었나? 지금이 꿈이라면 그렇겠지. 그치만 이 생생한 감각……. 적어도 꿈속에서 현실인지 꿈인지 의심해 본 적은 없는데……."

이선은 양손으로 푸를 감싸 쥐며 물었다.

"제발 가르쳐 줘. 이건 다 꿈이야? 내가 꾸는 꿈?"

"나도 알 수 없어. 난 그저 인형이니까."

맥이 빠지는 답변이었다. 이선이 믿고 기댈 유일한 대상이었으니만큼.

"지금이 꿈인지 아닌지 난 알 수 없어. 네가 살던 현실이라는 곳이 누군가의 꿈이 아니라고 확신할 수 있겠어? 누구도 알 수 없지. 그건 오직 꿈을 꾸는 당사자만 알 수 있는 문제야. 다만 그 사람이 깨어나면서 순식간에 사라질 그런 작고 약한 세계가 아니라는 것만은 느낄 수 있어. 말하자면 깰 수 없는 꿈이라고 할까?"

푸의 말은 살면서 들은 말 중에 가장 절망적이고 무서운 선언이었다. 꿈, 그것도 악몽인데 깰 수가 없다니.

"이제 나는 어떻게 돼? 여기서 계속 살라는 거야?"

이선은 반쯤 푸념하듯 물었다.

"가짜 부모처럼 너도 달우의 가족이 되어야지. 고분고분 살아야 할 거야. 안 그러면 다음 식사는 네가 될 테니까."

이선은 그대로 베개에 얼굴을 묻었다. 눈과 귀를 막고 현실을 부정하면 모든 게 그대로 사라져 버릴 기세로.

'말도 안 돼. 이건 다 꿈일 거야. 일에 채여서 살다가 오랜만에 얻은 휴가인데 이런 악몽이라니. 빨리 자자. 깨고 나면 다 사라지겠지.'

잠. 오직 잠만이 위기에서 구해 줄 방법이라 믿었다. 하지만 그런 생각을 할수록 의식은 또렷하고 예민한 귀에 미세한 여러 소리가 들렸다. 이제 괴물들이 남은 뼈를 그러모아 비닐봉지에 버리는 소리까지 알아들을 수 있었다. 심장이 거세게 뛰고 온몸에서 땀이 솟아났다. 긴장으로 인한 흥분 상태가 지속되니 잠이 올 리가 없다. 이래서는 잠의 요정이 눈꺼풀에 모래를 뿌려 주러 왔다가도 그냥 돌아갈 수밖에 없지 않을까.

어느 틈에 잠이 들었는지, 밝은 햇살에 이선의 눈이 찌푸려졌다. 눈을 뜨고 나니 짠! 모든 것이 꿈이었습니다, 였으면 좋았겠지만 제일 먼저 보인 것은 천장에 달린 형광등이었다. 녹슨 철제 형광등 갓에 길쭉한 형광등 두 개가 노출된 채 붙어 있었다. 갓은 언제 떨어질지 모르게 불안할 정도로 가느다란 철제 파이프 두 개로 천장에 매달려 있었다.

그 불안한 모습이 이선의 현재 심정을 대변해 주는 것 같았다.

이선은 불에 덴 듯이 벌떡 일어나 창밖으로 달려갔다. 창문을 여니 베란다에 걸린 빨래가 만국기처럼 휘날리는 맞은편 아파트가 눈에 들어왔다. 어제와 똑같은 풍경. 갈색 포니2 한 대가 길을 따라 지나갔다.

문 열리는 소리가 들려 돌아보니 달우가 방 안으로 들어와 등 뒤로 문을 닫았다. 마치 이선을 막아서려는 듯이 문 앞에 선 채 말을 걸었다.

"뭘 봐? 밖에 뭐 있어?"

태연한 목소리였다.

"뭘 봐? 껌바!"

달우는 광고에서 유래된 농담을 혼자 주고받으며 낄낄거렸다. 이선은 그를 내려다보며 천천히 다가갔다. 달우는 한층 몸에 힘을 주며 문에 기댔다.

"어디 가려고?"

"화장실 좀 가게."

"화장실 고장 났어."

거짓말하지 말라고 반박하려는데 달우가 한 손을 들어 가리켰다. 시선을 따라가니 방구석에 스테인리스 요강이 있었다.

"급하면 저걸 쓰든지."

이선은 눈살을 찌푸렸다. 저런 게 있었던가? 있기는 있었던 것 같다. 분명 할머니의 유품일 거다. 근데 늘 옷장 안에 있었지 꺼내 쓴 기억은 없다.

이선은 무시하고 한층 가까이 다가갔다. 두 사람은 이제 거의 닿을 정도로 근접한 채 아주 잠시 눈싸움을 했다. 처음에는 기가 막혔다. 고작 꼬맹이가 나를 막아서? 가소롭다는 생각이 들었다. 당장 밀쳐 내고 탈출하고 싶었다. 어젯밤의 날고기 씹는 소리가 아직도 귓속에 울리고 있다. 한시라도 빨리 여기서 벗어나야 그 환청이 사라질 것만 같다.

그런데, 이깟 꼬마쯤 당장 밀어낼 수 있을 줄 알았는데 달우와 눈이 마주친 순간 이선은 거미줄에 걸린 파리처럼 꼼짝도 하지 못했다. 겁이 난 것이다. 어째서? 다 큰 어른이 키가 반밖에 안 되는 남자애한테 겁을 낸다고? 아니다. 어른과 아이의 관계가 아니다. 지금 여기 있는 두 사람은 동생과 오빠다. 여동생에게 있어 오빠란 늘 크고 강하고 못되고 무서운 사람이다. 힘으로는 절대 이길 수 없다. 어릴 때 두뇌 주름 사이에 깊이 새겨진 그 기억은 평생 따라다닌다.

이선은 내려다보고 있으면서도 어느 틈에 자기보다 더 크고 무시무시한 오빠를 올려다보고 있다는 착각이 들었다. 착각이 아니라 사실일지도 모른다. 저도 모르게 힘없이 주저앉았다. 온몸에 힘이 풀리고 공포와 체념이 밧줄처럼 온몸을 묶어 꼼짝 못 하게 만드는 것 같았다. 이선은 싸울 엄두도 못 내고 있었다. 세 살 위 오빠를 어떻게 이기겠어? 그런 생각을 하며 저도 모르게 손을 코밑에 대고 냄새를 맡으려다 얼른 내렸다. 또 퇴행해선 안 된다고, 정신을 바짝 차려야 한다고 자책했다.

"넌 못 나가."

달우가 히죽 웃었다. 심술궂은 웃음, 승리를 확신한 단정적인 선언. 여동생을 때리며 괴롭힐 때 자주 보이는 표정이다. 이선의 몸에 소름이 돋았다.

"나, 나가게 해 줘."

이선은 저도 모르게 말을 더듬고 말았다. 이러려는 게 아닌데.

"요강 쓰라니까."

"그게 아냐. 여기서 나가려고. 화장실 아니면 현관문이라도 상관없어."

"왜 자꾸 나가려 하는데? 여기서 나가면 어디로 가려고?"

몰라서 하는 질문이 아니라 상대를 떠보는 듯한 장난기 섞인 말투였다. 이선은 당황해서 시선을 피하며 떠듬떠듬 대답했다.

"그야, 여기는…… 다 가짜잖아. 엄마 아빠도 가짜고, 너도……"

"아니, 다 진짜인데."

달우가 말을 끊으며 끼어들었다.

기가 막힌 이선은 아무도 안 믿어 주는 양치기 소년처럼 쌓였던 말을 다급하게 쏟아냈다.

"지금이 몇 년인지 알아? 여긴 다 말도 안 돼. 어떻게 20년 전이랑 똑같을 수 있어? 너는 진짜 이달우가 맞아? 우리 오빠는 20년 전에 사라졌어. 경찰에 신고하고 아파트 단지를 뒤지고 아무리 찾아도 못 찾았다고. 근데 너는 어떻게 그때 모습이랑 똑같을 수 있어? 이게 다 가짜가 아니면 뭐야?"

"그럼 넌 여기가 옛날이라고 생각해?"

187

달우가 말을 끊으며 짧게 묻자 이선은 말문이 턱 막혔다. 아니라고? 설마? 영화 세트도 아니고 꿈도 아니라면, 이번엔 시간 여행이 떠올랐다. 20년 전으로 이동했다고 가정하면 문제는 없어 보인다. 정말 없을까? 그럼 원래 있을 어린 이선은 어디로 갔을까? 타임 패러독스를 막기 위해 소멸되었단 말인가?

무엇보다 어제 봤던 무시무시한 그림자와 소리가 아직도 생생했다. 이선은 다시금 확신했다. 그래, 여기는 가짜다. 영화도 시간 여행도 아니고 그냥 누군가의 악의로 가득 찬 악몽이다. 그렇다면 그 악의의 칼끝은 다름 아닌 이선을 향하고 있음이 분명했다.

"괜히 머리 아프게 생각하지 마. 그냥 같이 살면 되잖아. 어제는 너도 좋아했으면서."

달우가 타이르듯 말했다.

"좋다니, 누가? 내가 잠시 미쳤나 봐. 그래, 행복했다고 치자. 아무 생각 없이 애들처럼 살아서 좋았어. 근데 봐 봐. 난 스물다섯이야. 이런 내가 계속 다섯 살 아이로 살라고?"

달우는 입을 벌리고 웃고 있었다. 빠진 앞니가 눈에 띄었다.

"이건 아닌 것 같아. 여긴 다 가짜야. 비켜, 현실로 돌아갈래."

이선의 말을 듣고 있던 달우의 얼굴에서 웃음기가 사

라졌다.

"비, 비키라니까."

말뿐이었다. 이선은 아직 조그만 남자애 앞에서 쩔쩔 매고 있었다. 손가락 하나 움직이지 못했다.

"가짜니까 돌아가? 흥, 네가 있던 곳이 진짜 현실일까?"

"뭐?"

허를 찔리는 한마디. 꼬맹이라고만 여겼는데 이런 말을 할 줄이야. 순간 이선은 달우에게 드리운 그림자를 느꼈다. 그건 어젯밤 벽에 비친 호랑이와 공룡을 닮은 무언가였다. 달우는 놀리듯 빈정대듯 쏘아붙였다.

"돌아가? 어디로? 원래 살던 곳? 거기가 진짜니까? 거기서 구질구질하게 살려고? 재미없게."

말문이 막힌 이선을 몰아붙이고 있었다. 마치 모든 걸 안다는 듯한 말투로. 이선의 과거, 삶, 영혼까지 들여다본 것처럼. 가족 사이는 멀어지고 꿈은 좌절되었고 재산도 없이 혼자 사는, 그런 어른을 한심하다는 듯이 여기는 눈빛과 목소리.

반박할 말이 떠오르지 않았다. 달우는 이선의 전부를 다 알고 있는 걸지도 모른다. 네가 원한 건 이런 거지? 부모와 오빠와 함께 살던, 장난감을 갖고 놀고 수박씨를 거실 바닥에 뱉고 벽에 크레파스로 낙서하며 사는 삶. 그게 바로 행복이라고.

이제 달우는 살짝 응석이 섞인 목소리로 보채고 있었다.

"여기서 같이 살자, 응? 아빠랑 엄마랑 나랑 너랑. 우린 가족이잖아."

가족. 그 낱말에 이선은 다시 흐트러진 정신을 바로잡았다. 가족이라니, 얼토당토않은 소리다.

"어제 다 봤어. 그 괴물 뭐야? 이러고도 여기가 가짜 아니라고 잡아뗄 셈이야?"

"아, 그거? 내가 만들었어. 내가 만들었으니까 진짜지!"

"만들다니……?"

이선은 말문이 막혔다.

"여기선 내가 왕이야. 못하는 거 없어! 너도 나랑 한 가족이 되면 행복하게 살 수 있어. 혼자는 외롭잖아? 그래서 엄마 아빠를 만들었는데, 너는 못 만들겠더라고. 이제 네가 왔으니까 진짜 가족이 완성된 거야."

충격이 가라앉으며 꼬인 전선같이 복잡하던 생각이 정리되었다. 조금씩이나마 이해가 되었다. 왜, 어떻게 했는지 몰라도 달우는 나이를 먹지 않은 채로 자신이 살던 집과 부모를 만들어서 계속 살아왔다. 이제 만들지 못한 여동생이 20년 만에 찾아왔으니 함께 살자는 얘기다.

그렇다면 여기는 변하지 않는 과거다. 영원히 아이가 되어 살 수 있다는 얘기다. 매력적인 제안 아닌가? 인생의 온갖 걱정도, 불안한 미래도 여기에는 없다. 이선의 삶은 어떤가. 오빠가 사라진 후로 불행의 연속이었다. 실종된 아이를 찾느라 재산은 사라지고 부모 사이는 나빠졌다. 이선에게는 꿈이 있었지만 가난한 집안 사정 때문에 꿈을 포기하고 고등학교를 졸업하자마자 돈을 벌어야 했다. 고졸 여성에게 놓인 선택지는 많지 않다. 유흥업소를 제외한다면 더더욱. 이선은 고향을 떠나 반도체 공장에서 일하며 기숙사에서 살았다. 그렇게 5년 동안 세상과 단절된 듯이 살다가 겨우 안식년 휴가를 내고 떠난 후 처음으로 산해시에 돌아왔다. 그런데 이런 일에 휘말릴 줄이야.

지금 이선은 같은 사건을 그때 당시와 다르게 받아들이고 있었다. 우연히 놀이터에 있던 남자애를 발견했다고 생각했는데, 사실 그 아이는 그곳에서 자신이 오기를 계속 기다리고 있었던 게 아닐까. 우연 같은 운명이 이선을 그 자리로 이끌었고, 마침내 동생이 자신에게 돌아오자 여기까지 유인했던 것이다.

과연 오빠는 여전히 오빠였다. 뭘 하고 놀지 자신이 정하고 자기가 먼저 시작했다. 어떤 놀이든 먼저 싫증 나서 끝내는 건 늘 오빠 쪽이었다. 그 사실이 이선을 두렵게 만들었다.

191

여기서 살면 행복해? 순간 솔깃했지만 그런 생각은 빨리 떨쳐내야 했다. 여기는 언제 생각이 바뀔지 모르는 여덟 살 장난꾸러기 남자애가 만든 세상 아닌가. 이 집, 혹은 이 세상이라 불러야 할지도 모를 곳을 만들었다면 신과 같은 존재다. 신이 어린아이라니 그만큼 위험천만한 세상도 없다. 장난감을 갖고 놀다가 싫증이 나면 상자 안에 내팽개치듯이, 언제든지 이선을 그렇게 버릴 수 있다. 어젯밤 괴물들은 달우가 빨리 버리기를 기다리며 군침을 삼키고 있었다.

이선은 괴물의 먹잇감이 될 날을 기다리는, 닭장에 갇힌 닭 같은 신세였다. 결국 현실이나 여기나 힘든 삶이기는 마찬가지다.

"여기서 나갈 꿈도 꾸지 마."

달우는 그렇게 말하더니 태연히 골판지 상자로 가서 야구공과 글러브를 꺼냈다. 왼손에 글러브를 끼고 오른손으로 바지 주머니에서 열쇠 하나를 꺼내더니 이선에게 과시하듯 보여 주었다. 달우가 문을 열고 나갔다. 철컥. 문이 닫히고 열쇠로 잠기는 소리가 났다.

이선은 힘없이 그 자리에 웅크리고 누웠다. 문을 두드리거나 부술 엄두도 내지 못했다. 달우가 만든 세상이라면 문을 부숴도 소용없을 거라는 체념 때문이다.

다른 방법이 없을까. 도와줄 사람이 없을까. 애타게 방을 둘러볼 때 푸가 떠올랐다. 하나뿐인 친구. 하지만 푸는 말없이 누워 있었다. 달우가 두려워 죽은 척한 걸까?

엎드린 채 기어서 가까이 다가가 살펴보니 터진 배에서 솜이 흘러나와 있었다. 이선이 어릴 때도 이미 낡을 대로 낡은 인형이었다. 늘 안고 베고 깔고 앉았으니 버틸 재간이 있나. 이선은 급한 대로 손으로 솜을 쓸어모아 배 안으로 집어넣었다. 옷장 안에 반짇고리가 있었던 것 같은 기억이 난다. 그것도 할머니의 유품일 것이다. 외제 쿠키 양철통 안의 반짇고리. 옷장 쪽으로 몸을 돌린 순간 작은 기침 소리와 함께 푸가 움직였다.

"어휴."

푸가 짧은 팔로 자기 배를 만지자 터진 부분이 접착제를 바른 것처럼 달라붙었다. 금세 멀쩡해진 모습으로 일어났다.

"고마워, 이선아."

"괜찮아?"

"내 몸이 너무 약해서 그래. 도움이 안 되어 미안해. 그래도 너희가 하는 얘기는 다 들었어."

"이 세계는 저 아이, 달우가 만든 거야, 맞아?"

이선은 진짜 오빠와 구분하기 위해서 달우라고 부르기로 마음먹었다.

"맞아."

"그럼 달우는 정체가 뭐야? 사라진 오빠가 나이를 안먹고 그대로 있는 걸까, 아니면 다른 누군가가 오빠 흉내를 내는 걸까?"

"거기까진 나도 알 수 없어."

"너도 모르는 게 많구나."

이선은 한숨 같은 헛웃음을 토해 냈다. 어쨌든 몇 가지는 분명해졌다. 꿈이 아니라는 것. 문득 엉뚱한 생각이 들었다. 어쩌면 사실 어제 아파트 옥상에서 뛰어내렸을지도 모른다. 그렇다면 여기는 사후 세계일 텐데, 이선은 지금까지 생각했던 것 중에서 이 가설이 가장 마음에 들었다.

"이선아, 나 역시 달우가 만든 세상의 일부에 불과해. 이 세상도 네가 있던 현실과 마찬가지로 실제로 있는 세상이야."

"어디가 진짜냐 가짜냐가 아니라, 또 하나의 현실이란 말이지?"

푸가 고개를 끄덕였다. 또 하나의 현실. 그 말이 이선의 가슴을 짓눌렀다. 그렇다면 쉽게 벗어날 수 없다는 얘기 아닌가. 가짜가 아니다. 제각기 다를 뿐 모두 진짜 현실이다. 논리적으로는 타당한 생각이다. 그런데 어떻게 그게 가능한 건지 설명할 수는 없다. 그때 한 가지 의문이 떠올랐다.

"근데 달우가 그렇게 대단한 힘을 가졌다면, 집도 부모님도 다 만들어 놓고 나는 왜 못 만들까?"

"왜 그렇게 말했는지 나도 모르겠어. 여기는 달우가 만든 세계. 무엇이든 걔가 원하는 대로 이루어질 텐데……"

"근데 너도 달우가 만들었지만, 걔가 시키는 대로 움직이지 않잖아."

"모든 게 만든 사람 뜻대로 되지는 않지. 부모와 자식 사이가 그렇듯이."

곰 인형 주제에 제법 세상을 오래 산 사람 같은 말을 했다. 그게 웃겨서 그런지 이선의 마음도 조금 풀어졌다.

"좋아, 그럼 내가 오빠의 인형으로 살지 않아도 된단 말이지."

머리카락을 타고 오를 구원자를 기다리는 라푼젤처럼 이선은 희망이 샘솟았다.

달우에게 제아무리 신과 같은 능력이 있다 해도 결국 여덟 살 어린애의 마음 안에서 휘두르는 힘이다. 자신이 보고 겪은 세상을 재현해 냈지만 푸의 속마음까지는 알지 못했다. 이선은 이유를 짐작할 수 있었다. 푸는 이선만의 비밀 친구다. 잠자리에서 푸와 작게 속삭이며 대화를 나눌 때 달우는 잠들어 있었다. 그러니까 달우는 곰 인형의 겉모습만 알았지 이선의 친구라는 비밀을 알지 못했던 것이다.

그건 곧 달우가 이 세계를 만들었다 해도 세부를 다 파악하지 못하며, 완벽하게 통제하지도 못한다는 결정적인 증거가 되었다.

희망이 생기자 기운도 샘솟았다. 이선은 어떻게든 일단 집 바깥으로 나가기로 마음먹었다. 그러려면 문부터 열어야 한다. 문고리를 양손으로 잡고 힘껏 돌려 봤지만 빠르게 포기했다. 창문에는 쇠창살이 쳐져 있었다. 아이를 키우는 아파트 3층이라면 설치하는 게 당연해 보인다.

이선은 가만히 생각했다. 지금은 오전일 테고 일정하

195

게 출퇴근하지 않는 엄마가 집에 있을지도 모른다. 문에 귀를 대고 들으니 목소리가 들린다. 동네 아줌마와 얘기를 나누고 있다. 조금 기다리니 발소리와 현관문이 여닫히는 소리가 이어졌다. 아줌마가 돌아가고 엄마 혼자 남았다.

지금이라고 판단한 이선은 크게 심호흡하고 닫힌 문틈으로 소리를 질렀다.

"엄마! 아파아!"

거짓으로 엉엉 우는 소리를 냈다.

"어이구, 와 그라노 또?"

엄마의 목소리와 발소리. 덜컥덜컥 문고리 돌리는 소리.

"이기 와 잠겼노? 열쇠 어따 뒀드라?"

중얼대는 목소리. 이선은 다시 힘찬 울음소리를 들려주었다. 마침내 열쇠가 꽂히고 돌아갔다. 문이 열리자마자 이선은 온 힘을 다해 어깨로 엄마를 밀었다.

"아이쿠야!"

나동그라지며 토하는 엄마의 비명을 무시하고 그대로 현관으로 달려갔다. 나가 보면 알 거다. 과연 온 세상이 다 똑같이 만들어져 있는지, 아니면 영화 세트처럼 엉성한 가짜 세상일지!

현관문을 열자 무언가가 시야를 가로막았다. 이럴 줄 알고 대기하고 있었다는 듯이 아빠가 몸으로 밀면서 현관으로 들어왔다. 버스 기사 제복을 입은 젊은 날의 아빠.

몸에서 나는 스킨의 알싸한 향기. 머리로는 가짜임을 안다고 생각했지만 후각으로 전해지는 이 느낌은 진짜 같았다. 짧은 순간이지만 너무 그리워서 눈물이 핑 돌 정도였다. 하지만 감상에 젖을 여유가 없었다.

이선은 어제 본 모습이 떠올라 몸서리를 치며 물러섰다. 당장이라도 아빠의 얼굴이 티라노사우루스의 대가리로 변할 것 같았다. 다리 사이로 굵은 꼬리가 있을 것 같아 시선이 뒤쪽으로 갔다.

그사이에 엄마가 일어났다. 엄마 역시 호랑이로 변하면 어떡하지? 이선이 다급한 시선을 두 사람에게로 번갈아 보내자 아빠가 말했다.

"넌 장난을 많이 쳐서 외출 금지다."

"아니, 오빠가 나갔길래. 잠깐만, 볼일이 급해서……"

포위당한 이선은 대충 둘러대다가 얼른 화장실로 뛰어갔다. 달우는 밖으로 나갔으니 지금 화장실 안엔 아무도 없을 터다. 유일한 탈출구는 화장실뿐이다. 이선은 재빨리 문을 닫고 세면대 위를 봤다.

자기 얼굴이 보였다. 땀범벅에 토끼처럼 동그래진 눈으로 보고 있는 얼굴이.

화장실 거울은 멀쩡히 제자리에 그대로 붙어 있었다. 마치 한 번도 뜯긴 적 없다는 듯이 거울 주위의 타일은 깨끗하고 흙먼지 한 톨도 떨어져 있지 않았다.

당황한 채로 양손으로 거울을 붙잡고 흔들어 봤지만

197

꿈쩍도 하지 않았다. 이선은 자기 힘으로 도저히 떼어 낼 수 없음을 깨달았다. 순식간에 온몸에서 힘이 쭉 빠졌다. 냉정한 현실이 해일처럼 밀어닥쳤다.

돌아갈 길이 사라져 버렸다.

쿵쿵. 화장실 문을 두드리는 소리가 들렸다. 더 도망칠 길도 숨을 곳도 없다고 생각한 이선은 하는 수 없이 문을 열었다.

"내 이럴 줄 알았지. 어딜 도망치려고?"

무서운 표정을 지은 아빠가 이선의 팔을 잡고 거실로 끌어내듯 데려왔다. 엄마도 화를 내며 꾸짖었다.

"가시나야, 다시는 도망칠라 하지 마라, 알았나?"

그렇게 다그치던 엄마가 돌연 목소리를 누그러뜨리며 덧붙인다.

"우리는 가족 아이가."

아빠도 이선의 팔을 단단히 붙잡았던 손을 놓더니 언제 그랬냐는 듯, 한 팔로 이선의 어깨를 부드럽게 껴안으며 다정한 목소리로 말했다.

"그래, 우리끼리 여기서 행복하게 살자."

엄마와 아빠는 거의 동시에 히죽 웃었다. 아빠는 다른 팔을 뻗어 엄마의 어깨 위에 얹었다. 그렇게 세 사람은 함께 껴안은 자세가 되었고, 누가 봐도 단란한 가족의 한때 같겠지만…… 이선은 가까이에서 본 두 사람의 얼굴에서 위화감을 느꼈다.

엄마는 절로 벌어진 입술 사이로 뾰족한 이빨을 드러냈고, 아빠는 미간을 찌푸리며 잇새로 작은 한숨을 내쉬었다. 명백하게 꾸며낸 웃음이었다. 하기 싫은 일을 억지로 하고 있다는 티를 이렇게까지 내도 되나 싶을 정도로.

그럼에도 아빠가 팔에 힘을 주어 어깨를 누르고 있었기에 이선은 사실상 붙잡힌 채로 억지 포옹을 하고 있었다. 그때 두 사람의 얼굴 옆면이 눈에 들어왔다. 정수리부터 가장자리를 따라 금이 그어져 있고 살짝 벌어져 있었다. 어젯밤 식탁 위에 놓인 가면이 떠올랐다.

"아아악!"

이선은 비명을 지르며 몸을 흔들어 아빠의 팔을 떨치고 현관을 향해 달려갔다. 그런데 익숙한 철제 현관문이 아니라 방문처럼 나무로 된 문에 둥근 문고리가 달려 있었다. 워낙 다급해서 유심히 살펴보고 자시고 할 틈이 없었다. 곧장 열고 달렸는데, 좁은 아파트 복도가 아니라 노란 장판이 깔린 집 안 같은 풍경이 이어졌다.

이상하지만 이선에게는 이상하다고 판단할 여유가 없었다. 뒤에서 바짝 쫓아오는 긴박한 발소리가 들렸으니까.

30초 정도 달렸을까, 정신없이 달리다 보니 발소리가 들리지 않았다. 마음이 놓이면서 숨이 차고 다리가 무거워진 이선은 잠시 벽에 어깨를 기대며 사방을 살펴보았다.

생전 처음 보는 풍경이었다. 부분 부분을 뜯어보면 익숙한데 전체적으로 합쳐 놓고 보면 생경했다. 즉 천장, 벽,

바닥은 모두 옛날 집에서 보고 만진 것과 똑같이 생겼다. 일정 간격으로 늘어선 형광등과 벽의 스위치, 바닥에 깔린 장판의 찢어지거나 그을린 자국까지 전부 익숙했다.

그런데 대략 너비가 2미터, 높이가 3미터 정도 되고 길이는 앞뒤로 끝없이 뻗은 길고 긴 복도였다. 이런 장소는 가 본 적도 없다. 시야 저편에 소실점이 될 때까지 이어진 복도는 공포 게임의 한 장면 같았다.

배경을 감상할 한가로운 순간은 아니었다. 발소리가 점점 커지면서 이선이 달려온 방향 저편에서 쫓아오는 부모의 모습이 보였기 때문이다. 이제 그들에게 가식적인 미소는 보이지 않았다. 서로의 표정을 알아볼 수 있을 만큼 가까워지자 아빠는 보란 듯이 얼굴에 쓰고 있던 가면을 벗어 던졌다. 이미 납작하던 사람 얼굴은 온데간데없고 그 자리에는 길쭉하게 튀어나온 공룡 대가리가 있었다. 이어서 허리를 구부정하게 숙이자 옷이 찢어질 듯 몸에서 우락부락한 근육들이 꿈틀거리며 부풀어 올랐고, 손과 발끝에서 날카로운 발톱이, 엉덩이 뒤에서 굵고 곧은 꼬리가 튀어나왔다. 옛날 복원도 속의 공룡처럼 깃털 하나 없이 도마뱀처럼 단단한 비늘로 덮여 있었다.

뒤따라 달려오는 엄마도 가면을 벗어 던지고 노란 털이 북슬한 호랑이 모습으로 변했다. 입을 벌리자 날카로운 이빨이 번뜩였고 둥근 앞발에서 튀어나온 손톱도 공룡 못잖게 뾰족했다. 치마 밑으로 고양잇과 동물의 굵은 지행성 다리와 가느다란 꼬리가 보였다.

이선이 기겁하며 다시 남은 힘을 짜내어 도망쳐도 거리는 금방 좁혀졌다. 그때 복도 벽에 붙은 방문을 몇 개나 지나쳤다는 사실을 뒤늦게 깨닫고 손을 뻗어 잡히는 문고리를 무작정 돌렸다. 다행히 잠겨 있지 않았다. 내부는 부모님 방과 흡사했지만 벽마다 방문이 또 달려 있었다. 몇 개의 문을 지나자 그곳은 방, 거실, 화장실, 다용도실 등 집 안 풍경에서 부품을 뜯어내고 조립해서 만든 듯 엇비슷한 구조의 방이 끝도 없이 이어졌다.

무작정 방과 방 사이를 지나던 이선은 금방 길을 잃어버렸다. 아리아드네의 실타래도 없이 미궁에 들어간 테세우스의 심정으로 헤매던 중, 오래지 않아 어느 방에서 두 발로 선 호랑이와 맞닥뜨렸다. 얼른 뒤로 돌아보니 티라노사우루스가 뒤뚱대며 다가오고 있었다.

둘 다 입을 벌리고 뾰족한 이빨 사이로 침을 질질 흘리고 있었다. 겁에 질린 데다가 이미 지칠 대로 지친 이선은 맞서 싸우려는 시도도 못 하고 다리에 힘이 풀려 주저앉았다.

"잡았다, 요놈!"

호랑이가 이선의 목덜미를 붙잡고 단숨에 들어 올려 공룡 등에 짐짝처럼 얹었다. 둘은 길을 훤히 아는지 방을 서너 번 건너더니 바로 현관을 통해 원래 집으로 돌아왔다.

공룡과 호랑이는 이선의 등과 엉덩이를 손바닥으로 때

렸다. 어제와는 천지 차이였다. 그때가 가벼운 훈육이었다면 지금은 그냥 폭력이었다. 그럼에도 아이를 혼내는 부모 흉내를 포기하지 않았는지 엎드리게 해 놓고 등과 엉덩이만 때리고 있었다.

아악, 으악, 이선은 맞을 때마다 누가 들어 주길 바라는 듯이 비명을 질렀지만 도움의 손길은 어디에서도 오지 않았다. 완전히 힘이 빠져 축 늘어지자 호랑이는 붉은 포장 끈을 가져와 이선의 손발을 묶고 수건으로 입과 뒤통수를 둘러서 묶었다.

이제 윽, 윽, 소리밖에 내지 못하게 된 이선을 얹은 채 공룡이 아이 방으로 들어갔다. 호랑이가 묶인 이선을 방 바닥에 거칠게 내려놓았다.

"말 안 듣는 얼라는 이래 된다 안 카나!"

"얌전히 반성하고 있어."

둘 모두 다분히 연극적인 말투였다. 다정하게 안아 줄 때와 마찬가지로. 다만 이번에는 참았던 비웃음을 터뜨렸다는 점이 달랐다.

문이 닫혀도 웃음소리는 한동안 가라앉지 않았다. 이선의 눈에서 눈물이 흘러나왔다. 여전히 부모와 똑같은 목소리 때문일까, 진짜 부모에게 혼이 나고 방 안에 갇혔던 어릴 적 기억이 샘솟았다.

조금 지나자 현관문이 열리는 소리와 함께 달우의 목소리가 들렸다. 부모도 밝은 목소리로 응해 주고 있었다.

소리만 들으면 화목한 가족이 따로 없었다.

창문 밖은 어느새 주황색으로 물들었고 이어서 급속히 어두워졌다.

다행인지 불행인지 달우는 방에 들어오지 않았다. 잠시 꿈틀대며 애써 봤지만 묶인 끈을 자력으로 풀 방도는 없어 보였다.

자포자기하고 지친 이선은 그대로 새우같이 웅크린 모습으로 기진맥진한 채 누워 있었다. 기절했는지 잠들었는지도 모를 시간이 지나고, 잠결에 움직인 팔다리가 자유로워서 놀라며 눈을 떴다. 고개를 돌려 보니 푸가 배를 위로 한 채 누웠고 옆에 포장 끈 뭉치가 널브러져 있었다. 입을 막고 있던 수건을 풀고 아픈 팔목과 엉덩이를 문지르며 푸에게 다가갔다. 뭉툭한 손으로 끈을 푸느라 고생해서 그런 건지, 솜이 빠져나간 배가 푹 꺼져 있었다. 주위에 떨어진 솜 조각을 모아서 넣어 주었지만 모자랐는지 이전보다 좀 마른 모습이었다.

"이선아, 괜찮니? 많이 아파?"

정신을 차린 푸가 물었다.

"난 괜찮으니 네 걱정이나 해. 네 모습도 말이 아니면서……. 고마워, 네가 또 도와줬구나."

"우린 친구잖아. 이렇게 서로 도와주는 거지, 뭐."

푸는 자꾸 벌어지는 배를 양손으로 잡고 일어나 앉았다. 이선도 책상다리를 하고 마주 앉았다. 정신을 차리자 한숨과 함께 하소연이 흘러나왔다.

"들어왔던 화장실 통로는 막혔고 집 바깥에도 도망칠 길은 없었어. 이제 어쩌면 좋아?"

겨우 집에서 나갔다 싶더니 바깥은 정체 모를 미로였고, 정체를 드러낸 괴물들이 쫓아와 붙잡히고 말았다. 이선을 보며 군침을 흘리던 그들의 모습은 기괴하고도 끔찍했다.

"이제 알겠어. 저 괴물들이 어젯밤에 먹은 건 내가 오기 전에 동생 노릇 하다 버려진 누군가일 거야……."

"이선아, 용기를 내. 맞서 싸우는 거야."

푸는 늘 긍정적인 말을 해서 기운을 북돋아 줬지만, 이번에는 위로가 되지 않았다. 이선은 냉소적인 코웃음으로 받아쳤다.

"말이 쉽지. 무슨 수로."

지금도 생생히 떠오른다. 공룡과 호랑이의 무시무시한 얼굴. 벌어진 입술 사이로 번쩍이는 뾰족한 이빨. 핏물을 흘리며 날고기를 뜯어 먹던 소리. 기껏 용기를 내 봤자 도망치는 게 전부일 뿐, 마주치니 맞서 싸우기커녕 몸에서 힘이 빠져 순순히 붙잡히는 결말이었다.

"잘 생각해 봐."

푸는 끈질기게 타이르듯 설득하려 애썼다.

"이 세계도 무서운 괴물도 결국 어린아이가 만들었어. 걔가 상상하는 것밖에 이루어지지 않을 거란 말이지."

이선은 일리 있다고 생각했다. 어린아이가 만든 세상에 대처하려면 같은 눈높이에서 바라봐야 한다. 팔짱을 끼고 눈을 감은 채 집중했다. 그간 보고 겪은 일을 돌이켜 보았다. 부모는 수박도 마음껏 먹게 해 주는 등 아이에게 다정하게 대해 준다. 하루는 빠르게 지나가고 끝나지 않는 여름 방학 안에서 매일 집에서 놀기만 한다. 과연 아이가 상상할 법할 낙원이었다.

한편 더 깊이 따져 보면 부모의 정체가 호랑이와 공룡이라니, 아이가 생각하는 제일 센 괴물 같다. 그렇다면 현실적인 방법, 즉 실제 호랑이나 공룡을 잡는 무기가 아니어도 괴물을 물리칠 수 있을 터다. 이곳이라면 장난감 무기라도 큰 위력을 발휘하지 않을까?

문득 BB탄 권총이 떠올랐다. 어릴 때 달우가 갖고 놀던 장난감 중에서 가장 센 무기라고 하면 단연 이것이다. 이선은 서둘러 장난감 상자를 뒤졌지만 아쉽게도 보이지 않았다. 아무래도 달우 본인이 갖고 있거나 이선이 쓸까 봐 숨겨 둔 듯하다. 대신 콩알탄을 찾아내 네모난 종이 상자에 든 채로 바지 주머니에 쑤셔 넣었지만 이걸로는 모자라다.

이쪽도 괴물로 맞서면 어떨까? 이선은 조이드 스파이카 로봇을 집어 들었다. 하나가 더 있었던 것 같은데 기억이 잘 나지 않았다. 분명 더 크고 센 놈이 있었는데…….

"뭘 찾니?"

등 뒤에 푸가 물었다.

"무기로 쓸 만한 장난감이 있을까 싶어서."

"그 로봇은 내 힘으로 무리지만, 무기처럼 생긴 걸 주면 내가 싸울 수 있게 만들어 줄게."

"정말? 아, 생각났다!"

이선은 일어나 달우의 책상 의자에 앉았다. 새삼 의자가 작게 느껴졌다. 무기 하니까 완전히 잊어버린 줄 알았던 기억이 되살아났다. 유일하게 달우가 장난감 상자가 아닌, 서랍 속에 따로 소중하게 보관하는 장난감이 있었다. 그만큼 애지중지했다는 뜻이니, 위력도 상당할 것임이 분명하다.

책상 서랍 세 개를 차례로 열었다. 맨 밑 칸에는 만화책과 교과서와 다 쓴 공책이 있었고, 두 번째 칸에는 곤충 채집 세트가 있었다. 달우는 곤충 채집을 좋아해서 실종되기 전까지 매번 여름 방학 숙제로 제출했다. 스티로폼 표본 상자에는 매미 한 마리만이 홀로 핀에 꽂혀 있었다. 날개를 포함하면 10센티미터는 될 듯한 커다란 놈이었다. 꽤 잘 보존되어 있어서, 이선은 당장이라도 매미가 날아갈 듯한 착각이 들어 소름이 끼쳤다.

맨 위 칸에 샤프, 지우개 등 학용품과 함께 찾던 것이 들어 있었다. 아카데미 조립식 인형. 기마병, 카우보이, 인디언, 보안관 등이 있는 시리즈. 얼핏 보기에 호두까기 인형 같은 느낌을 주는 이 알록달록한 플라스틱 장난감을 달우는 굉장히 좋아해서 시리즈를 다 모으려 했지만 결국 실종되기 전까지 이루지 못했다. 지금이라면 단종되고도 한참 지났으니 더 어려울 것이다.

"이거면 가능할까?"

이선이 추장 장난감을 들어 보이며 물었다.

"응."

푸가 고개를 끄덕였다.

"좋았어."

이선은 씩 웃었다. 오빠가 아끼는 장난감으로 오빠에게 복수할 수 있다는 점이 마음에 들어서였다. 그런 반항심 때문인지 일부러 기마병과 보안관이 아니라 추장과 아팟치를 가져와 푸에게 내밀었다. 주면서도 이 작은 장난감을 어떻게 무기로 만들어 준다는 건지 알 수 없었다. 설마 추장이 사람 크기로 커져서 대신 싸워 줄까? 그러면 더 좋았겠지만, 아쉽게도 푸에게 그렇게까지 할 만한 능력은 없었다.

대신 푸는 입을 벌려 손가락보다 작은 장난감 소총을 넣고 둥그런 얼굴을 우물거렸다. 다시 뱉어 내자 놀랍게도 거친 소리를 내며 커다란 소총이 방바닥에 떨어졌다. 그런 식으로 몇 개의 무기가 실제 크기로 만들어졌다.

일이 끝나자 푸는 바닥에 누운 채 말이 없었다. 이전보다 몸 안의 솜이 더 많이 줄어들면서 야위어 보였지만, 이선은 이를 눈치채지 못하고 설레는 표정으로 무기만 바라보고 있었다.

　패색이 짙은 맨손이라는 상황에서 무기를 얻은 점은 좋았지만, 이번에는 너무 크고 사용하기 어렵다는 문제가 뒤따라왔다. 서부 개척 시대를 무대로 한 장난감 무기니까 그럴 수밖에. 잠시 고민하던 이선은 추장의 도끼를 허리춤에 찼다. 아무래도 날붙이가 하나 있어야 든든할 것 같아서다. 가죽 벨트 위로 손바닥만 한 도끼날이 비쭉 솟아난 모습은 우스꽝스러우면서도 무서웠다.

　이어서 양손에는 아팟치의 소총과 횃불을 들었다. 깃털 부채 같기도 한 납작한 플라스틱 횃불에서 진짜 불길이 일렁이고 있었다. 적이 동물인 이상 불이 효과적이겠다 싶었다.

　무기를 손에 넣으니 한결 자신감이 솟아났다.

　엉덩이를 맞고 손발이 묶였던 굴욕적 순간이 떠올랐다. 어디 두고 보자. 이선은 비장한 각오를 다지며 이를 꽉 깨물었다.

　방문을 슬쩍 열 때쯤 이미 창밖은 어둠에 잠겨 있었다. 거실도 불이 다 꺼져 있었다. 도둑처럼 발끝으로 이동했다. 말이 이동이지 집이 좁아서 세 걸음만 걸으면 바로 옆에 붙은 부모의 방문 앞에 이를 수 있다.

　거실 불을 켜고 방문을 살짝 열었다. 검은 어둠을 가르는 가느다란 빛의 선이 부모가 누운 침대 위에 드리웠다. 다행히 두 사람은 조용히 잠들었고 부푼 이불의 모습은 평범한 사람 크기였다.

이선은 문틀에 기대어 소총을 겨누었다. 아마도 아빠쪽이 힘이 더 셀 테니 먼저 노릴 생각이었다. 방아쇠를 당기면서도 불안했다. 플라스틱 장난감을 뻥튀기해서 만든 총이 과연 진짜로 발사가 될까? 발사되면 위력은 어느 정도일까?

놀이공원 사격장을 제외하면 총을 쏴 본 적이 없고, 슈터 게임을 해 본 게 전부인 이선에게 사격은 낯선 경험이었다. 그래도 표적까지 거리는 3미터 정도밖에 안 되니 빗나갈 일은 없다. 영화나 게임에서 본 기억을 떠올려 어설프게 소총을 들어 겨냥하고 방아쇠를 당겼다. '탕'보다 '펑'에 가까운 소리와 함께 일어난 어마어마한 반동에 이선은 휘청댔다. 몸을 기대어서 다행이지 안 그랬으면 넘어질 뻔했다.

이선은 문을 활짝 열고 불을 켰다. 맞았나? 끄응, 어으윽, 악몽에서 깨어난 듯한 신음이 침대 위에서 났다. 어두워서 잘못 알아본 건지, 아빠를 조준했다고 생각했는데 상체를 일으킨 엄마의 얼굴이 기이하게 일그러져 있었다. 작은 돌에 깨진 유리창같이 중간쯤이 뻥 뚫리고 사방으로 거미줄처럼 미세한 금이 갔다. 엄마 호영의 얼굴 가면은 이내 쪼개지고 가루가 되어 이불 위로 떨어졌다. 드러난 호랑이 얼굴 코 옆에 검은 구멍이 났고 피가 흘러내렸다. 이빨을 드러내며 미세하게 떠는 얼굴을 타고 내려간 피가 턱의 하얀 털을 적시며 방울져 떨어졌다. 끙 소리를 내며 호랑이는 도로 힘없이 침대 위로 쓰러졌다.

제대로 맞았다! 이선은 속으로 환호했지만 아직 기뻐하기엔 일렀다. 반동으로 튀어 오른 듯이 아빠 수랑이 상체를 일으켰다. 여전히 가식적인 미소를 짓고 있는 얼굴. 수랑은 자기 손으로 가면을 벗어 이불 위로 집어 던졌다. 주둥이가 튀어나온 회색 공룡이 인상을 쓰며 이선을 노려보았다.

"네가 아직 혼이 덜 났구나!"

공룡 괴물이 동굴 속에서 울부짖는 듯이 낮지만 묵직하게 그르렁대며 소리쳤다. 덜컥 겁이 나고 초조해진 이선은 얼른 소총을 겨누었다. 이번엔 공룡 쪽으로. 떨지만 않으면 문제없었다. 표적이 너무나 가까운 데다가 사람보다 훨씬 큰 머리인 만큼 맞히는 건 아무 문제도 아니다. 떨지만 않는다면.

공룡이 이불을 젖히고 침대 위에 일어섰다. 밤에 봤을 때처럼 깃털 한 올 없고 도마뱀처럼 피부가 거친, 20세기에 상상한 티라노사우루스 모습이었다. 이 몸뚱이에 당장 찢어질 듯이 늘어난 채로 몸에 달라붙어 있는 아빠의 실크 잠옷이 타인에게는 우스꽝스럽게 보이겠지만, 잠옷에 눈길조차 주지 않았다. 공룡이 상체를 숙이며 대가리를 내밀자 꼬리가 몸과 거의 직선을 이루며 바짝 섰다.

이선은 오직 공룡의 미간만 바라보며 겨눈 다음 방아쇠

를 당겼다. 틱. 금속이 걸리는 소리뿐. 이선은 초조한 시선으로 총열 끝만 바라보다 다시 당겼다. 틱. 틱. 아무리 당겨도 마찬가지다. 확 솟아난 땀으로 등이 축축해졌다.

'고장 났나?'

당황한 이선은 총을 세워서 흔들어 보았다. 무작정 총을 잡고 흔든다고 장전될 리가 있나. 지켜보던 공룡이 비웃듯 말했다.

"왜, 벌써 총알이 떨어졌니?"

공룡이 입을 쩍 벌리고 침대 위에서 뛰어내렸다.

"장난은 끝이다, 딸아. 이제 혼날 시간이야!"

공룡은 소리치며 몸을 날렸다. 침대에서 문까지는 3미터도 안 되는 짧은 거리. 공룡의 도약력이라면 방바닥에 발을 디딜 필요도 없었다. 장전 방법을 알아내지 못한 이선은 포기하고 총열을 양손으로 잡았다. 아악 소리를 내며 소총을 야구방망이처럼 힘껏 휘둘렀다. 뒤집개같이 튀어나온 개머리판이 공룡의 아가리를 정통으로 때렸다. 공룡은 목을 심하게 꺾으며 뛰었던 기세 그대로 방바닥에 떨어져 뒹굴었다.

짧은 순간 승리감에 도취했지만 공룡은 넘어지자마자 뒷발로 버티고 일어나며 꼬리를 휘둘렀다. 굵고 매끄러운 꼬리가 몸을 강타하자 이선은 비명도 못 지르고 그대로 뒤로 넘어졌다. 손에서 빠져나온 소총이 거실 바닥 위를 회전하며 식탁 밑으로 들어갔다.

'아, 안 돼!'

속으로 소리치며 팔을 뻗었지만 닿지 않을 거리였다. 쿵, 쿵. 공룡이 묵직한 걸음으로 방 밖으로 나와 왼발로 이선의 오른팔을, 오른발로 이선의 오른쪽 허벅지를 짓밟았다.

크하하 웃으며 쩍 벌린 공룡 아가리에서 침이 질질 흘러나왔다.

"더 기다릴 필요도 없이 지금 잡아먹을까?"

톱날같이 늘어선 이빨을 보며 이선은 죽음의 공포에 휩싸였다. 사람이 죽기 직전의 순간에 처하면 지난 인생의 일들이 빠르게 지나간다고 했다. 흔히 주마등처럼, 이라고 하는데 이선은 주마등이 무엇인지 몰랐다. 그래도 지금 순간이 바로 그 주마등이라는 걸 본능적으로 직감했다.

……*거실 바닥에 가득 쌓인 전단지 묶음. '실종 아동을 찾습니다' 큰 글자 아래에 있는 달우의 사진, 이름과 주소. 찾아 주시면 사례하겠다는 글자, 글자들*……. 하지만 하늘이 무너져도 솟아날 구멍이 있다고 했던가? 공룡의 턱에서 떨어진 침을 문득 내려다본 순간 보인 허리춤의 도끼. 그렇지, 도끼가 있었어! 왼손으로 도끼를 잡고 휘둘러 공룡의 오른 발목을 찍은 이선. 고개를 쳐들며 비명을 지르는 공룡. 발에 힘이 빠지자 기어서 빠져나온 이선. ……*방문 너머로 새어 들어온 부모님이 싸우는 목소리. "아를 찾*

을 생각이 있나, 없나? 내만 발이 터지도록 뛰댕깄다, 아나?" 악을 쓰는 엄마. *"내가 일을 안 하면, 어떻게 먹고살라고? 당신이야말로 벌써 얼마를 썼는지 알기나 해?"* 맞서서 따지는 아빠. 어두운 방 안에서 이불을 머리까지 뒤집어쓴 어린 이선……. 자세를 바로잡고 달려드는 공룡. 옆구리를 물려 비명을 토하는 이선. 찢어지는 옷, 턱을 타고 흘러내려 거실 바닥에 뚝뚝 떨어지는 핏방울. 도끼를 치켜들어 공룡의 눈을 가격하는 이선. 아픔에 아가리를 벌리고 놓아 주는 공룡. 한 손으로 옆구리를 잡고 기어가는 이선. ……*"지금이 몇 신데 이제 들어와?"* TV 앞에 앉아서 엄하게 꾸짖는 아빠의 목소리. 손에 들려 있는 건 자식이 생긴 후로 끊었다던 담배. 피어오르는 연기 사이로 보이는 늙고 피곤해 보이는 아빠의 얼굴. 반항적인 얼굴로 곧장 자기 방으로 가는 교복 차림의 고등학생 이선. *"저녁 8시까지 못 들어오면 전화하라고 했어, 안 했어!"* 이선의 등에 대고 소리치는 아빠. 쾅! 거칠게 닫히는 방문……. 거듭 이선을 물어뜯으려고 주둥이를 들이대는 공룡. 양발로 아가리의 위아래를 막고 버티는 이선. 도끼를 휘둘러 봤지만 거리가 멀어 닿지 않는다. 이선의 초조한 시선이 식탁 밑 소총으로 향한다. 도끼를 들지 않은 팔을 뻗고 손가락을 벌린다. 손끝에 소총이 닿을락 말락, 애태우는 거리. 조금만, 조금만 더! 용을 쓰지만 손가락은 거실 바닥만 더듬을 뿐…….

그르르릉. 공룡이 지르는 거친 소리에 이선은 회상에

서 깨어나 정신을 집중했다. 공룡은 한쪽 눈에서 피를 흘리면서도 이선을 삼킬 듯이 아가리를 벌리며 덤벼들었다. 이선의 다리를 떨어뜨리려고 혀를 내밀어 발목을 휘감았다. 이 순간을 기회라고 포착한 이선은 이를 악물고 도끼로 혀를 찍었다. 공룡이 혀를 빼서 피하려 했지만 간발의 차로 성공했다. 실패했다면 자기 발목을 찍을 뻔한 아찔한 순간이었다.

크아악! 공룡이 비명을 지르며 몸을 비틀었다. 덕분에 풀려난 이선은 몸을 돌려 식탁 밑으로 기어들어 소총을 집었다. 거기까지는 좋은데, 쏠 수 없는 총은 몽둥이에 불과했다. 그때 이선은 떨어뜨릴 때 충격으로 방아쇠울 레버가 젖혀진 상태임을 발견했다. 탄피가 빠져나간 상태였다. 레버를 원 상태로 돌리니 철컥, 장전되는 소리가 들렸다. 이제야 비로소 소총 장전하는 방법을 파악한 것이다.

이 소총은 서부 시대 유행한 윈체스터 94를 모델로 만들었다. 이 구식 레버 액션 소총은 한 발 쏠 때마다 탄피를 빼고 다음 탄알을 장전해 줘야만 한다. 얼핏 보기에 총열이 두 개인 것처럼 보이지만 아래쪽은 탄약관이라고 부르며 총알을 보관하는 부분이다. 방아쇠울과 연결된 타원형 고리를 앞으로 밀어야 탄피가 빠져나가고 다음 총알이 장전된다. 지금 기준으로는 굉장히 불편해 보이지만, 쏠 때마다 총알을 하나씩 넣어야 하는 볼트 액션 소총에 비해 편하고 빠르게 쏠 수 있어 당대에는 큰 인기를 얻었다.

'어디 이번에는……!'

이선은 거의 엎드린 자세로 조준했다. 공룡은 이제 눈뿐만 아니라 입가에서도 피를 흘렸다. 탕! 정상적으로 발사된 총알이 공룡의 미간 근처를 맞혔다. 공룡은 끓는 물에 던져진 물고기처럼 펄떡 뛰더니 바닥 위를 뒹굴었다.

이선은 침착하게 레버를 밀었다. 탄피가 튀어나오고 장전이 되었다. 소총 다루는 법을 익힌 이선은 거의 기쁨에 가까운 흥분 상태를 맛보았다. 몸은 땀과 피에, 뇌는 아드레날린에 푹 젖었다.

탕! 철컥. 탕! 철컥. 거침없이 장전하며 난사하자 공룡은 제대로 일어나지 못하고 바닥에서 꿈틀댈 뿐이었다. 이선은 그제야 식탁 밖으로 기어 나와 소총을 겨누며 천천히 다가갔다. 일어나니 허리가 쓰리고 다리가 후들거렸다. 흘러내린 피로 오른쪽 다리에서 발까지 붉게 물들었다. 그래도 이선은 공격할 기회를 놓치지 않으려 아랫입술을 깨물며 버텼다.

거실 끝까지 밀려난 공룡은 아까와 반대로 자기가 궁지에 몰린 상태임을 알았다. 하지만 도망갈 길이 없자 이 판사관인지 최후의 힘을 끌어모아 아가리를 벌리고 달려들었다. 탕! 총알은 공룡의 시커먼 목구멍 안으로 파고들어갔다. 공룡은 잠시 주춤대더니 오래 못 버티고 옆으로 쓰러졌다. 아가리와 꼬리만 치켜들고 잠시 부르르 떨다가 축 늘어졌다. 아가리 가장자리에서 피가 흘러나오고 혀가 늘어졌다.

내가 이겼어, 이긴 거야! 환희와 승리감. 하지만 너무 빠른 안도였다. 엄청난 힘과 무게가 이선의 등을 덮쳤다. 마치 사람만 한 바윗덩이가 떨어진 것 같았다. 정체가 무엇인지 파악하지도 못한 채 혼란과 고통을 느끼며 엎어졌고 소총은 손에서 떨어져 나왔다.

어흥! 호랑이의 포효가 들렸다. 있는 힘을 다해 이선이 고개를 돌리자 자신을 깔고 앉은 호랑이가 보였다. 그제야 자신을 기습한 게 무엇인지 깨달았고, 총 한 방으로 죽였다고 생각하며 방심한 자신을 탓했다.

호랑이의 얼굴은 여전히 피투성이였지만, 이글대는 눈길에는 증오만큼이나 생기가 생생하게 넘쳐나고 있었다. 어느새 한 손으로 소총을 집어 들고 있었다.

총을 들지 않은 다른 손이 이선의 머리카락을 거칠게 움켜쥐었다. 짧고 뭉툭하지만 뾰족한 손톱이 돋아난 고양잇과 맹수의 앞발이 두피를 통해 느껴졌다. 호랑이의 팔이 천천히 위로 올라갔다가 빠르게 아래로 내려갔다. 이선의 얼굴이 거실 바닥에 부딪혔다. 코와 광대뼈가 부서질 듯 아팠다. 얼굴에 타격이 가해지자 고통 이외에 아무 생각이 들지 않았다. 또 한 번 충격. 고통과 동시에 밤하늘에 폭죽이 터진 듯 눈앞에 불꽃이 번쩍였다. 두 번 만에 터진 코피가 주르륵 바닥 위로 쏟아졌다.

극심한 고통 때문인지 이선은 엄마 생각이 났다. 엄마는 낳아 주고 키워 준 사랑하는 사람이며 동시에 자신을 때리고 있는 괴물이었다. 논리적으로 말이 안 되지만, 통증을 달래기 위해 필사적으로 활동하는 뇌 속에서 온갖 두서없는 생각이 복잡하게 뒤섞였다. 호랑이의 손이 이선의 얼굴을 세 번째로 바닥에 내리꽂자, 분비된 엔도르핀 때문인지 몽롱해진 의식 속에서 주마등이 다시 힘차게 돌아가기 시작했다.

……"뭐라캐쌌노, 가수? 오디션?" 비웃음과 빈정거림이 섞인 엄마의 차가운 목소리. "집구석이 이래 됐는데 니 가수 시킬 돈이 어데 있노?" 기획사 오디션을 보기 위해 서울에 다녀오고 싶다고, 용기를 내 겨우 말했는데 돌아온 엄마의 반응에 상처를 받은 고등학생 이선…… 간신히 무언가 떠올린 이선은 떨리는 손으로 바지 주머니에서 종이 상자를 꺼냈다. 바닥에 떨어지며 흩어진 작은 콩알탄들. 종이로 감싸 끝을 뾰족하게 말아 놓은 콩알탄은 까지 않은 마늘처럼 생겼다. 손을 휘저어 잡히는 대로 모았다. 한 손에 세 개를 잡고 방바닥을 향해 힘껏 던지자 연발하는 따다닥 소리. 깜짝 놀라 벌떡 일어난 호랑이. 그 틈을 타 기어서 빠져나온 이선. ……한없이 이어지는 초인종 소리. 거칠게 현관문을 두드리는 주먹. "안에 있는 거 다 알아요!" 협박하듯 소리치는 남자의 목소리. 웅크리고 앉아 문만 바라보는 이선. 시선을 돌리면 TV와 냉장고에 붙은 붉은 종이. '압류물표시'

라고 건조하게 적힌 붉은 종이의 문구를 보며 몸서리를 치는 이선. 아이를 찾느라 탕진한 가산. 빚을 갚기 위해 빚을 내어 사업을 하다가 망하고 되레 빚이 더 불어나는 악순환에 빠진 부모. 대부업자의 멀어지는 발소리를 들으며 한숨을 쉬는 이선⋯⋯. 기어서 식탁 쪽으로 도망친 이선. 문득 상대가 호랑이라면 적합한 무기가 있다고 생각한 이선. 기어가는 목적지는 방문 옆에 놔둔 플라스틱 횃불. 한편 처음 이선이 그랬듯 장전하는 법을 몰라 당황하는 바람에 시간을 허비한 호랑이. 방아쇠를 당겨 봐도 발사가 안 되자 신경질을 내며 바닥에 소총을 내팽개치는 호랑이. 그 모습을 멍들지 않은 한쪽 눈으로 보며 슬쩍 비웃는 이선. ⋯⋯ 공장 내부. 라인을 따라 길게 이어진 책상 앞에 일렬로 앉은 노동자들. 흰 마스크를 쓰고 흰 장갑을 끼고 흰 방진복을 입은, 눈만 빼고 새하얀 사람들. 가족이라도 알아볼 수 없을 정도로 남들과 똑같아 보이는 그들 중에 하나가 된 이선. 라인을 따라 이동하는 부품의 같은 위치에 같은 부품을 조립하는 똑같은 업무. 반복, 반복 그리고 또 반복. 묵묵히 같은 작업을 반복하는 이선⋯⋯.

이선은 입에 고인 코피를 뱉고 타오르는 횃불을 앞으로 내밀었다. 덤비려고 자세를 취하던 호랑이는 기겁하며 몸을 낮추고 물러났다. 공룡이 그랬듯, 집은 좁고 더 피할 곳이 마땅히 없다. 호랑이의 당황한 눈동자가 빠르게 이리저리로 굴러다녔다.

'네가 안 오면 내가 간다!'

이선은 속으로 외치며 달려들었다. 호랑이가 이선의 어깨를 할퀴었지만, 멈추지 않고 그대로 근접해서 횃불로 가슴을 찔렀다. 호랑이가 나동그라지자 이번엔 이선이 그를 깔고 앉았다. 상대의 힘이 더 세니까 오래 버틸 수 없을 터. 빨리 승부를 낼 심산으로 횃불을 든 손을 위로 치켜들었다. 둘의 시선이 잠시 마주쳤다. 호랑이는 앞발로 이선의 어깨를 붙잡아 막으려 했지만, 호랑이에게는 안타깝게도 제아무리 굵고 힘이 센 앞발이라도 사람보다 길이가 짧은 게 문제였다. 이선의 어깨를 잡지 못하고 허공을 휘젓는 사이에 이선의 긴 팔이 내려오며 횃불을 그대로 호랑이의 벌어진 아가리 안에 꽂았다. 끄아악! 호랑이가 반쯤 사람 같은 목멘 비명을 질렀다. 이선이 양 무릎으로 호랑이의 가슴을 누르면서 왼손으로는 그 앞발을 잡고 힘주어 버텼다. 불덩이가 이글거렸고 아가리에서 살이 타는 냄새와 연기가 거의 동시에 치솟았다. 타오르는 불길에 이선의 손과 팔까지 그을렸지만 그래도 꼼짝하지 않았다. 버둥대던 호랑이가 결국 축 늘어졌다.

이선은 그제야 횃불 자루에서 손을 떼고 그대로 옆으로 쓰러졌다. 온몸의 힘이 빠져 기절하기 직전이었다. 그때 무언가 작게 터지는 소리가 나서 고개를 들어서 보니, 공룡이 누웠던 자리에서 자욱한 연기가 피어올랐다. 연기가 걷히자 그 자리에는 작은 장난감 하나가 놓여 있었다. 달우가 좋아하던 조이드 고도스. 태엽을 감아 주면 걸음마를 갓 시작한 아기처럼 두 발로 아장아장 걸어가는 공룡 로봇 장난감.

이어서 호랑이도 연기를 뿜으며 사라졌고, 그 자리에는 88올림픽 호돌이 인형이 남아 있었다. 이선이 성인이 된 이후로는 중고 거래가 아니면 찾기도 힘들어진 인형. 이제야 둘 다 집에 있었다는 기억이 난다. 장난감 상자 안에 처음부터 이 둘이 없었다는 사실을 알아차렸다.

"으윽."

일어나려던 이선은 온몸으로 밀려오는 고통에 다시 주저앉았다. 한 손으로 코를, 한 손으로 옆구리를 붙잡고 피가 멎기를 기다렸다. 그뿐 아니라 이마, 눈두덩, 광대뼈에 멍이 든 것 같고 화상을 입은 오른팔이 쓰라렸다. 그 외에도 몸 곳곳이 긁히고 타박상을 입었다. 후드티와 셔츠가 다 찢어져 너덜너덜해졌다.

"괜찮아, 이선아?"

아이들 방 쪽에서 작은 목소리가 들렸다. 푸가 방에서 사랑방 선물 사탕 깡통을 안고 나왔다. 야윈 몸으로 천천히 뒤뚱대며 다가온 푸는 플라스틱 뚜껑을 열고 안에 든 작고 둥근 알사탕을 하나 꺼내 내밀었다.

"이거 먹어."

피식 웃음이 나왔다. 아파서 다 죽어가는데 사탕이라니. 이선은 안 먹는 것보다는 나을 것 같아서 받아서 입에 넣었다.

"어?"

놀라서 저도 모르게 입에서 소리가 나왔다. 사탕은 눈처럼 빠르게 녹았고, 동시에 아픔이 사그라들었다. 이선은 오른손을 들어 주먹을 쥐었다 폈다 해 보았다. 화상이 사라졌고 아프지도 않았다. 믿을 수 없어 사탕 하나를 더먹어 보았다. 따뜻한 물에 샤워한 것처럼 개운하고 기운이 샘솟았다. 몸을 돌아보니 찢어진 옷은 그대로지만 상처가 다 사라지고 없다. 마른 피만 달라붙어 있을 뿐이다.

"도와주지 못해 미안해. 무서워서 방에 숨어 있었어. 난싸울 줄 모르거든……."

푸가 조금 망설이면서 띄엄띄엄 말을 했다. 이선은 기가 차서 웃으면서 푸를 쓰다듬었다.

"하하, 이게 뭐야. 사탕만 먹어도 다 낫잖아? 이것도 네능력이야?"

"아니, 이 세계의 법칙이 원래 그래."

이선은 어쩐지 이해가 되었다. 인형이 괴물이 되는 세계에서는 사탕이 게임 속 회복 약처럼 상처와 고통을 깨끗이 낫게 해 준다. 나쁠 것 없지 않나? 여덟 살 아이가 떠올릴 법한 규칙이었다.

"어쨌든 고마워. 근데 너 이렇게 작았어?"

솜이 줄어든 곰 인형은 말랐을 뿐만 아니라 키도 줄어든 것처럼 느껴졌다. 이선은 양손으로 어루만지며 살펴보았다. 이제 와 생각해 보니 움직이거나 무기를 만들어 줄 때마다 솜이 빠져나가고 있었다. 왜 진작 몰랐는지, 이선은 자신의 무신경함을 탓했다.

"난 괜찮아. 그보다⋯⋯."

"그보다 뭐?"

"아직 안심하기에 일러."

무슨 뜻이냐고 물어보려다 한 가지 의문을 떠올렸다. 죽을 고생을 하며 싸우는 동안 보여야 할 사람이 보이지 않았다. 호랑이를 방금 물리쳤지만 제 말을 들은 호랑이처럼 바로 그 장본인의 목소리가 들렸다.

"아, 이제 알았다."

돌아보니 어느새 달우가 현관 앞에 있었다. 여전히 장난스러운 웃음을 머금고 있었다. 언제 집에 돌아왔는지 몰라도, 지금까지 싸우는 동안 구경만 하고 있었던 듯했다.

"봤지?"

이선은 목소리를 높였다.

"네가 만든 괴물들, 다 내가 없애 버렸어."

달우에게서 느꼈던 두려움은 대부분 사라졌다. 달우가 전지전능한 신이 아니라는 확신이 강해졌기 때문이다. 그가 만든 괴물을 자기 힘으로 쓰러뜨린 이상, 달우 역시 이길 수 있다는 기대를 품었다.

한편으로 달우는 이선의 말을 듣는 척도 안 하고 푸를 노려보고 있었다.

"배신자가 여기 있었구나."

달우는 혼잣말을 하더니 뒷주머니에서 BB탄 권총을 꺼냈다. 이선이 찾아도 없던 것. 베레타 92 권총을 그럴싸하게 재현해서 만든 장난감 권총. 총열에 컬러 파트도 없고 안전법률이 정비되지 않은 시대의 산물이다. 그런 총으로 푸를 겨누고 소리치며 쏘았다.

"배신자는 죽음뿐이다! 죽어, 씨발놈아!"

조직의 보스라도 되는 듯이 심각한 목소리였다. 팍. 거친 소리와 함께 푸의 몸에 구멍이 뚫렸고 충격으로 푸가 뒤로 넘어졌다. 플라스틱 탄환이 아니라 실탄이라고 해도 믿을 정도의 위력이었다. 그 서슬에 벌어진 푸의 배에서 솜까지 흘러나왔다.

푸에게 있어 솜은 목숨의 일부나 다를 바 없을 터다. 이미 대부분 솜이 빠져나가 바짝 마른 상태였는데. 이선은 쓰러진 인형을 보며 피 흘리는 사람을 본 것처럼 경악했다. 감정은 분노로 변했고, 이선은 달려가 떨어진 소총을 집어 들고 외쳤다.

"너만 총 있냐? 나도 있어!"

달우는 대꾸도 없이 피식 웃으며 총을 들지 않은 다른 손을 치켜들었다. 보이지 않는 벽을 닦는 것처럼 손바닥으로 허공을 쓸었다. 좁은 거실에서 3미터도 채 되지 않았던 두 사람의 거리가 순식간에 10미터 정도로 벌어졌다. 이선은 당황하여 소총을 겨누었다. 괴물이 아닌 사람을 쏴야 한다는 사실에 잠깐 마음이 흔들렸지만, 지금 이선에게 있어 달우는 괴물이나 마찬가지였다. 곧바로 결심을 굳히고 방아쇠를 당겼다. 탕! 하지만 총알은 벽에 박혔다. 어째서? 두 사람 사이에는 아무것도 없을 텐데. 조준은 정확했다. 소총이나 총알의 궤도가 휘어진 게 아니라, 달우의 손짓에 따라 벽이 튀어나와 물결처럼 일렁이며 앞을 가로막은 것이다.

거실은 이선이 현관으로 도망쳤을 때와 비슷하게 점점 긴 복도로 변하고 있었다. 자연히 두 사람 사이의 거리도 벌어졌다. 더구나 이번에는 일직선이 아니라 불규칙적으로 물결치는 복도였다.

이선은 복도를 따라 달리며 장전하고 다시 겨누었다. 15미터, 20미터 이상으로 계속 벌어지며 작아지는 달우를 향해 쏘았다. 탕! 또 복도가 크게 휘어지며 총알은 벽에 박혔다. 다시 장전. 이제 공간은 좌우가 아니라 위아래로도 출렁이고 있었다. 두 번 엉덩방아를 찧고 세 번 옆으로 구른 끝에 선 채로는 조준이 어렵다고 판단했고, 한쪽 무릎을 꿇고 앉아 최대한 안정된 자세를 취하여 달우를 겨누었다. 탕! 또 총알이 벽에 박혔지만 이선은 실망하지 않았다. 벽과 바닥의 움직임을 파악하고 있었기 때문이다. 처음에는 불규칙적이고 무작위로 움직인다고 생각했지만 점차 반복되는 패턴이 머리에 들어왔다. 다음에 벽이 물러나며 달우의 모습이 보이는 순간을 노리면 된다.

이선은 침착하게 사격 자세를 유지하며 장전하고 조준했다. 바닥의 출렁임이 지나가고 벽이 물러나면서 달우의 모습이 보이는 순간. 바로 지금이다. 방아쇠를 당겼다.

틱. 힘없는 금속음. 이선은 당황했다. 긴장해서 장전을 잊었나? 그럴 리 없다. 방금 분명히 장전했는데. 탄피가 걸린 건가 싶어 재차 레버를 당겼지만 탄피는 나오지 않았다. 그제야 깨달았다. 총알이 다 떨어진 것이다. 하필 이럴 때!

당황해서 고개를 든 이선의 눈에 달우가 보였다. 눈이 마주치자 먼 거리에서도 상대의 음흉한 웃음이 보였다. 달우가 손가락을 까딱거렸다. 늘어난 고무줄이 줄어드는 것처럼 단숨에 복도가 좁혀졌다. 세찬 파도를 타고 해안으로 밀려오는 느낌이었다. 어떻게든 버티려던 이선은 결국 휘청이다 엎어지고 말았다.

무릎을 꿇은 자세로 일어나 주위를 둘러보니, 다시 원래의 좁은 아파트로 돌아와 있었다. 달우가 이를 드러내며 웃었다. 달우는 이제 양손을 다 써서 지휘하듯 휘젓기 시작했다. 지진이 일어난 듯 집 전체가 진동하기 시작했고 TV, 냉장고, 옷장, 식탁, 의자, 압력밥솥, 싱크대가 들썩이며 움직이기 시작했다. 가재도구들이 조금씩 이선을 향해 다가왔다. 디즈니 애니메이션도 아닌데 물건들이 사람처럼 움직이다니. 당황한 이선의 눈이 그것들을 살펴보았지만 아쉽게도 눈과 입이 달리지는 않았다. 또한 사람 같은 부드러운 움직임도 아니었다. 물건들은 원래 모습 그대로 모서리로 바닥을 번갈아 짚으면서 위태롭게 다가왔다.

"어, 어, 어?"

가구들이 다가오자 이선은 당황하며 물러나다 부엌 구석까지 몰리고 말았다. 이것들은 무겁고 단단한 진짜 가구다. 의자 한두 개라면 집어서 던지겠지만 냉장고와 싱크대는 역부족이었다. 기울어진 냉장고를 밀었지만 저항한 보람도 없이 그대로 구석까지 밀려났다. 갇혔다는 생각이 든 이선은 옆으로 도망치려 했지만 식탁이 벌떡 일어나 가로막았다. 이어서 집 안에 있던 가구들이 우르르 몰려들었다. 부모의 침대가 결정타였다. 펄쩍 뛰어오르더니 천장까지 막아 버렸다.

이선은 일어서지도 양팔을 뻗지도 못할 정도로 작은 삼각뿔 모양의 좁은 공간에 갇혀 버렸다. 간신히 쪼그리고 앉았다. 어두컴컴한 공간 안에 희미한 빛 몇 줄기가 파고들어 왔다. 가구의 벽 너머로 달우의 낄낄대며 웃는 소리가 들렸다.

"날 이길 줄 알았어? 진짜로?"

조롱하는 목소리. 배를 잡고 웃는 웃음.

"부모는 또 만들면 되거든! 인형이랑 장난감은 얼마든지 있어! 다 내 거야!"

세상을 다 가진 사람만이 할 수 있는 기쁨에 찬 자만이었다. 이선은 아랫입술을 깨물고 비좁은 가구 틈으로 바깥을 보려고 애썼다.

두렵고 지쳤다. 사탕 덕분에 상처는 나았다지만, 이대로 달우와 싸워 이길 자신이 없었다. 또 무슨 괴물을 만들어 낼지 모를뿐더러, 가구를 조종하고 집 전체를 찰흙 인형처럼 마음대로 늘리고 움직이기까지 할 수 있지 않은가. 신과 싸우는 인간만큼 가망 없는 상황이었다. 누가 감히 신을 이길 수 있을까?

매번 절망과 희망 사이를 오갔던 이선이지만, 이젠 정말 희망을 찾으려야 찾을 수 없을 것 같았다. 마지막 남은 성냥까지 다 켜 버린 성냥팔이 소녀처럼.

그때 냉장고 밑에서 작게 부스럭거리는 소리가 들렸다. 머리카락처럼 가느다란 무언가가 튀어나와 움직였고, 이윽고 본체가 모습을 드러냈다. 두려움에 질린 이선에게는 손바닥 크기 정도로 커 보이는 바퀴벌레 한 마리가 슬쩍 기어 나오더니 태연하게 이선의 발 옆을 지나갔다.

몸서리를 치면서도 짧은 번개처럼 이선의 뇌리에 번뜩인 기억이 있었다. 세상 무서울 것 없이 뛰어놀던 어린 남매도 질색하며 무서워하는 것이 있으니 바로 바퀴벌레였다. 제아무리 곤충 채집이 취미인 개구쟁이라도 바퀴벌레를 견디지 못하고 엄마에게 잡아 달라고 소리치며 달아나곤 했다.

여기는 달우가 만든 세상인데 그가 싫어하는 바퀴벌레가 존재한다는 사실이 이선에게 새로운 희망을 주었다. 푸의 마음속을 모르듯이, 달우가 전능한 신이 아니라는 또 하나의 증거를 발견한 순간이었다.

이선은 마침내 반격의 기회를 잡았다고 생각했다. 비록 이선 자신도 바퀴벌레를 싫어하기는 마찬가지지만, 이제 어른이 되었으니 이겨 내야 한다는 각오를 다졌다. 이선은 침을 꿀꺽 삼키고 덜덜 떨리는 손가락에 힘을 주었다.

달우는 실컷 비웃으며 가구 더미를 슬쩍 보았다. 그때 기어드는 목소리가 달우의 귀에 들려왔다.

"오빠, 살려 줘."

달우는 고개를 슬쩍 기울여 귀를 조금 더 가까이 댔다.

"내가 잘못했어. 다시는 도망치려고 안 할게."

기운 빠지고 무력한 목소리였다. 달우가 그토록 듣고 싶었던 항복 선언이었다.

"이제 안 까불고 내 말 잘 들을 거지?"

"당연하지, 오빠. 시키는 대로 다 할게. 제발 좀 꺼내 줘."

고분고분 대답하며 애원하는 목소리에 달우는 기분이 풀렸다. 바로 손가락을 이리저리 휘젓자 식탁, 싱크대, 냉장고가 옆으로 쓰러졌다. 이선은 브라운관 TV를 발로 밀어낸 다음 앉은 채로 엉덩이를 들썩이며 빠져나왔다.

이선은 그 자세 그대로 양손을 슬쩍 들고 달우에게 근

접했다. 처음에 달우는 자기를 안으려는 줄 알고 가만히 있었다. 코앞까지 다가온 이선의 침울한 표정이 갑자기 표독스러워졌다.

"오빠 좋아하네. 이거나 먹어라!"

갑자기 외친 반항적인 외침에 반응할 사이도 없이 이선의 주먹이 달우의 얼굴로 향했다. 달우는 때리는 건가 싶어 반사적으로 팔을 들었지만 아니었다. 이선은 주먹을 펴서 달우의 얼굴에 살짝 갖다 댈 뿐이었다. 대신 그 손바닥에는 바퀴벌레가 달라붙어 있었다.

브스스스. 바퀴벌레가 더듬이와 다리와 날개를 움직이는 소리가 지근거리에서 달우의 작은 귓속까지 생생하게 전달되었다.

"흐아아악!"

달우는 찢어질 듯한 비명을 질렀다. 그러나 이미 이선이 다른 손으로 달우의 어깨를 붙잡은 상태였다. 기겁하며 뒤로 물러나려는 달우를 단단히 붙잡고 이번엔 그대로 바퀴벌레를 다시 집어 셔츠 안에 쑥 집어넣었다.

"하읔! 아악! 으아아아!"

높고 낮은 기이한 비명이 거실 안에 울려 퍼졌다. 달우는 불에 달군 쇠 구두를 신고 춤추는 벌을 받은 백설공주의 새엄마처럼 미친 듯이 뛰어다니다가 열려 있는 현관문을 통해 도망쳤다.

문 바깥은 환했다. 창문을 보니 밝은 여름 햇살이 비쳐

229

들어오는 맑은 날씨였다. 밤새 싸우다가 어느덧 날이 밝은 것이다.

'됐어!'

이선은 속으로 승리의 함성을 질렀다. 시간이 없었다. 바퀴벌레가 달우의 몸에 오랫동안 머물 거란 보장이 없으니, 지금 빨리 행동해야 했다.

이제 할 일은 오직 하나. 탈출구를 찾는 것. 여기서 이틀 넘게 지내서 그런지 어릴 때 기억이 점점 선명해졌다. 이제 현관 신발장 맨 아래 서랍 안에 공구함이 있다는 사실까지 떠올랐다. 달우도 제대로 기억하고 있을까? 그래야 그 자리에 있을 테니까. 서랍을 열어 보니 있다. 투박한 목제 상자를 열고 드라이버, 펜치, 줄자, 못 사이에서 장도리를 꺼냈다.

이선은 바로 화장실로 달려가서 장도리의 쇠지레 부분을 거울과 벽 틈새에 끼워 넣어 힘을 주었다. 거칠게, 험하게 다루었기에 접착제가 뜯어지고 타일 조각이 떨어져 나갔다. 거울이 깨져도 상관없다는 생각이었다. 한쪽 귀퉁이가 떨어지자 나머지 네 귀퉁이는 더 떼기 쉬워졌다. 마침내 뜯어낸 거울을 한 손으로 급하게 치우려다 손에서 미끄러졌다. 거울은 세면대에 부딪히고 그대로 미끄러져 바닥에 떨어져 깨졌다. 다행히 산산조각이 난 건 아니고 전체에 금이 가면서 미세한 유리 조각들만 일부 쏟아졌다.

딱히 다치지 않았기에 이선은 눈만 잠시 질끈 감았을 뿐 그대로 있었다. 하지만 눈을 뜨자 부풀었던 희망이 풍선처럼 터져 버린 기분이었다. 거울이 있었던 자리는 다른 화장식 벽처럼 타일이 붙어 있었다. 설마, 안 돼, 안 돼. 속으로 중얼거리며 이선은 망치 부분으로 타일을 때렸다. 조각들이 우수수 떨어져 내렸고, 그 뒤에 있는 잿빛 벽돌이 모습을 드러냈다. 원래 거울 크기보다 더 넓은 부위의 타일을 걷어냈지만, 원래부터 그랬다는 듯이 오래된 벽돌 벽이 가로막고 있었다.

여기서 포기할 수 없었다. 이를 악물고 망치로 벽돌을 마구 때렸다. 옆집에서, 아래층에서 항의가 와도 이상하지 않을 정도의 소음과 진동이었다. 물론 누가 올 리가 없다. 괴물이 부모로 변하고 복도가 늘어지며 출렁거리는 아파트에 또 누가 살겠나.

다만 그중 벽돌 하나가 눈에 들어왔다. 커다란 열쇠 구멍이 파여 있었다. 원 밑에 등변사다리꼴을 붙여 놓은, 전형적인 열쇠 구멍 모양. 손가락이 들어갈 정도로 커서 눈에 잘 띄었다.

"아, 이거 찾아?"

갑작스러운 목소리. 돌아보니 열린 화장실 문 너머로 달우의 모습이 보였다. 겁에 질렸던 모습은 사라지고 다시 짓궂은 미소를 짓고 있다. 한 손에 플라스틱 장난감 열쇠를 들고 있었다. 노란색의 굵고 짧은 모양. 벽돌에 있는 열쇠 구멍에 딱 맞을 듯했다.

"어쩜 좋아? 이거 없음 못 돌아가는데. 히히."

빈정대며 놀리는 목소리에 이선은 맥이 풀렸다. 몸에서 기운이 쭉 빠져나갔다. 이선은 장도리를 화장실 바닥에 떨어뜨리고 거실로 나왔다. 다리에 힘이 풀려 주저앉았다. 이렇게 애를 썼는데. 이곳을 드나들 열쇠는 처음부터 달우에게 있었고 그의 허락 없이는 나갈 수 없었다. 이제 무기도 없고 바퀴벌레마저도 없으니, 무슨 발버둥을 쳐도 이겨 낼 방도가 없었다.

지금까지 했던 고생이 전부 헛수고처럼 느껴졌다. 마치 이 세상뿐 아니라 이선의 생각과 행동을 포함한 시공간 전부 달우가 생각하고 꾸며 낸 시나리오 그대로 진행되고 있다는 생각마저 들었다. 이선은 자신이 핀에 꽂힌채 표본 상자에 박제된 신세임을 알았다. 폭우처럼 쏟아지며 온몸을 적시는 실망과 절망감.

결국 이렇게 될 운명이었는지도 모른다. 아무리 조심해도 물레 바늘에 찔려 잠드는 공주처럼, 운명에서 벗어날 길은 처음부터 없었을지도…….

달우가 다가왔다.

"이선아, 지금까지 한 거 다 용서해 줄게. 나랑 계속 살자. 우리 처음에 잘 놀았잖아? 진짜 가족이 되어서 살자, 응? 엄마 아빠도 또 만들어 줄게. 이번엔 네 말도 잘 듣는 착한 부모님으로 해 줄게."

달래는 목소리. 흔들리는 마음. 정말 그렇게 할까? 다 던져 버리고, 포기하고 싶어졌다. 그런 생각이 들 정도로 이선은 몸보다 마음이 더 지쳐 있었다.

"아우 씨! 빨리 대답해!"

달우는 짜증을 내며 다그쳤다.

"내 동생 하겠다고! 도망 안 치고 여기서 같이 산다고."

비록 절망과 체념에 물들고 있어도 이선의 고개는 움직일 줄 몰랐다. 아직 아니다. 아무리 흔들려도 포기 쪽으로 다 기울어지지 않았다. 달우의 눈을 외면하는 이선의 시선은 아직도 무언가 위기에서 벗어날 실마리가 있지 않을까 찾고 있었다.

달우는 달우대로 머리끝까지 화가 치솟았다. 회유도 하고 좋은 조건도 제시하며 설득할 만큼 했다. 자기 입장에서 해 줄 만큼 다 해 준다며 양보한 건데 이렇게 요지부동이라니.

덩치 큰 동생과 동생의 인형. 자기가 만든 세상에서 자기 마음대로 안 되는 것들이 자꾸 생겨난다는 사실이 달우를 미쳐 날뛸 정도로 분노케 했다. 마침내 스스로 꺼리던 짓을 하고야 말겠다고 결심할 정도로.

달우는 열쇠를 든 손을 머리 위로 높이 올렸다. 고개를 뒤로 젖혀 입을 벌렸고, 열쇠는 손에서 떨어져 입안으로 떨어졌다. 꿀꺽. 열쇠를 삼키는 소리가 크게 들렸다.

무심코 그쪽으로 고개를 돌린 이선의 시야에 아직 울

233

대뼈가 튀어나오지 않은 남자애의 부드러운 목이 순간 불룩해졌다가 가라앉는 장면이 들어왔다.

이선은 갑자기 주위가 어두워졌다고 느꼈다. 분명히 먹구름 한 점 없는 오전이었는데. 바닥에 드리운 달우의 그림자가 순식간에 커지고 있었다. 그리고 바닥과 벽과 냉장고와 다용도실로 드나드는 미닫이문이 일렁이기 시작했다. 평화로운 아파트 안이 삽시간에 알프레드 쿠빈의 무채색 그림 속 풍경처럼 음산해졌다.

그림자는 이제 바람에 흔들리는 촛불에 비친 것처럼 거칠게 춤을 추었다. 그 안에서 달우의 모습은 이제 찾아볼 수 없다. 온갖 장난감과 바퀴벌레의 더듬이와 다리, 정체도 모르고 상상도 할 수 없는 끔찍한 촉수와 거품과 터지기 직전의 종기처럼 생긴 끔찍한 외형을 한 그림자들이 꿈틀대고 불룩대며 부글대고 있었다.

겁에 질려 차마 직시할 수 없어진 이선의 시선이 저절로 달우의 얼굴로 향했다. 달우의 옷 소매와 귀 뒤와 머리카락 속 등 몸 곳곳에서 바퀴벌레들이 기어 나오기 시작했다. 이내 달우의 얼굴을 포함한 전신을 뒤덮어 버렸고, 웃는지 찡그리는지 알아볼 수 없게 되어 버렸다. 달우가 무언가 말을 했을지도 모르지만 이선의 비명에 가려져 버렸다. 이제 사람이 아니라 그저 시커멓고 부글대는 덩어리처럼 보였다. 백색소음으로 뒤덮인 화면을 사람 모양으로 잘라 낸 듯한 형상이었다. 그 주위를 둘러싼 흉측

한 그림자들이 강강술래 하듯 빙빙 돌았다.

이선에게는 광기에 물든 달우의 정신 상태를 상징하는 모습으로 비쳤다. 그렇게 싫어하던 바퀴벌레에게 뒤덮이다니, 미쳤다고밖에는 해석할 수 없었다.

이선은 자신의 말로를 예상할 수 있었다. 이 괴물들의 먹이가 되든지, 아니면 자신도 괴물의 일부가 될 거라고.

'그치만, 그치만……'

이선은 중얼거리며 주먹을 힘주어 쥐었다. 언제까지 두려워하고 있어야 하나? 마음속으로 거듭 중얼거렸다. 이 녀석은 이달우, 여덟 살 꼬마야. 신도 악마도 아냐. 나는 어른이잖아? 주문을 걸 듯이 되풀이한다.

이길 수 있어. 할 수 있어. 나는 어른이고 상대는 꼬마. 이겨 내야 해. 이길 수 있어!

이선은 각오를 다지고 달우에게 덤벼들었다. 백색소음이 되어 꿈틀대는 바퀴벌레 무리를 손을 휘둘러 떨쳐 냈다. 그 안에서 달우의 속살이, 머리카락이, 구겨진 셔츠 자락이 보였다. 다음 순간 바로 모래성을 무너뜨리는 파도같이 다시 밀려드는 바퀴벌레 무리. 이선은 있는 힘껏 손으로 벌레들을 털어 냈다. 끈질기게 몇 번이나 되풀이하자 바닥에 우수수 떨어진 바퀴벌레들로부터 해방된 달우의 얼굴이 드러났다. 눈을 감고 잠이 든 듯이 평온한 표정이었다. 자기는 이 고생을 하고 있는데. 억울하기도 하고 분이 치민 이선은 달우의 어깨를 붙잡고 잡아당겼다.

그 순간 손에 닿은 감촉이 너무 차가워서 온몸에 소름이 돋았다. 하지만 차갑다는 느낌은 곧바로 사라졌고 이내 끈적하고 눅눅한 불쾌감으로 바뀌었다. 늪에 양손을 담근다면 이와 비슷할까. 그런 느낌을 떨쳐 버리기도 전에 이선은 전신을, 나아가 정신까지 덮치는 어둠에 사로잡혔다. 누군가에게 등을 떠밀려 먹물로 가득 채운 우물 안으로 떨어지는 듯 아찔했다. 그 아래에 무엇이 있을지 짐작할 수 없는 깊고 어두운 심연 속으로.

　실제로 아주 짧은 시간이었고 두 사람은 그 자세로 꼼짝도 하지 않았으나 이선은 상상 속에서 한참 동안 먹물 속을 허우적거렸다.

　어둠, 오직 어둠만이.

　간신히 몸을 자유로이 움직일 수 있게 되었다 싶을 무렵, 아래쪽 멀리에 웅크리고 있는 달우를 본 듯한 느낌이 들었다. 깊은 어둠 속에 홀로 있는 어린아이를 보고 있자니 지금까지 쌓았던 달우를 향한 미움, 원망, 공포가 서툰 돌탑처럼 무너졌다. 문득 생각했다. 그토록 단란한 가족을 만들고 싶었던 이유는 다름 아닌 외로웠기 때문이 아닐까.

　이선은 정신을 차리고 벌레 무더기에 뒤덮인 달우를 끄집어내려고 양손에 힘을 주었다. 온몸이 끈끈이에 달라붙은 듯이 거실 바닥에 고정된 달우의 몸은 무거웠다. 춤추는 그림자가 달우의 몸에 달라붙어 있다가 길게 늘어졌다. 이선은 끙끙대고 헐떡이면서도 끈질기게 달우를 잡아당겼다. 줄다리기하듯 버티던 달우의 몸은 돌연 상대가 줄을 놓은 듯이 가볍게 날아왔다. 이선은 갑작스럽게 닥친 달우의 몸을 안고 휘청대다 문이 열린 아이 방 안으로 들어가 엉덩방아를 찧었다.

"아이쿠……."

아파서 인상을 찌푸렸지만 기분은 짜릿했다. 줄다리기에서 이긴 듯한 느낌, 달우를 휘어잡고 있던 더 깊고 어두운 무언가로부터 구해 낸 듯한 성취감이 들었기 때문이다.

달우가 눈을 떴다. 멍한 얼굴로 자신을 보는 달우를 향해 이선은 별다른 생각 없이 소리쳤다.

"잡았다!"

달우의 눈이 휘둥그레지고 입이 벌어졌다. 허를 찔린 듯한 표정이 놀라움에서 두려움으로 바뀌었다.

"아, 안 돼! 술래에게 붙잡히면……!"

그렇게 혼잣말하더니 자신을 안고 있던 이선의 팔에서 벗어나 바닥에 웅크린 채 덜덜 떨었다.

"자, 열쇠를 내놔. 얼른!"

이선이 다가가 어깨를 잡고 다그쳤지만 달우는 몸을 흔들어 이선의 손을 떨쳐 냈다. 문득 보인 얼굴은 하얗게 질려 있었다. 얘가 왜 이러지? 이선은 의문을 품었다. 바퀴벌레와 그림자에게 사로잡혔을 때보다 지금 더 무서워하고 있었다. 자신이 무언가 했던가? 생각해 봐도 모를 일이었다.

"뭔지 모르겠지만 내가 구해 줬잖아? 열쇠를 토해."

"안 돼!"

달우는 그저 그렇게만 소리칠 뿐이었다. 이러면 방법이 없다. 아이를 때리거나 손가락을 넣어 억지로 토하게 해 볼까? 고민하다 이선은 시선을 옆으로 돌렸다.

친구는 늘 그 자리에 있었다. 푸가 휘청대며 다가왔다.

"살아 있었구나! 다행이다."

반가운 마음에 말을 걸었더니 푸는 몸을 앞뒤로 흔들며 대답했다.

"잊었어? 내 몸은 솜으로 되어 있잖니."

몸에 뚫린 구멍에서 BB탄이 튀어나왔다. 어때? 하고 과시하듯 구멍 뚫린 배를 내밀어 보였다. 웃기려는 의도였는지 몰라도 이선에게는 푸의 배로 눈길을 돌릴 여유가 없었다. 눈앞의 일이 급선무였기 때문이다.

달우가 왜 저렇게 되었는지, 해결책은 없는지 고민하며 초조한 시선을 방 바깥으로 돌렸다. 다행히 바퀴벌레도 그림자도 어느새 사라지고 보이지 않았다.

"없어졌나?"

이선이 혼잣말로 중얼거리자 푸가 반응했다.

"아닐 거야. 어딘가에 도사리고 있다가 언제든 다시 덮치겠지."

"저게 뭔데?"

"그건 아마도 어둠의 힘이 구현된 모습일 거야."

"힘?"

"그래, 달우가 얻은 힘. 어린아이가 어디서 어떻게 그런 힘을 얻었을까? 거기까진 나도 모르겠어. 내가 생겨나기 전에 일어난 일일 테니까. 단지 이것만은 알겠어. 이제 그 힘은 달우 자신도 통제하지 못하게 되었다는 거."

창조자 자신을 넘어선, 혹은 자신도 모르는 힘. 이선은 어렴풋이 이해할 수 있었다. 어둠에 갇힌 아이를 상상했다. 아마도 술래잡기를 하던 아이는 거울 뒤에 숨은 공간을 찾아냈을 것이다. 그곳에 완벽하게 숨은 채로 아이는 몇 년인지도 모를 긴 세월 동안 갇혀 있었다. 오직 어둠만이 존재하는 곳에 혼자 갇힌 어린애가 할 수 있는 것은 상상밖에 없을 것이다. 뒤틀리고 왜곡된 욕망과 망상…….그것들이 실체가 되어 집이 되고 부모가 되었다.

그렇게 거짓 가족을 만들어 평화로운 일상을 보내고 있다고 착각하고 있었지만, 이선으로 인해 거짓된 껍데기가 부서졌다. 가면을 벗겨 낸 것이다. 걷잡을 수 없이 폭주한 그 힘은 바퀴벌레와 그림자라는 모습으로 실체화되었다. 달우는 자신이 통제하여 부릴 수 있다고 생각했던 모양이지만, 실제 일어난 일은 기대와 달랐다.

이제 어떻게 될까? 창조자의 손에서 벗어나 제멋대로 폭주하는 세상이 어떤 끔찍한 지옥이 될지, 이선은 상상도 할 수 없었다.

그저 한시라도 빨리 빠져나와야 한다는 생각밖에는.

하지만 하나뿐인 출입구는 잠겨 있다. 열쇠는……. 이선의 원망스러운 눈길이 달우를 향했다.

"달우가 열쇠를 삼켜 버렸어. 억지로 토하게 하든가, 다른 길을 찾아야겠어."

"열쇠를 찾으려고 애쓰지 마. 길은 네가 만들면 돼. 내가 도와줄게."

어떻게, 라고 묻기도 전에 푸는 몸을 뒤로 젖혔다. 뱃가죽이 이전보다 훨씬 크게 찢어지며 얼마 남지도 않은 솜이 하나로 뭉치더니 거품처럼 솟아올랐다.

"자, 손을 이리 줘."

이제 이선은 의심하거나 망설이지 않았다. 손가락을 솜에 가져다 대자 비눗방울처럼 얇고 부푼 솜이 손가락을 타고 올라와 손등까지 덮었다. 그런 솜들은 다시 쪼그라들며 이선의 손과 팔목을 감쌌고, 작은 폭죽이 터지듯 불빛이 반짝였다.

'사탕 회복 약에 이어서 인형 솜으로 버프인가.'

이선은 게임 이펙트 같은 불빛을 보며 피식 웃었다. 빛이 사라질 무렵에는 솜도 흔적 없이 사라지고 없었다.

하지만 웃음기는 금방 사그라졌다. 이제 누운 푸는 겉의 헝겊만 남은 채 바닥에 말 그대로 달라붙었기 때문이다. 안에 더 남은 솜이 없었다. 양손으로 인형을 들어 올리니 머리와 팔다리가 축 늘어졌다. 목소리도 가늘어져서 알아듣기 힘들 정도였다.

"이제 됐어. 이러면 네 몸이……!"

"어차피 난 인형이었어. 네가 말을 걸어 준 순간부터 나는 깨어날 수 있었지. 그러니까 네가 내게 준 생명을 돌려준 셈이야."

푸는 마지막까지 이선의 친구였다. 자기 안에 있는 솜을 전부 아낌없이 내주었다. 친구를 도와주고 싶다는 마음 하나로. 이선은 목이 메어 감사의 말조차 못 하고 눈물만 글썽였다. 푸는 마지막 남은 목숨을 말로 바꾸어 전달했다.

"이선아, 넌 할 수 있어. 너에게도 그런 힘이 있으니까……."

점점 작아지던 목소리는 마침내 말을 다 맺지 못하고 사라졌다. 이선은 축 늘어진 헝겊을 살며시 바닥에 내려놓았다. 눈을 깜박여 맺힌 눈물을 떨어뜨리고 코를 훌쩍 들이마시며 일어났다.

길은 네가 만들면 돼. 푸의 유언 같은 말이 떠올랐다. 그게 바로 정답이다. 이선은 방 안을 둘러보다 번쩍 포클레인을 떠올렸다. 삽까지 노란색 플라스틱으로 단순하게 만든 아동용 장난감이지만 이선의 눈에는 곤경에서 벗어날 히든카드처럼 보였다.

이선은 포클레인 장난감을 들고 화장실 앞에 섰다. 양손으로 꼭 붙잡고 눈을 감으며 속으로 중얼거렸다. 내게 힘이 있다면, 이걸 진짜로 만들어 줘! 푸가 장난감 무기를 진짜로 만들었다면 이번에도 가능할 것이다. 이선은 진심으로 믿었다. 모든 마법이 그렇듯, 진정한 힘은 진실로 믿을 때 이루어질 수 있다. 이선의 손안에 흡수되었던 빛이 반짝이며 살아나더니 포클레인으로 옮겨 갔다.

어느새 너무 무거워서 눈을 뜨고 손을 놓자 축구공보다 커진 장난감이 묵직한 소리를 내며 바닥에 떨어졌다. 이후로도 점점 커지더니 실제 굴착기를 조금 축소해 놓은 정도의 크기까지 되어서야 멈췄다. 높이가 아파트 천장에 닿지 않았고 운전석도 사람이 타기에는 작아 보였다. 그래도 표면은 진짜 금속 같았고 버킷에 달린 이빨은 뾰족하고 단단했다. 이 정도면 믿을 만하다 싶어 마음이 든든해졌다.

"자, 저쪽이야! 저 벽을 무너뜨려!"

이선이 화장실 벽을 가리키며 소리쳤다. 부릉부릉, 힘찬 엔진 소리를 내며 굴착기가 알아서 움직이기 시작했다. 유압 피스톤이 움직이며 굵은 팔뚝이 움직였고 버킷이 그대로 화장실 벽을 때렸다. 이선이 장도리로 아무리 때려도 끄떡없던 벽은 힘없이 무너져 내렸다. 버킷이 부서진 벽돌과 흙을 긁어서 거실에 쏟아부었다. 속이 다 후련했다. 이따위 집, 얼마든지 부서지고 지저분해지라지.

벽 너머는 시커멓고 텅 빈 공간이었다. 이선은 처음 통로를 지나올 때의 어둠을 떠올렸다. 이 어둠이 모든 것의 원인이었던가. 그런 으스스한 생각이 뇌리를 스치고 지나갔다.

두려움이 몸 전체를 훑었지만, 일순간에 불과했다. 이제 이선은 망설이지 않았다. 임무를 마친 굴착기가 후진하더니 작은 플라스틱 장난감으로 되돌아갔다.

이제 화장실 벽에는 사람이 드나들고도 남을 구멍이 뻥 뚫려 있었다. 이선은 기어가는 수고도 없이 그대로 걸어서 어둠 속으로 들어갔다. 시야의 끝에 작은 출구가 보였다. 그저 하얀 점처럼 보일 뿐이지만, 이때 느낀 감정은 어두운 밤바다를 항해하다 등대를 보았을 때의 반가움에 필적했다.

이선은 천천히 걸어갔다. 걸을수록 기뻤던 마음이 점차 가라앉았다. 이 너머에 무엇이 기다리고 있을지 확신할 수 없어서다. 그렇게 이선은 달우마저도 정복하지 못한 어둠의 영역 속을 지났다.

언제 커지려나 싶은 출구는 갑작스레 좁아졌다. 이제는 기어가지 않으면 안 될 정도가 되었다. 이선은 어쩔 수 없이 처음 왔을 때처럼 팔꿈치와 무릎의 고통을 참고 끙끙대며 기어갔다. 오직 눈앞의 둥근 빛만을 향해. 그리고 마침내, 구멍 밖으로 고개를 내밀었다.

밝은 빛에 적응하기 위해 몇 번 천천히 눈을 감았다 떴다. 보이는 광경은 낡은 화장실이었다. 벽의 타일은 대부분 떨어졌고, 세면대 위에는 흙먼지가 가득하고 곰팡이

핀 문의 원목 무늬 시트가 반쯤 벗겨져 있었다.

결국 그 고생을 한 끝에 원래 있던 곳으로 돌아온 걸까? 이선은 실망했고, 이어서 자신이 그런 생각을 했다는 사실에 놀랐다.

어쨌거나 이 꺼림칙한 곳에서 완전히 빠져나오고 싶다는 생각에는 변함이 없었다. 이선은 세면대를 밟고 바닥으로 내려와, 화장실에서 나오며 옷과 몸에 묻은 흙먼지를 털었다. 비틀대며 텅 빈 집을 가로질러 걸었다. 가재도구가 없고 다용도실을 가로막은 미닫이문도 다 빼서 벽에 세워 놓아 그런지 이전보다 더 넓어 보였다.

그렇게 주위를 둘러보며 반쯤 열린 현관문으로 다가간 순간, 들어오려던 사람과 부딪힐 뻔했다. 두 사람은 거의 동시에 놀라며 주춤했다.

처음 보는 20대 후반의 남자였다. 안경을 썼고 머리카락과 옷차림도 깔끔하고 단정했다. 곧 철거될 아파트에 숨어 지내는 사람으로 보이지 않았다. 어쩌면 취재하러 온 기자일지도 모르지만, 그는 카메라도 가방도 없이 빈손이었다.

이선은 반쯤 호기심을 품고, 반쯤 낯선 남자에 대한 경계심을 갖고 상대를 관찰했다. 상대방도 비슷한 심정으로 이선을 보고 있었다. 짧은 침묵이 지나고 남자가 먼저 말을 걸었다.

"저기, 놀라셨죠? 놀라게 했다면 죄송합니다. 수상한 사람은 아니고요, 여긴 원래 제가 어릴 때 살던 집인데 재건축한다는 소식을 듣고 마지막으로 보고 싶어서 왔거든요."

남자는 황급히 변명을 늘어놨지만, 이선이 보기에는 그럴싸하지만 아쉽게도 쉽게 들킨 거짓 변명이었다. 왜냐하면 여기는 이선의 가족이 살던 집이니까. 그런데 보면 볼수록 남자의 얼굴이 익숙했다. 아빠와 닮았다. 처음에는 안경을 써서 그런가 싶었지만 디자인이 전혀 달랐다. 단순히 안경 때문이 아니라 눈매와 입 모양을 비롯한 전체적인 느낌이 비슷했다.

그럼 친척일까? 이선은 집을 방문했던 친척이 누가 있나 떠올려 봤다. 그때 남자가 또 말을 걸었다.

"죄송하지만 제 동생이랑 많이 닮으셨네요."

요즘 유행하는 플러팅 멘트일까? 그럴 리 없다. 자기 동생이랑 닮았다는 이유로 호감을 표시하는 남자를 좋아할 여자가 과연 있을는지. 그런데 남자의 표정과 목소리는 더없이 진지하다. 웃기는커녕 당장이라도 울 것만 같다. 이산가족 상봉장에 나온 실향민 같다고나 할까.

조심스럽고 주저하는 태도를 보이면서도 남자는 질문을 던졌다.

"혹시 저희 집안이랑 아는 사이인가요? 죄송합니다. 친척이랑 교류가 없어서……."

"여기서 사셨다고 했죠? 자세히 말씀해 주실 수 있나요?"

경계심보다 호기심 쪽이 점점 커진 이선이 되물었다. 이선네 가족보다 전에 살았을 가능성이 있다는 생각이 들었다. 재건축을 이유로 퇴거하여 셋방에서 살았고, 이후 이 집에서 산 사람은 없다.

남자는 긴장이 풀렸는지 한결 가벼운 표정으로 고개를 끄덕였다. 마치 자기 이야기를 들어 줄 사람을 찾고 있었다는 듯이 쌓였던 말을 쏟아 냈다.

"예, 제가 사연이 좀 있는데요. 여기서 이렇게 만난 것도 뭔가 의미가 있나 봅니다. 원하시면 들려드릴게요. 여기 302호는 제가 어릴 때 살던 아파트인데요."

남자는 계속 이선이 할 말을 가로챈 듯한 내용을 얘기했다.

"동생이 여기서 실종되었어요. 20년쯤 전이었던가, 여름 방학이었는데 동생과 자주 집 안에서 숨바꼭질을 했죠."

이후 이어진 이야기는 이선과 똑같지만 사라진 사람만 바뀐 내용이었다.

"……그 뒤로 온 적이 없어요. 여기는 재건축한다고 말만 하고 몇 번이나 미뤄졌거든요. 근데 이번엔 진짜 된다는 거예요. 제가 지금은 서울에서 살고 있는데, 그 얘기를 듣고 휴가를 내서 마지막으로 집을 보고 싶어서 왔죠. 실은 방금 놀이터에서…… 아니, 그만두죠. 이 말은 안 믿어 주실 것 같은데……"

어쩐지 이선은 남자가 뭐라고 말할지 짐작이 갔다. 그
래서 부드러운 표정으로 고개를 끄덕이고 어깨를 으쓱하
며 무언으로 다음 말을 재촉했다.

"사실은 놀이터에서 동생을 봤어요. 아니, 어렸을 때 동
생이랑 너무 똑같이 생긴 여자애인데 제 기억 속 그대로
였죠. 머리에 빨간 리본을 달았고, 분홍색 원피스에 허리
에는 두꺼운 벨트를 찼고……. 애들이 주로 하는, 에나멜
광택이 나는 비닐로 씌운 허리띠 말이에요."

20년 전의 모습이라면서 꽤 구체적으로 기억하고 있
어 보였다.

"걔를 본 순간 정신이 나갔나 봐요. 이름을 부르면서 다
가갔더니 애가 놀랐는지 도망쳤어요. 쫓아갔더니 글쎄,
이 안으로 들어갔지 뭐예요."

흐렸던 남자의 얼굴은 말을 할수록 조금씩 밝아졌다.
기대하지 않았건만 이선이 진지한 얼굴로 들어 줬고, 자
기 말을 믿고 있음이 틀림없다고 생각했기 때문이다.

남자가 혹시 그런 애를 봤냐고 이선에게 물어보려던
찰나, 다용도실 쪽에서 발소리가 났다. 두 사람의 시선이
자연히 그쪽으로 향했다. 정말로 나타났다. 20년 전의 이
선과 똑같이 생긴 아이가. 붉은 리본에 분홍색 원피스를
입고 에나멜 광택이 나는 허리띠를 차고 운동화를 신은   247
다섯 살짜리 여자애가 쫓기는 듯이 빠르게 화장실로 달
려갔다.

거의 본능적으로 이선과 남자는 아이의 뒤를 따라갔다.

아이는 망설임 없이 뚫린 구멍 안으로 들어갔고, 이선 역시 마찬가지였다. 남자는 조금 고민하고 망설였다. 하지만 결국 호기심을 이기지 못하고 쫓아갔다. 다행히 통로가 점점 넓어져서 서서 걸어갈 수 있게 되자 남자는 이선을 따라잡았다. 두 사람은 빠른 걸음으로 나란히 나아가며 출구로 향했다. 출구의 바로 앞, 한 걸음만 더 나서면 건너편 세상의 화장실로 들어갈 수 있는 지점에서 이선은 멈춰 섰다. 남자도 자연히 따라 멈췄다.

이선의 마음속에 남은 일말의 두려움 때문이었다. 이곳으로 돌아갔다가 다시 출입구가 막혀서 나가지 못하면 어쩌나 싶은 우려.

"잡았다!"

여자애의 외침이 들렸다. 모습은 보이지 않았다.

"이제 오빠야가 술래다."

사투리 섞인 목소리. 아이 방에서 나는 것 같다. 화장실과 아이 방의 문이 다 열려 있어서 대각선으로 시선을 옮기니 둘의 모습이 보였다. 엎드려 있던 달우를 여자애가 일으켜 앉히고 있었다.

멍하니 고개를 들어 동생을 본 달우는 울음을 터뜨렸다. 여자애가 안으며 달래 준다.

"안 돼! 잡히면……."

서럽게 우는 달우.

"오빠야, 와 우는데?"

천진하게 묻는 동생.

"술래에게 잡혔어. 내가 만든 세상도 끝이야!"

"와 그리 생각하는데?"

"술래에게 잡혔잖아. 이제 나는 원래 살던 곳으로 돌아가야 해. 내 맘대로 하지도 못하고……."

울음 섞인 말을 웅얼대다 끝맺지 못하고 우는 달우를 보면서 이선은 이제야 해답을 찾았다고 생각했다. 가구에 둘러싸였다가 빠져나와 '잡았다'라고 소리쳤을 때 달우는 왜 그렇게 놀랐던가. '술래에게 붙잡히면 안 돼'라고 외쳤던 그의 말이 선명하게 떠올랐다. 그 이유를 알면서 자연히 지금껏 품었던 다른 의문도 차례로 풀렸다. 왜 달우는 가짜 부모를 만들어 놓고 동생은 만들지 못해서 자신을 붙잡아 두려 했던 걸까? 가짜 동생까지 다 만들어서 마음대로 조종하며 혼자 행복하게 살면 될 텐데.

달우는 숨바꼭질을 하다가 사라졌다. 그리고 달우의 마음속에서 이 숨바꼭질은 아직도 끝나지 않고 이어진 상태였다. 이선은 '술래'이고 달우는 아직 술래에게 붙잡히지 않았다. 이선은 자신이 숨을 때는 귀신같이 잡아내면서 자기는 절대 안 잡히려고 열심히 숨던 오빠의 모습을 떠올렸다. 달우는 술래에게 붙잡히면 자신만의 세상이 사라지고 현실로 돌아가게 될까 봐 불안해했던 게 아닐까? 그런 달우에게 어른이 된 지금의 자신은 술래로 보

249

이지 않을 것이다. 술래가 아니니까 무섭지 않다. 붙잡아서 동생으로 삼으려 했었다. 하지만 이선을 너무 얕봤던 결과가 지금이다. 그리고 이제 진짜 술래에게 붙잡힌 순간이 왔다.

우는 오빠를 멍하니 보던 동생은 등을 찰싹 치며 소리쳤다.

"오빠야, 걱정 마라. 내가 있잖아. 오빠 동생 이이선이!"

"이선아……."

콧물을 훌쩍이고 눈물이 그렁한 눈으로 오빠는 동생을 보았다.

"내 모르나? 오빠야 하는 건 다 따라 한다 아이가. 오빠랑 엄마랑 아빠랑 다 같이 사는 세상 만들어 줄게."

"진짜야?"

안심되었는지 뺨이랑 턱까지 눈물이 젖은 얼굴이 일그러지더니 미숙한 미소로 바뀌었다. 오빠는 동생을 덥석 끌어안았다.

"이선아……. 진짜 보고 싶었어……."

"내도 보고 싶었다, 오빠야."

동생도 오빠를 안고 등을 토닥여 주었다. 그때 달우와 지켜보는 이선의 눈이 마주쳤다. 달우는 포옹을 풀고 이선 쪽을 바라보았다. 훌쩍이고 더듬으면서 이선에게 말했다.

"저기, 미안. 미안해요……. 못되게 굴어서……."

이선의 얼굴에 미소가 떠올랐다. 이제야 어른을 대하는 아이다워졌기 때문이다. 그동안 당한 걸 생각하면 혼쭐을 내어 갚아 주고 싶기도 하지만, 다정한 남매의 모습을 보니 차마 그럴 엄두가 나지 않았다. 오빠랑, 아니 가족이랑 안아 본 게 몇 년 전의 일이었던가. 달우가 실종된 이후로는 한 번도 없었던 것 같다. 이선은 자신의 양손을 내려다보았다. 가족의 온기를 잊어버린 지 오래된 손바닥은 차가웠다.

그래서 이선은 원망과 분노 대신 부드러운 목소리로 이렇게 말했다.

"네가 오빠잖아? 오빠답게 동생에게 잘해 주고 사이좋게 지내! 알았지?"

달우는 코를 훌쩍이면서도 굳게 고개를 끄덕였다. 눈물과 콧물 범벅이 된 얼굴로 어린아이 특유의 진지한 표정을 짓자 이선은 피식 웃음을 터뜨렸다.

동생이 일어나 손을 내밀었다. 오빠는 양손으로 배를 누르고 고개를 젖혔다 숙이더니 어렵지 않게 열쇠를 토해 냈다. 침이 섞인 플라스틱 열쇠가 동생의 고사리 같은 손바닥에 떨어졌다.

어린 이선은 잠시 주위를 두리번거리더니 바닥에서 몽땅 크레파스를 집어 들었다. 조그만 손으로 단단히 쥐고 거실 벽에 길쭉한 직사각형을 그렸다. 까치발을 하고 손을 힘껏 위로 뻗어 최대한 크게 그렸다. 그런 다음 손을 뻗으면 닿는 위치에 주먹보다 조금 큰 원을 그리고 그 안에 열쇠 구멍을 그려 넣었다. 오빠에게서 받은 열쇠를 그 구멍에 꽂았더니, 진짜 구멍인 것처럼 열쇠는 안으로 쑥 들어갔고 네모나게 그린 문이 진짜 문이 되어 벽 안쪽으로 열렸다. 지켜보는 두 사람이 있는 위치에서는 문 너머에 무엇이 있는지 보이지 않았다.

"오빠야, 온나."

동생이 먼저 들어가며 말했다. 달우도 얼른 따라갔다.

"이제 숨바꼭질은 안 할 거야. 다른 놀이 하자."

"내가 노래 불러 주까?"

"그래, 너 노래 잘하잖아."

오빠가 칭찬해 주니까 기분이 좋은지 어린 이선은 팔을 힘차게 앞뒤로 휘두르며 만화영화 주제가를 불렀다.

"찬란한 별나라 날개 달린 백마 타고~ 혜성처럼 나타난 우주의 여왕 쉬라~ 눈부신 열쇠검 높이 들고 휭~ 휭~"

두 사람은 열린 문 안으로 들어갔다. 걸어가면서도 한동안 동생이 부르는 밝고 우렁찬 노랫소리가 들리는가 싶더니, 문이 닫히면서 소리도 뚝 그쳤다. 이선은 갑자기 콧등이 시큰해졌다. 다쳤던 코는 사탕을 먹고 다 나았으니 아파서가 아니다. 노랫소리를 듣는 순간 이선은 자신의 꿈이 언제부터 생겨났는지 비로소 알아차렸다.

오빠에게 불러 주던 노래. 틈만 나면 괴롭히고 장난을 걸면서도 그때만은 동생을 칭찬해 주던 오빠. 이선은 새삼 깨달았다. 아, 나는 가수가 되고 싶었던 게 아냐. 누군가에게 노래를 들려주고 싶고, 잘 부른다는 칭찬을 듣고 싶었던 거야.

오빠가 실종되면서 이선의 노래를 들어 주고 칭찬해 줄 사람은 없어졌다. 부모는 잃어버린 아들 걱정으로 늘 침울해 있었고 남은 딸을 모질게 대했다. 그 때문일까, 이선은 학교에서 친구를 사귀지 못하고 겉돌았다. 친구라도 있었으면 얼마든지 노래를 불러 줬을 텐데.

결국 풀어낼 방법을 찾지 못한 채 쌓였던 노래를 향한 갈망은 가수가 되고 싶다는 꿈으로 발전했다. 딱히 연예인이나 스타가 되고 싶은 게 아니지만 가수가 되는 길은 그쪽밖에 없어 보였다. 좌절된 꿈은 오랫동안 독이 되어 이선의 마음을 어둡게 물들였고, 이후의 시간은 살아도 산 것 같지 않은 탈색된 삶이었다. 독사과를 먹고 죽음 같은 잠에 빠져들던 백설공주처럼. 이제야 비로소 그 시절을 웃음으로 털어 버릴 수 있을 것 같았다.

이선은 저 아이에게 말해 주고 싶었다. 가족에게, 친구에게, 좋아하는 사람에게 얼마든지 노래를 불러 주라고. 그걸로 네 꿈은 이루어지는 거라고. 괜히 닿지 못할 큰 꿈 때문에 고민하거나 좌절할 필요 없다고. 하지만 문은 이미 닫혀 버렸다. 이선은 용기를 내어 화장실에서 거실 한복판으로 걸어가 문이 있던 곳을 보았지만, 이미 문도 열쇠 구멍도 흔적도 없이 사라진 뒤였다. 비록 말해 줄 기회

253

를 놓쳤어도 크게 걱정하지 않았다. 왜냐하면 저 아이에게는 사랑을 주고받을 가족이 앞으로도 함께 있을 테니까. 자신이 겪은 일들이 되풀이되지 않으리란 믿음이 있기에.

사라진 벽을 멍하니 보며 이선은 생각했다. 문 너머에는 무엇이 있을까. 어떤 세상이 펼쳐져 있을까. 부디 어둠이 아니기를, 환한 세상이기를 바라며 몸을 돌렸다. 아직 화장실 입구에서 서성이며 망설이던 남자가 당황한 얼굴로 주위를 둘러보며 물었다.

"이게 도대체 어떻게 된……. 여긴 또 어디죠?"

"추억에 젖는 건 좋은데, 서둘러야 해요."

이선이 말했다. 창조주가 떠난 이상, 이 세상이 얼마나 더 오래 지금 모습을 유지할지 장담할 수 없었다. 남자는 신기한 얼굴로 어릴 때 살던 모습을 그대로 재현한 집 안을 둘러보았다. 하지만 미세한 진동과 함께 천장 구석, 벽 가장자리부터 서서히 어두워지기 시작했다. 화선지에 먹물 방울을 떨어뜨린 것처럼 어둠이 공간 내부로 번져 가고 있었다. 동시에 당장이라도 무너져 내릴 듯이 천장과 벽에 금이 가기 시작했다.

"이쪽으로 와요, 빨리!"

이선이 남자의 옷을 잡아끌며 재촉했다. 남자는 아쉬워하는 기색이 역력했지만 어쩔 수 없이 추억의 공간을 뒤로하고 이선을 따라 통로로 들어왔다. 슬쩍 돌아보니 묵직한 소리와 함께 천장과 벽이 산산이 부서지며 무너지고 있었다.

두 사람은 서둘러 원래 있던 곳으로 돌아왔다. 황량한 현재의 옛집으로.

"저기는 어디고, 무슨 일이 벌어졌는지 설명해 줄 수 있어요?"

남자가 묻자 이선은 가볍게 고개를 끄덕였다.

"술래가 이겼죠. 동생이 오빠를 찾았어요. 저쪽도 그렇고, 이쪽도."

"이쪽······?"

"여기 있잖아? 동생."

남자의 눈이 가늘어졌다. 이선의 얼굴을 빤히 쳐다보았다.

"아······. 정말 닮았다 했더니, 여기 있었구나!"

어느 정도는 깨달았다는 듯한 말투였다. 남자가 호들갑을 떨지 않고 침착한 모습이라 이선은 안심했다. 이선에 비할 바는 아니겠지만, 그도 조금 전부터 믿을 수 없는 일을 겪고 있으니 그럴 만했다.

이선은 간단히 설명해 주었다. 자신의 과거와 자신이 겪었던 일. 무사히 성인이 된 달우에게는 꿈만 같은 이야기였다. 하지만 현실이라는 명확한 증거가 눈앞에 있지 않은가. 같은 세월을 거쳐 온 동생이.

"그러면 넌 너의 세상에서 나 없이 살았고 나도······. 하하."

　생각을 정리하려던 남자는 고개를 절레절레 저으며 헛웃음을 터뜨렸다. 쉽게 받아들일 수 없겠지. 이선은 이해가 갔다.

　"그동안 잘 지냈어, 이선아?"

　달우는 이제야 오빠 같은 친근한 목소리로 물었다. 이선도 동생답게 천연덕스럽게 대답했다.

　"쉽지 않았지만, 그래도 이렇게 멀쩡히 살아 있어. 오빠 쪽이야말로 어때? 나 없는 세상은 잘 돌아가?"

　"하하하."

　달우는 기운 빠진 웃음을 흘렸다. 그래, 이럴 때 웃음 말고 무엇으로 대응할 수 있을까. 적어도 울고불고하며 청승을 떠는 것보다 낫다고 이선은 생각했다.

　그는 천천히 다용도실로 걸어갔다. 옛날엔 머리까지 닿았지만 이젠 팔을 얹을 수 있는 녹슨 철제 난간에 기대어 풍경을 보았다. 우거진 초록. 아파트 건물 위까지 점령한 담쟁이덩굴들. 보이는 거의 모두가 깨져 있는 창문. 폐허는 늘 보는 사람에게 강한 인상을 주기 마련이다. 생기넘치는 자연과 텅 비고 낡은 인공물의 대비가 을씨년스러운 분위기를 낳기 때문이다.

　두 사람은 서로 자신이 없는 20년 동안의 세상을 이야기해 주었다. 달우 역시 가난한 집안에서 동생의 실종으로 나름 고생했지만 부모님과의 사이는 돈독하다고 한다.

이선은 부럽다며 입술을 내밀었다.

"잘만 살았잖아? 우리 집은 빨간딱지로 뒤덮였어."

"그런 게 진짜로 있어?"

이선의 말에 달우가 놀라며 물었다. 이선은 쓴웃음으로 대답을 대신하고 화제를 돌리려는 듯이 지금 무슨 일을 하냐고 물었다. 달우는 부모의 기대와 본인의 책임감으로 열심히 공부한 끝에 장학금을 받으며 대학을 졸업한 뒤 은행에서 일하고 있다고 대답했다.

"그 장난꾸러기가 은행원이야? 그만하면 출세했네."

"야, 그럼 넌 내가 뭐 될 줄 알았어?"

"어릴 때 하던 꼴 보면 백수밖에 더 될까?"

"아우 씨!"

투덜대는 말투가 어릴 때와 판박이라 이선은 듣는 순간 웃음을 터뜨렸다. 눈부신 태양 아래 펼쳐진 철거 직전의 아파트 단지를 보며 이선은 여기가 정말 자신이 있던 곳과 다른 세상이라는 게 믿기지 않았다. 보기엔 정말 똑같아 보이는데, 없었던 사람이 있고 있었던 사람이 없어졌다. 오직 그 차이뿐이었다. 그리고 지금 없어진 사람이 돌아왔다.

이선은 여기가 자신이 바라던 세상일지도 모른다고 생각했다. 자신의 과거가 없어진 세상, 좌절된 꿈과 부모와의 악연도 모두 사라졌다. 비록 아무도 자기를 모르고 여기서 쌓거나 이룬 것도 하나 없어 검정고시부터 준비해야 하지만, 앞으로 어떻게 살지 막막하기도 하고 불안하기도 하지만, 새롭게 다시 시작할 기회를 얻은 것이다.

그런데 왜 하필이면 여기로 오게 되었을까. 그것만은 아직 모르겠다. 푸가 마지막으로 빌어 준 소원의 힘 덕분일까? 그럴지도 모르지만 이선은 다른 가능성을 떠올렸다. 푸는 이선에게 너도 힘을 갖고 있다고 말해 주었다. 또한 어린 이선이 오빠가 하는 건 자기도 다 한다고 말했다. 그렇다면 이 세계는 이선이 선택한, 더 나아가서 이선이 만들어 낸 세계일지도 모른다.

어느 쪽이든 분명한 사실은 하나다.

여기가 이제부터 살아가야 할 진짜 세상이라는 것.

내 뜻대로 살 수 있는, 새로운 기회를 얻은 세상이다.

이선은 몸을 돌렸다. 그리고 어린 오빠에게 새로운 문을 열어 준 어린 동생처럼 밝은 목소리로 말했다.

"그럼 갈까?"

달우는 가볍게 고개를 끄덕이고 앞장서 걸었다. 이선은 그를 따라 현관문을 나섰다.

이제 출발이다.

낯익지만 새로운 세상을 향해.

새로운 미래를 향해.

MISSION 1

p. 78~79

—바그작 바그작. ~ 생명과 죽음, 희생과 재생의 끊임없는 순환이 이곳에서 이루어지고 있었다.

MISSION 2

p. 172~173   가져온 파트

주먹으로 맞은 듯한 묵직한 충격이 가슴을 강타했다. ~ 이선은 몸을 웅크리고 양손으로 거의 머리카락을 움켜쥐듯 머리를 감쌌다.

p. 101   반영한 파트

맙소사, 어떻게 이런……. ~ 아니야, 진짜로 죽게 할 생각은 없었다고.

MISSION 1

p. 206

책상 서랍 세 개를 차례로 열었다. ~ 꽤 잘 보존되어 있어서, 이선은 당장이라도 매미가 날아갈 듯한 착각이 들어 소름이 끼쳤다.

MISSION 2

p. 55   가져온 파트

거인은 시체의 목에서 금으로 된 목걸이를 우악스럽게 벗겨내더니 뒤에 있는 통으로 던졌다. ~ 살점을 잡고는 거침없이 뜯고 삼켰다.

p. 178~179   반영한 파트

고개를 푹 숙였던 공룡이 굵은 손가락을 치켜들었다. ~ 맛있는 꼬치구이라도 되는 것처럼.

MISSION COMPLETION CHECK

작가 7문 7답

하루에 오백, 계약하시겠습니까
김유라

1. 지금의 공통 한 줄에서 어떤 매력을 느끼셨나요?

어느 날 갑자기 우리 집에 생긴 문이라는 설정이 매우 매력적이고 흥미롭게 다가왔습니다.

로그라인 자체에 대한 아이디어는 전혀 없었지만, 왜인지 이걸 고르고 싶다는 생각이 들었죠.

그러다가 뜬금없게도 어릴 적 읽었던 동화 중, 가난한 구두 수선공 할아버지의 집에 몰래 나타나서 구두를 대신 만들어 주고 사라지는 요정 이야기가 떠올랐습니다.

자신의 집에 누군가는 있지만 그 존재가 누구인지는 모릅니다. 하지만 수입적인 면에서 꽤 큰 영향을 끼치죠.

이 존재를 악한 존재로 설정하면 더욱 흥미로운 이야기가 될 것 같다는 생각이 들어, 작업에 착수하게 되었습니다.

2. 한 줄을 지금의 이야기로 기획하면서 스스로 가장 재미있다고 느끼셨던 부분은 무엇인가요?

아무것도 없던 우리 집 벽에 이상한 문이 생겼습니다.

문을 열면 현실과는 다른 세상이 펼쳐져 있죠. 그곳은 외계의 행성일 수도 있고 다른 차원일 수도 있고 지옥일 수도 있습니다. 존재할 수 없는 모든 게 존재하는 곳이죠.

이 방의 풍경이 일곱 번 바뀌는데 어떤 식으로 바뀔지를 구상하는 게 가장 재미있었습니다.

아무 제약이 없다면 진짜 거침없이(?) 나아갔겠지만 7대 죄악과 부합되는 선에서 생각해야 했기에 그 부분이 뭐랄까, 힘들면서도 즐거웠다고 할까요.

3. 원고를 쓰면서 가장 고민하셨던 지점은 어떤 부분인가요?

매드앤미러라는 이름에 걸맞게, 미션인 매미를 집어넣는 과정을 가장 고민했습니다.

매미가 주인공은 아니니까 딱 한 장면에만 등장해야 했고, 그 장면이 독자들에게 강렬하게 남았으면 하는 바람이 있었거든요.

그래서 열심히 생각한 끝에 '매미 매트리스'라는 아이디어가 떠올랐습니다.

개인적으로 꽤 만족스러웠는데요, 몸을 뒤척일 때마다 사부작사부작 바스러지는 매미 매트리스, 여러분은 어떻게 느끼셨나요?

4. 원고 중 가장 만족하시는 장면은 어떤 대목인가요?

개인적으로는 7대 죄악인 나태에 관한 장면입니다.

처음 나태를 어떤 식으로 표현할까 고민을 많이 했는 265

데, 심해가 괜찮겠다는 생각이 들었죠.

문을 열었을 때, 깊이를 알 수 없는 심해가 펼쳐져 있다니, 일단 어처구니도 없을뿐더러 뭔가 띵, 하고 충격을 받기에도 좋다고 느꼈거든요.

제가 워낙에 수심이 안 보이는 짙은 색깔의 물에 공포를 느껴서인진 모르겠지만, 이런 물이 우리 집에 도사리고 있고 물속엔 외계 생명체를 연상시키는 괴물까지 부유하고 있다면……. 어휴.

5. 상대 장면 가져오기 미션에서 그 부분을 가져오신 이유는 무엇인가요?

이질감이 최대한 없으면서도 기존의 제 글에 잘 녹아내릴 수 있는 부분을 찾으려고 노력했습니다.

솔직히 약간은 우려를 했는데요, 아무래도 엄정진 작가님의 작품과 제 작품의 장르가 다르다 보니, 과연 적절하게 넣을 만한 부분이 있을지 걱정이 들었거든요.

그런데 웬걸, 장르적인 차이에도 불구하고 은근히 잘 어울리겠다 싶은 문장들이 많더라고요.

후보군이 다섯 개 정도 있었는데, 마지막까지 고민하다 결국 영훈의 심리 상태를 표현하는 데 미션을 사용했죠.

6. 상대 작가님의 작품을 읽어 보았을 때 어떤 생각이 드셨나요?

아주 재밌게 읽었습니다. 제가 잔혹 동화나 어른을 위한 동화 같은 걸 좋아하는데, 엄정진 작가님의 글이 바로 그런 내용이더라고요.

사라진 오빠를 찾으러 거울의 이면 세계로 들어간 주인공과 그 안에서 맞물려지는 또 하나의 세상, 이야기 자체도 흥미롭지만 분위기가 시종일관 기괴하고 몽환적이라 더 좋았습니다.

특히 내가 갖고 놀던 어릴 적 장난감이 괴물로 형상화되어 나를 괴롭힌다는 설정이 너무 흥미롭더라고요.

솔직히 장난감이란 게 그렇잖아요? 갖고 놀다 재미없으면 구석 같은 데 처박아서 더 이상 찾지 않고, 망가트리거나 버려지거나 대부분 그 끝이 좋지가 않죠. 저도 그랬던 장난감이 몇 개 있어서 그런지 양심에 찔리기도 하고, 공룡과 호랑이가 마냥 밉지만은 않더군요.

특히 마지막 푸의 희생은 정말……. 이 나이에도 눈물이 핑 돌았다니까요.

앞으로 장난감을 함부로 버리지 말아야겠습니다.

7. 끝으로 작품을 읽으신 독자님들께 한 말씀 부탁드립니다.

저는 주로 웹툰 시나리오나 핸드폰으로 보는 채팅형 소설을 많이 써 왔기 때문에, 이번에 소설 작업을 하게 된 건 정말 오랜만입니다.

부족한 점도 많고 미흡한 부분도 있겠지만, 열심히 썼다는 건 자부합니다.

모쪼록 독자님들이 재미있게 읽어 주시면 좋겠습니다.

어둠 속의 숨바꼭질
엄정진

1. 지금의 공통 한 줄에서 어떤 매력을 느끼셨나요?

상상력을 발휘할 여지가 많아서 좋다고 생각합니다.

여기서 뒷이야기를 하나 하자면 제가 공통 한 줄 찾기에 좀 늦게 참여했어요. 이미 다른 작가님들이 흥미롭고 재미있을 듯한 문장을 다 선점하신 뒤였죠. 그래서 저는 남은 것 중에서 뭔가 괜찮은 게 없을까 찾는 처지였는데, 너무 구체적이거나 상세한 내용은 싫었어요. 제한이 크다고 할까요? 즉, 써야 할 이야기가 뻔히 보이는 소재를 피하고 싶었던 거죠.

그 결과 찾은 지금의 문장은 어떤 소재와 인물을 넣느냐에 따라 얼마든지 다른 장르와 이야기로 만들기 쉬운, 확장성이 큰 로그라인이기에 마음에 듭니다.

2. 한 줄을 지금의 이야기로 기획하면서 스스로 가장 재미있다고 느끼셨던 부분은 무엇인가요?

역시 제가 좋아하는, 재미있다고 생각하는 소재를 잔뜩 집어넣을 수 있었다는 점이죠.

이번에 소설을 쓰면서 실화에서 따온 소재가 두 가지 있기에 이 자리를 빌려 밝혀 두겠습니다. 하나는 서맨사

하트소(Samantha Hartsoe) 씨가 겪은 사건인데요, 당시 꽤 화제를 모았기에 지금도 인터넷에서 어렵지 않게 찾아볼 수 있습니다. 2021년 미국 뉴욕에 거주하는 서맨사가 자신이 사는 아파트의 화장실 거울 뒤에 구멍이 뚫려 있고, 그 너머에 자기 집과 거의 똑같은 모양의 빈집이 있다는 사실을 발견하고 이를 틱톡 영상으로 올려 뉴스에도 나오는 등 널리 알려졌습니다. 친숙한 집에 숨겨진 낯선 공간이라는 소재가 제 마음을 사로잡아서 언젠가 활용하고 싶었는데 이렇게 좋은 기회가 왔네요.

또 하나는 일본의 거대 커뮤니티 사이트 2ch의 인기 글을 모은 블로그에서 우연히 봤던 글인데, 어릴 때 숨바꼭질을 하다가 숨은 형이 홀연히 사라졌고 20년 정도 흐른 뒤 형과 재회한 남자의 이야기입니다. 내막이 궁금하신 분을 위해 스포일러를 하자면 부모가 동생 몰래 형을 멀리 떨어져 사는 친척에게 입양 보냈다고 하네요. 2ch 속성상 지어낸 이야기일 가능성도 있지만 이런 좋은 소재를 소설 같은 창작물로 만들지 않고 익명 게시판에 올렸다는 점에서 신빙성이 있죠. 이 역시 워낙 인상적이어서 기억하고 있다가 이번에 써먹게 되었습니다.

그 외에도 과거의 세계에는 1980년대 후반에서 90년대 초반의 장난감이 잔뜩 등장합니다. 대부분 제가 좋아했던 것들이죠. 심지어 영플레이모빌 TV 광고에 나오던 노래를 부르는 장면도 넣으려다 말았어요. 당시 아이들에게는 웃기게 개사한 버전이 더 유행했죠. 제가 기억하

는 버전은 이렇게 시작합니다. '아침에 일어나서 빵구를 뀌고~ 학교에 가서 공부도 안 하고~'

3. 원고를 쓰면서 가장 고민하셨던 지점은 어떤 부분인가요?

성인을 위한 동화를 쓰고 싶다고 생각했습니다. 그래서 어른이 아이였던 시절을 떠올릴 수 있도록, 벽 너머가 과거를 무대로 한 복고풍 세상이 되었죠. 그 과거가 출간일 2025년을 기준으로 하면 30년 전쯤 되어 버리는 바람에 제 의도가 잘 전달될지 모르겠지만요. 다만 읽어 보셔서 알겠지만 과거가 회고적인 꿈이 아니라 비틀린 악몽으로 구현되고 있다는 점은 이 매드앤미러 시리즈가 호러 기획에서 출발했다는 증거입니다.

그러니까 이 이야기가 동화라 해도 그림 동화를 비롯한 많은 옛날이야기가 그 자체로 잔혹하고 무서운 내용이 많았다는 사실과 이어지는 부분이 있을지도 모르겠습니다. 딱히 의식하진 않았어도 결과적으로 그렇게 되었죠.

고민 끝에 포기한 부분도 있습니다. 원래 기획 단계에서 읽는 독자에 따라 다양하게 해석될 수 있는 이야기로 만들고 싶었습니다. 가령 모든 이야기가 주인공의 꿈이라든지, 정신병원에 입원한 주인공의 망상이라고 생각하는 독자가 나와도 좋다는 식으로 말이죠.

하지만 그러려면 많은 부분이 애매모호하게 표현되거

나 설명을 생략하고 넘어가야 합니다. 그러다 자칫 설정이 허술하고 불친절한 글로 여겨질 우려가 있어서 고민한 결과, 더 명료하게 설명하고 확실하게 끝맺게 되었습니다. 그럼에도 여전히 설명을 생략한 부분이 있는데, 독자의 자유로운 상상에 맡기기 위해 일부러 그렇게 했으니 이해를 부탁드립니다.

4. 원고 중 가장 만족하시는 장면은 어떤 대목인가요?

역시 결말일까요. PD들 사이에서도 찬반양론으로 나뉘었다고 들었는데, 독자들도 그럴 것 같습니다. 보통 이런 류의, 고민을 품은 주인공이 낯선 세상에서 모험을 하는 작품의 결말은 성장한 주인공이 현실로 돌아가 정신 차리고 열심히 사는 것이겠죠. 흔해 빠졌지만 그만큼 안정된 결말입니다. 이런 '갔다가 돌아오는 이야기' 영웅 신화 구조는 조지프 캠벨부터 오쓰카 에이지에 이르기까지 숱한 창작법에서 언급하는 기초 중의 기초입니다.

하지만 저는 그런 안일한 길을 가고 싶지 않았습니다. 대신 이 글은 '환상'이라는 도구를 통해 제3의 길을 제시합니다. 현실 도피도 아니고 현실로 귀환도 아닌 새로운 대안을 보여 주는 것이죠. 저는 이게 환상 소설만이 이룰 수 있는 미학이라고 생각했기에 처음부터 지금의 결말을 정했고 끝까지 밀어붙였습니다.

5. 상대 장면 가져오기 미션에서 그 부분을 가져오신 이유는 무엇인가요?

처음 읽어 본 순간 이것밖에 없다는 생각이 들었습니다. 사전에 상의한 적이 없는데도 사람을 잡아먹는 괴물이 등장하는 공통점을 발견해서 재미있었습니다.

6. 상대 작가님의 작품을 읽어 보았을 때 어떤 생각이 드셨나요?

김유라 작가님 작품은 '문'이 중요한 요소로 등장하며, 이 문을 넘어설 것인가를 고민하는 금기에 관한 이야기라서 흥미로웠습니다. 제 글에도 문과 열쇠가 중요한 소재로 나오지만 처음에는 구멍을 통해 낯선 세상으로 진입하게 되죠.

집에 없던 공간이 생긴다는 공통의 소재로 출발했는데 들어가는 방법이 다르다는 점이 재미있었습니다. 또한 바로 그 공간으로 넘어가 벌어지는 사건을 다루는 제 이야기가, 그 공간을 보기만 할 뿐 넘어가지 못하고 망설이는 김유라 작가님 이야기와 대조적이어서 좋았습니다.

솔직히 맞춰 보지 않고 각자 썼기에 전개가 비슷하면 독자들이 싫증 낼까 봐 우려했습니다. 물론 중간에서 편집자가 양쪽 이야기를 다 보면서 조절해 주실 거라 믿었지만, 그래도 걱정이 되었죠. 결과적으로는 비슷한 점을 찾기 힘들 정도로 다른 이야기라서 다행입니다.

7. 끝으로 작품을 읽으신 독자님들께 한 말씀 부탁드립니다.

이 이야기에 나오는 벽 너머의 세계는 1980년대 후반에서 90년대 초반, 인류 문명을 극적으로 바꾼 인터넷이 보급되기 이전 시기를 무대로 하고 있습니다. 그 시절을 살았던 독자분들에게 추억을 자극하는 계기가 된다면 좋겠습니다. 겪어 보지 못한 독자분들에게 생경한 환상 세계로 보인다면 그것도 재미있겠네요.

같이 읽고 싶은 이야기
텍스티 (TXTY)

텍스티는
모두가 같이 읽고 싶은 이야기를
만들고 제안합니다.

읽고 나면
주변에서 벌어지는 일에 관심이 생기고
다른 이들과 나누고 싶어지는 이야기를 만들겠습니다.

계속해서
이야기의 새로운 재미를 발견하고
이야기를 통한 공감이 널리 퍼지도록 애쓰겠습니다.

텍스티의 독자라면 누구나
이야기 곁에 있도록 돕겠습니다.

없던 문
매드앤미러 04

초판 발행	2025년 1월 27일
지은이	김유라 엄정진
기획	㈜투유드림 매드클럽 거울
사업 총괄	조민욱
책임 편집	박혜림
IP 제작	김하명 조민욱 이원석
IP 브랜딩	홍은혜 텍수LEE
IP 비즈니스	조민욱 김하명
경영지원	박영현 김미성 손혜림
교정·교열	김화영
디자인	그리너리케이브
북-음	최희영
인쇄	금비피앤피
배본	문화유통북스
발행인	유택근
발행처	㈜투유드림
출판등록	제2021-000064호
주소	(02810) 서울특별시 성북구 종암로13길 16-10
대표전화	02-3789-8907
이메일	txty42text@gmail.com
인스타그램	@txty_is_text
홈페이지	https://www.toyoudream.com
ISBN	979-11-93190-25-8(03810)
정가	14,000원

* 이 책의 본문은 '을유1945' 서체를 사용했습니다.
* 이 책은 저작권법에 따라 보호받는 저작물이므로 무단전재와 무단복제를 금지하며, 이 책 내용의 전부 또는 일부를 이용하려면 반드시 저작권자와 ㈜투유드림의 서면동의를 받아야 합니다.
* 이야기 브랜드, 텍스티(TXTY)는 ㈜투유드림의 임프린트입니다.